백 개의 아시아
2

백 개의 아시아 2

김남일, 방현석 지음

아시아

일러두기

1. 국립국어원의 외래어 표기법을 따르되 베트남어는 원음에 가깝게 표기하고 음절 단위로 띄어 썼습니다. 단, 국가 이름 등에 한해서는 음절 단위로 띄어 쓰지 않았음을 밝힙니다.

2. 〈라마야나〉와 〈마하바라타〉 인도네시아 판의 경우 인도 판과 구분하기 위해 인도네시아어 원음을 충실하게 좇아 거센소리(격음) 대신 주로 된소리(경음)를 사용했습니다.

3. 독서의 편의를 위해 본문에는 가능한 한 외국어를 병기하지 않았습니다.

4. 각 이야기별로 출전과 참고할 만한 자료들을 책 뒤편의 '참고자료'에 밝혀두었습니다. '주석'에서 밝히지 못한 출처를 이곳에서 찾을 수도 있습니다.

5. 가능한 한 책은 『 』, 논문은 「 」, 신문과 일부 잡지는 《 》로 표시했습니다. 일반적인 이야기를 가리킬 때에는 주로 〈 〉 표시를 사용했습니다.

6. 『백 개의 아시아 1』은 첫 번째 이야기부터 쉰다섯 번째 이야기까지, 『백 개의 아시아 2』는 쉰여섯 번째 이야기부터 백 번째 이야기까지 담았습니다.

차례

샤 나메

이어지는 이야기

창세·건국 이야기

새로운 영웅 이야기

백 개의 아시아 1

숨은 신은 현존하며 동시에 부재하는 신이지, 때때로 현존하고 때때로 부재하는 신이 아니다. 숨은 신은 언제나 현존하며 언제나 부재하는 신이다.[1]

하늘에 해와 달이 두 개씩 뜨고 초목과 금수가 말을 하며 사람이 물으면 귀신이 답하는 혼란의 시대가 있었다. 이에 대별왕은 이승에 친히 와서 화살로 해와 달을 하나씩 쏘아 떨어뜨리고, 송피가루를 뿌려 초목과 금수의 입을 막았으며, 귀신과 인간을 저울로 달아 백 근이 넘는 것은 인간으로, 안 되는 것은 귀신으로 보냈다.[2]

나무라면 진절머리가 난다. 우리는 더 이상 나무들, 뿌리들, 곁뿌리들을 믿지 말아야 한다.[3]

사랑 이야기 2

달관인가 체념인가: 한국인의 영원한 사랑, 영원한 상상력

처용설화-쉰여섯 번째 이야기

　오셀로의 오해는 어쩌면 그의 말대로 아내 데스데모나를 너무 끔찍하게 사랑해서 비롯되었는지 모른다. 하지만 과유불급이라고, 넘치는 사랑은 오히려 모자란 사랑의 다른 표현일 수도 있다. 오해와 질투는 거기에서 시작된다. 말은 쉽지만, 인간 세상에서 어찌 이 미묘한 감정들 사이에서 적절한 균형을 잡을 수 있을까.

　옛 신화를 보면 동서양을 막론하고 신들조차 무수히 이런 오해와 질투와 시기와 그로 인한 번민과 후회 속에 빠져들었음을 알 수 있다. 예를 들어 그리스로마 신화는 사랑과 질투만으로도 따로 책을 만들어낼 수 있을 만큼 신들의 지독히 '인간적인' 면모를 여과 없이 드러낸다. 다프네에게 마음을 빼앗긴 아폴론은 치사하기 이를 데 없는 방법을 동원하여 정적 레우키포스를 처치했고, 신들의 신이라는 제우스의 말릴 수 없는 바람기는 끝없이 아내 헤라의 질투를 불러일으켰다. 나중에 살펴보겠지만, 인도의 대서사시 〈라마야나〉도 가장 고귀하다는 존재 라마의 '좁은 속'을 고스란히 드러낸다.

그런데 여기, 전혀 다른 종류의 '존재'가 있다. 여기서 '존재'라는 표현을 쓴 것은 그의 정체가 좀 애매하기 때문이다.

56 어느 날 헌강왕이 학성 서남쪽(지금의 울주) 부근을 순방하고 있는데 난데없이 구름과 안개가 몰려와 사위를 분간할 수 없었다. 왕이 이상하게 여겨 신하들에게 물어보니 동해에 사는 용이 조화를 부리고 있으니 좋은 일을 해주어 풀어야 할 것이라 대답했다. 왕이 용을 위해 절을 세우도록 하니 구름과 안개가 걷혔다. 그곳은 개운포라고 불리게 되었고 절은 망해사라 이름 붙여졌다.

기쁨에 겨운 동해의 용이 일곱 아들을 거느리고 왕 앞에 나타나 춤을 추고 악기를 연주했다. 그들 중 한 아들인 처용이 왕을 따라와 정사를 도왔다. 왕은 처용에게 아름다운 여인과 혼례를 치러주고 관직도 주어 인간 세상에 머물게 했다.

처용의 아내는 매우 아름다워 역신이 탐을 냈다. 어느 날 역신은 사람으로 변신해 처용의 집에 들어가 처용의 아내와 동침했다. 밤늦도록 서울(지금의 경주)을 돌아다니며 놀다가 집에 들어온 처용은 그 광경을 보고는 화를 내기는커녕 노래를 부르고 춤을 추며 물러 나왔다.

서울 밝은 달밤에

밤들이 노니다가

들어와 자리를 보니

가랑이가 넷이로구나

둘은 내 것이지만

둘은 누구의 것인고

본래 내 것이지만

빼앗긴 것을 어찌하리오

그러자 처용의 아내와 동침하던 사람이 역신의 본모습이 되어 처용 앞에 나타났다. 역신은 처용의 너그러움에 탄복하여 어떤 집이든 처용의 얼굴을 그려 놓으면 그 집 안으로는 절대 들어가지 않겠다고 맹세했다. 그리하여 이후 백성들은 역병을 피하기 위해 처용의 얼굴을 문에 그려 놓았다.

처용이 역신 앞에서 부른 노래는 8구체 향가로서 『삼국유사』 2권 「처용랑망해사조」에 관련 설화와 더불어 원문이 실려 있다.

東京明期月良夜入伊遊行如可入良沙寢矣見昆脚烏伊四是良羅二肹隱吾下於叱古二肹隱誰支下焉古本矣吾下是如馬於隱奪叱良乙何如爲理古.

일찍이 이두 연구의 대가 양주동이 이에 대한 해석을 시도했는데, 이를 다시 현대식으로 풀이하면 앞서 인용한 노래가 된다. 이 노래는 가사를 덧붙여서 고려와 조선 시대의 나례(음력 섣달 그믐날 밤에 악귀를 쫓기 위해 베풀던 의식) 때 처용가무를 통해 불렀다.

처용이 누군가 하는 데 대해서는 1. 벽사가면의 인격화 설, 2. 중앙에 대해 반감을 지녔던 지방 호족의 아들로서 일종의 인질이었다는 설, 3. 이재에 뛰어났던 이슬람 상인설, 4. 호국불교와 상관있는 인물이라는 설, 5. 미륵신앙을 지닌 화랑설 등 의론이 분분하다.

어쨌거나 이 〈처용설화〉는 역신에게 아내를 빼앗긴 처용이 춤과 노래로 역신을 감복시켜 물리친다는 극적인 내용 때문에 끊임없이 사람들의 입에 오르내렸다.

소설가는 이렇게 썼다.

어느 날 평소보다 연희를 서둘러 끝내고 집으로 돌아온 처용은 무심코 오늘도 적적한 하루를 보냈을 부인에게 위안의 말이나 던질까 싶어 규방의 방문을 열어보았다. 그런데 아, 이게 무슨 일인가. 아내는 웬 외간 남자와 벌거숭이가 된 채 남편이 들어온 줄도 모르고 비단금침 위에서 운우지정(雲雨之情)의 경계를 오락가락하느라 열락의 신음 소리만 거칠게 토해내는 중이었다. 당신이 암만 거세된 남자라 하더라도 이 순간 어찌했을 것인가. 연놈을 단매에 쳐 죽이기 위해 두 주먹을 불끈 쥐고 방안으로 뛰어드는 게 인지상정 아니겠는가.

그러나 처용은 도저히 그럴 수가 없었다. 그가 널리 알려진 대로 가슴이 남달리 넓은 사내라서 그런 것이 아니었다. 자기 아내의 벌거숭이 몸뚱이 위에 엎어져 뜨거운 숨결을 내뿜고 있는 사내는 다름 아닌 권력의 화신 헌강왕이었다. 처용에게 권력의 단맛을 봬 준 왕이었단 말이다. 처용은

등짝이 땀으로 번질번질해져서 여자의 몸에서 내려오는 사내와 눈길이 딱 마주쳤다.[4]

시인은 이렇게 읊었다.

(전략)
그 날 밤 잠들기 전에
물개의 수컷 우는 소리를 나는 들었다.
삼월에 오는 눈은 송이가 크고,
깊은 수렁에서처럼
피어나는 산다화(山茶花)의
보얀 목덜미를 적시고 있었다.[5]

소설이나 시만 아니라 우리 문화의 다른 영역, 즉 무용과 부적, 민속 의례 등에 여전히 그 흔적이 짙게 남아 있다. 특히 처용무는 중요무형문화재 제39호이며, 2009년에는 유네스코 세계무형문화유산으로 등재되었다. 이처럼 긴 생명력과 강한 힘을 가진 처용을 두고 그동안 다양한 해석과 논란이 존재했다. 그러나 바로 이 점 때문에 오히려 〈처용설화〉가 장구한 세월 무수한 이들의 상상력을 자극해온 것인지도 모른다.

앞으로도 이 설화는 새로운 매체의 발달과 더불어 늘 새로운 형식으로 거듭날, 말하자면 스토리텔링의 화수분 구실을 할 것이다.

운명의 키스 자국

비비 하눔 모스크 전설-쉰일곱 번째 이야기

  상대적으로 생명력이 긴 이야기란 어쩌면 〈처용설화〉처럼 닫혀 있지 않는 이야기일 가능성이 많지 않을까. 영토화 대신 끊임없이 탈영토화를 요구하는 이야기. 즉, 강제적이고 금압적인 지식과 사회의 구조를 벗어나서 자유롭게 유목하는 운명. 나무라기보다 리좀.⁶ 어디서 끊더라도 다시 살아나는 생명력.

  아시아 설화의 세계에서도 리좀을 찾는 일은 어렵지 않다.

  우즈베키스탄 사마르칸트의 타슈켄트 거리에 있는, 에메랄드 빛 돔이 인상적인 비비 하눔 모스크는 1392년 인도 델리 원정에서 돌아온 아미르 티무르 대제가 세상에서 가장 아름다운 이슬람 모스크를 짓겠다고 약속하면서 지은 것이라 한다. 그는 처음 완성된 것이 마음에 안 들자 다시 더 높게 더 웅장하게 짓도록 했다. 인도 원정 동안 수집해온 호화로운 원석을 사용했고, 아흔다섯 마리의 코끼리를 잡아 와서 사역에 이용했다고 전해진다. 그리하여 현재 삼십오 미터 높이에 정면 모퉁이의 미나레트만 해도 높이가 오십 미터에 이른다. 모스크는 사백 개의 대리석 기둥이 떠받치고 있다. 총 외벽 백육십칠 미터, 너비는 백구 미터. 이 비비 하눔 모스크 길 건너편에 푸른빛이 도는 돔 건물이 이른바 비비 하눔의 무덤으로 알려져 왔다. 무덤의 실제 주인공은 몽골 칸의 딸 사라이 물크 하눔으로 밝혀졌다. 따라서 비비 하눔은 물크 하눔의 이야기 속 이름일 가능성이 많다. 실제로 아미르 티무르는 그녀를 가장 사랑했다고 한다.⁷

57 비비 하눔은 티무르 대제의 여덟 명 부인들 중에서도 가장 총 애를 받았다. 티무르 대제가 인도 원정에 나갔을 때 비비 하눔은 세 상에서 가장 아름다운 이슬람 모스크를 짓기로 결심했다. 그건 나중 에 돌아올 티무르 대제에게 무엇보다 값진 선물이 될 것이기 때문이 었다. 그녀는 젊고 유능한 건축가에게 그 일을 맡겼다. 그는 처음에 부지런히 일을 했다. 하루가 다르게 모습을 갖춰 나가는 모스크를 보 고 비비 하눔은 무척 기뻤다. 미나레트는 쑥쑥 솟았고, 모스크의 돔 은 둥글고 거대하게 만들어졌다. 그러나 중요한 부분의 아치 단 하나 가 남았을 때부터 일은 갑자기 느려지더니 기어이 중단되다시피 했 다. 때마침 원정 나간 티무르 대제가 승리를 거두고 곧 돌아올 거라 는 전갈이 왔다. 초조해진 비비 하눔은 젊은 건축가를 불러 다그쳤 다. 그러나 그는 그다지 성의를 보이지 않았다. 애가 탄 비비 하눔이 다시 다그치자, 그제야 그는 자신이 원하는 조건을 말했다.

"키스하게 허락해주십시오. 그러면 당장 마무리하겠습니다."

기가 막힌 비비 하눔이 색깔이 칠해진 달걀들을 가리키면서 말 했다.

"여기 이 달걀들이 겉모습은 달라도 깨보면 다 똑같듯이, 여자도 다 똑같아요. 괜한 마음 품지 마시고 어서 일하세요."

그러자 건축가는 빈 잔을 갖다 놓고 말했다.

"여기 한쪽에는 물을, 다른 한쪽에는 술을 부어 보세요. 겉모습은 똑같아도 하나는 마시면 시원해지는 반면 다른 하나는 마시면 취하 게 되지요. 사랑은 그런 거랍니다."

비비 하눔은 화가 났지만 어찌 할 도리가 없었다. 그리하여 마지못해 키스를 허락했다. 젊은 건축가는 비비 하눔의 볼에 열정적으로 입을 맞추었다. 어찌나 열정적인 키스였는지, 그만 비비 하눔의 볼에는 자국이 짙게 남았다.

마침내 티무르 대제가 돌아왔다. 그는 눈앞에 이루어진 기적을 보고 감격했다. 모스크는 참으로 웅장하고 아름다웠다. 세상 어디에 내놔도 가장 아름답고 웅장할 것이 틀림없었다. 그러나 그는 곧 격분하게 되는데…….

결론은 판본에 따라 다르다.

이야기의 첫째 마무리 방식은 이렇다.

티무르 대제는 비비 하눔의 볼에 남은 키스 자국을 발견하고는 화가 난 나머지 그녀를 미나레트 꼭대기에서 떨어뜨려 죽였다. 젊은 건축가는 메카로 재빨리 도망친 뒤였다. 그 일이 있은 후, 티무르 대제는 제국 내 모든 여성들에게 얼굴을 가리도록 명령했다. 남자들이 더는 여자들을 유혹하지 못하게 하려는 조치였다.

이야기의 둘째 마무리 방식은 이렇다.

티무르 대제는 비비 하눔의 볼에 남은 키스 자국을 발견하자 사람들이 보는 앞에서 얼른 그녀의 볼에 키스를 했다. 그런 다음 미나레트로 뛰어올라 갔다. 거기에는 건축가의 제자들만 있었다. 티무르 대제가 건축가의 소재를 묻자 그들은 한결같이 대답했다.

"날개가 나와서 마사드로 날아갔습니다요."

이야기의 셋째 마무리 방식은 이렇다.

비비 하눔의 볼에 남은 키스 자국을 발견한 티무르 대제는 화가 치밀었다. 그는 건축가에게 지하에도 세상에서 가장 화려한 모스크를 만들라고 명령했다. 그 모스크가 완성되자 티무르 대제는 건축가를 지하 감옥에 가두었다. 거기에 티무르 대제가 소아시아 원정에서 가져온 책들을 다 집어넣으라고 명령했다. 결국 그 감옥은 세계 제일의 도서관이 되었다. 티무르 대제는 입구를 단단히 벽돌로 밀봉하라고 명령했다. 그리고…….

비비 하눔 모스크에 얽힌 전설은 14세기 말 15세기 초 중앙아시아를 호령한 티무르 시대의 전설로 위에서 보듯 판본에 따라 변화무쌍하다. 실제 모스크의 건설은 이런 전설들과 전혀 상관없다는 견해도 있다. 티무르는 매우 잔인했다. 그가 지나간 자리에는 참혹한 죽음과 약탈의 흔적만 남았다. 오늘날 아프가니스탄에 속하는 사브자와르 마을에서는 주민 이천여 명을 탑 모양으로 쌓은 뒤 흙을 발라 생매장시켰다. 델리에서는 십만 명의 힌두교도들 목을 단 한 시간 만에 쳤다.[8]

어쨌거나 이야기가 없는 건축물은 오늘날 이야기의 폐허 위에 지어진 서울의 아파트들과 무엇이 다르랴. 이야기는 이야기를 원하는 욕구에 의해 생명력을 유지한다. 그런 점에서 서울의 아파트는 물신의 욕망 이외의 다른 욕망들을 철저히 좌절시킨다.

서울에서, 한 소설가가 이미 이렇게 탄식하지 않았던가.

"서울은 기억상실증에 걸린 도시예요. 그런 동시에 쓰레기 더미 위에 세워진 정원의 도시이기도 하죠. 알아요? 여기선 누구든지 살아간다는 게 혁명적이지요."[9]

그의 말은 이런 뜻이다, 슬프게도.

　　서울은 완전범죄를 꿈꾸는 치밀한 범죄자처럼 모든 것을 송두리째 지워 버린다. 아놀드 슈왈제네거가 주연한 영화〈토탈 리콜〉의 주인공처럼, 서울의 시민들은 자기 머릿속에 들어 있는 기억들을 의심하지 않으면 안 된다. 그래서 누구와도 "여기에 무엇이 있었는데…" 같은 이야기는 나누지 않는다. 회고와 향수야말로 서울과 어울리지 않는 것이다.[10]

사랑 때문에 화귀가 된 사내

지귀(志鬼)-쉰여덟 번째 이야기

　　비비 하눔을 짝사랑한 건축가처럼 지독한 사랑의 몸살을 앓은 사내가 어디 한둘이랴.

　　신라 시대 지귀는 그중에서도 정도가 심한 편에 속할 텐데, 평범한 사내에 불과한 그가 감히 선덕여왕을 짝사랑한 이야기는「심화요탑」이라는 제목으로 박인량의『수이전』에 처음 실렸다가 소실되고, 나중에『대동운부군옥』에 다시 전재되어 오늘 우리에게 전해진다.

58 신라에 지귀라는 사람이 살았다. 하루는 서라벌에 나왔다가 우연히 선덕여왕을 보고 그만 사랑에 빠졌다. 집에 돌아와서도 밥이 목구멍으로 넘어가지 않았다. 하루 종일 여왕의 아름다운 자태만 눈앞에 아른거렸다. 하지만 평범한 백성인 지귀가 무엇을 어찌 할 수

있으랴. 지귀는 괴로움에 몸이 점점 야위어 뼈만 앙상해졌다.

어느 날 영묘사에 불공을 드리러 간 선덕여왕이 웅성거리는 소리를 들었다.

선덕여왕이 물으니, 신하들은 머뭇머뭇 지귀 이야기를 들려주었다. 사실 그 소리는 선덕여왕을 사모한 나머지 미쳐 버린 지귀 때문에 생긴 소동이었다. 선덕여왕은 지귀를 부르라 명했다. 신하들은 깜짝 놀랐다. 지귀는 덩실덩실 춤을 추며 경내로 들어왔다. 선덕여왕은 불공을 드리러 들어갔다. 그동안 지귀는 탑 아래에서 기다렸다. 선덕여왕은 좀처럼 밖으로 나오지 않았다. 몸이 가뜩이나 쇠약해진 지귀는 그만 까무룩 잠에 빠지고 말았다. 기도를 마친 여왕이 경내로 나와 탑 아래 잠든 지귀를 발견하고는 깰까 우려해 차고 있던 금팔찌를 벗어 지귀의 가슴에 올려주었다. 그러고 나서 선덕여왕 일행은 궁으로 돌아갔다.

얼마큼 시간이 흘렀을까. 사위는 쥐 죽은 듯 조용하고 뉘엿뉘엿 땅거미마저 절 담을 넘어 오고 있었다. 퍼뜩 잠에서 깬 지귀는 제 가슴위에서 툭 떨어지는 금팔찌를 발견했다. 숨이 막혔다. 꿈엔들 이런 일이 있으리라고 생각지도 못했던, 바로 그런 일이 일어난 것이었다. 여왕이 직접, 그 옥처럼 하얀 손으로…… 지귀는 도무지 참을 수 없었다. 그것은 기쁨을 넘어선 기쁨이었다. 동시에 더없이 참혹한 박탈이었다.

지귀의 가슴속에서 사랑의 마음이 불타올라 그대로 불길이 되어 버렸다.

그 후, 지귀는 화귀(火鬼)가 되어 세상을 떠돌아다녔다. 그때부터 나라 곳곳에 크고 작은 화재가 끊이지 않았다. 이에 선덕여왕은 지귀의 혼을 달래는 주문을 짓게 했다.

> 지귀의 마음 속 불길이
> 자신의 몸을 불사르고 화귀가 되었네
> 푸른 바다 밖으로 흘러갔으니
> 만나지도 말고 친하지도 말지어다

미당 서정주는 이 설화에 감동을 받고「선덕여왕의 말씀」「지귀와 선덕여왕의 염사」「우리 데이트는」등 세 편이나 시를 지었다. 그중「우리 데이트는」을 읽어 보자.

> (전략)
> 내가 어느 절간에 가 불공을 하면
> 그대는 그 어디 돌탑에 기대어
> 한 낮잠 잘 주무시고,
>
> 그대 좋은 낮잠의 상(賞)으로
> 나올 때 내 금 팔찌나 한 짝
> 그대 자는 가슴 위에 벗어서 얹어 놓고,
>
> 그리곤 그대 깨어 나거던
> 시원한 바다나 하나

우리 둘 사이에 두어야지.

우리 데이트는 인젠 이렇게 하지.

햇볕 아늑하고

영원도 잘 보이는 날

무슨 말을 더 보태랴. 갑자기, 햇볕 아득하고 영원도 잘 보이는 것 같기만 하다.

복수인가, 인연을 가볍게 여긴 데 대한 속죄인가

전등사 나부상의 전설-쉰아홉 번째 이야기

사랑은 멀쩡한 사람을 화귀로 만들 만큼 무시무시한 것이다.

전등사의 대표적인 건물인 '강화 전등사 대웅전(보물 제178호)'은 그 자체만으로도 조선 중기의 건축 양식을 보여 주는 귀중한 문화유산이지만, 이 건물이 더욱 유명하게 된 데에는 대웅전의 지붕을 떠받치고 있는 나부상(裸婦像)이 있다. 사찰 홈페이지에도 소개되어 있듯이, 대체 석가모니 부처님을 모신 신성한 법당에 웬 벌거벗은 여인인가 하고 궁금하게 여기는 사람들이 많다고 한다. 어떤 사람들은 그 조각을 나부가 아니라 원숭이로 간주하기도 한다. 원숭이가 사자나 용과 마찬가지로 불교를 수호하는 짐승이기 때문이다. 사실 현장에서 보면 나부라기보다 벌을 받는 원숭이처럼 보이기도 한다. 하지만 스토리텔링에 유리한 것은 아무래도 나부상 쪽이겠다. 이 나부상과 관련해서 다음과 같은 슬픈 사랑의 전설이 내려온다.

59 대웅전 건립에 남도에서 올라온 한 솜씨 좋은 도편수가 참가했다.

그는 공사를 하던 중 우연히 아랫마을에 사는 한 여인과 사랑에 빠졌다. 여인은 홀몸이었고, 도편수는 나이 든 총각이었다. 둘은 남들의 이목을 피해 틈틈이 사랑을 나누었다. 첫눈에 반한 사랑이었던 만큼 도편수는 하루 종일 그녀 생각 밖에 없었다. 이제까지의 생이 오로지 그 순간을 위해 존재했던 것처럼 느껴졌다. 인부들이라고 눈치채지 못할 리 없었지만, 워낙에 도편수의 능력이 뛰어났고 또 성실했다. 다림을 보고 머름대를 짜고 공포를 두는 일 어느 하나 소홀함이 없게 관리했다. 일은 차곡차곡 잘 진행되어 나갔다. 그러는 사이 도편수는 공사가 끝나면 여인과 살림을 차릴 결심을 굳히고, 중간에 받은 삯을 모두 그 여인에게 맡겼다. 인부 중 한 사람이 지나가는 말처럼 넌지시 충고했다. 그렇지만 이미 온 마음이 여인에게 가버린 도편수의 귀에 그런 말이 제대로 다가설 리 없었다. 공사가 거의 끝나갈 무렵, 이제 서까래와 도리가 한 몸이 되도록 접착하는 일만 남았는데, 여인이 하루 밤새 사라져버렸다. 도편수는 넋이 나가 그녀를 찾아 헤맸다. 하지만 어디에서도 여인을 찾아낼 수 없었다. 뒤늦게 도편수는 한 가지 소식을 듣게 되었다. 여인이 도편수의 돈을 챙겨 외간 사내와 도망쳐버렸다는 소식이었다. 마른하늘에 날벼락이었지만, 사실이었다. 도편수는 실의에 빠져 매일 밤을 술로 지샜다. 당연히 공사는 뒷전이었다. 그러다가 다시 마음을 다잡은 도편수는 전보다 훨씬 부지런히 일을 했다. 그렇게 해서 어느덧 대웅전 공사를 마무리하는 일만 남았다.

도편수는 말했다.

"오늘 밤으로 내가 이 추녀 공사를 마무리 짓겠다. 그동안 다들 열심히 일했으니 오늘 밤은 실컷 술을 마시며 쉬게."

이튿날 아침, 겨우 술에서 깨어난 인부들은 대웅전을 보고 깜짝 놀랐다. 네 처마 끝에는 전혀 생각하지도 못했던 목조 형상물들이 박혀 있었기 때문이다. 인부들이 도편수를 찾았지만, 온데간데없이 사라져 버린 뒤였다.[11]

전설을 받아들인다면, 도편수의 그날 밤 심정이 궁금하지 않을 수 없다. 그때 그 밤, 나부상을 조각하던 심정이라니……. 업을 지었으니 벌을 받으라는 뜻으로 그리했다는 설이 있다. 그래서 천년만년 무거운 지붕을 이고 뉘우치라는 복수! 아니, 사랑했던 여인을 대신해 부처님께 속죄를 비는 간절한 기구는 아니었을까. 아니, 그건 어쩌면 인연에 대해 너무 가볍게 생각했던 도편수가 자기 자신을 반성하는 속죄의 표현일지도 모른다.

여인에 대해서는 여러 가지 설이 있다. 여염집 규수라고도 하고, 혹은 주막의 주모, 심지어 공사장만 찾아다니는 들병이라고도 했다. 그게 누구든 중요하지 않다. 전설은 과학적인 해답과는 별로 상관이 없다.

일 년에 단 하루, 옛사랑을 다시 만나는 사랑시장의 상상력과 진실

사랑시장-예순 번째 이야기

사랑이 그토록 가슴 아픈 것일 수 있을진대, 뾰족한 해결책은 없는 것일까. 헤어진 그 사람을 다시 만날 길은 영영 없는 것일까. 동아시아에 널리 퍼진 〈견우와 직녀〉류의 전설은 안타까운 사랑을 다시 만나는 일을 가능하게 해주었지만, 결국 그 만남은 또 다른 이별의 전제일 뿐이다. 어쨌든 일 년에 한 번 까마귀와 까치가 은하수에 놓아준다는 그 오작교가 베트남의 북부 험준한 산악 지대에 이름도 묘한 '사랑시장'의 형태로 열린다면 쉽게 믿을 수 있겠는가.

사파현 전 서기장이었던 쩐 요안 탕은 자오족 사이에 과거 행해졌던 '사랑시장'이라는 독특한 풍습을 다음과 같이 설명한다.[12] 사뭇 파격적이다.

"아는 사이든 낯선 사람이든 옛 연인이든 상관없다. 토요일 시장에 나와 함께 노래를 하다 보면 자연스럽게 눈이 맞게 되고 한 쌍 한 쌍 떨어져 나간다."

이게 과연 사실일까.

산간 지역에 흩어져 사는 자오족은 장날 사파를 찾았다가 해가 저물어 집으로 돌아가지 못하면 자연스럽게 남녀가 어울려 노래를 부르다 짝을 맞췄다고 한다. 기혼 미혼 가릴 것 없이 참가했고, 하룻밤 연애의 결과로 아이가 생기면 오히려 마을의 경사로 쳤다고 한다. 특히 처녀에게 아이가 생기면 더 좋아했단다. 왜 이런 풍습이 생기고 유지된 것일까.

"산자락 계단논에서 농사를 짓다 보니 자오족은 노동력이 많이 필요했다. 소수민족 특유의 개방적인 성 관념도 영향을 미친 것 같다."

쩐 요안 탕의 대답이 사실이라면, 사랑시장은 일종의 생존 수단이자 독특한 문화 산물인 셈이다. 그런데 베트남의 사랑시장은 지역에 따라 모습도 조금씩 달랐다. 북부 산간 지방인 커우바이 지역에서는 이뤄지지 못한 옛 사랑의 연인들이 일 년에 하루, 음력 3월 27일에 사랑시장에서 만나 못다 이룬 사랑의 아픔을 달랬다.

60 이런 노래가 전해온다.

> 그대여 저와 함께 산을 내려가요
> 말을 타고 오세요 혼자서
> 저 비록 예쁘진 않지만
> 퐁류 사랑시장의 햇빛을 가릴 양산을 가지고 있답니다

아주 먼 옛날, 커우바이 지역에 어느 가난한 눙족 농부 부부가 살고 있었다. 그들에게는 아주 총명하고 잘생긴 아들이 하나 있었는데 이름은 바였다. 그는 칼 솜씨가 뛰어났고 쟁기질을 잘했으며 활과 석궁을 잘 쏘았다. 무엇보다 노래를 잘 부르고 피리도 잘 불어 동네 여자들의 마음을 빼앗곤 했다.

커우바이의 인근 마을 저이족의 족장 집에는 아름다운 막내딸이 있었다. 그녀는 노래 솜씨가 아주 뛰어났다. 여러 마을 부잣집 아들들과 족장의 아들들이 그녀와 연을 맺길 원했으나 그녀는 조금도 움

직이지 않았다. 사실 그녀는 이미 바의 피리 소리에 마음을 홀딱 빼앗긴 뒤였다. 언제부턴가 그녀는 그 피리 소리를 따라 노래를 부르기 시작했다.

두 사람의 사랑은 이렇게 시작되어 산불처럼 활활 불타올랐다. 두 사람의 관계를 눈치 챈 그녀의 부모는 바가 가난한 집안의 아들인 데다 다른 민족이라는 이유를 내걸어 만남을 금지시켰다. 그래도 그녀의 마음은 달라지지 않았다. 그녀는 몇 번이고 집에서 도망쳐 나와 숲 속에서 몰래 바를 만나곤 했다. 둘은 동굴에서 함께 살기로 맹세했다.

이 사실을 파악한 여자네 가족과 친척은 바의 마을에 쳐들어갔다. 남자 쪽의 일가친척들도 몽둥이, 장총, 활을 들고 나와 맞섰다. 산 위에서 두 집안의 싸움을 지켜본 두 연인은 결정을 내릴 수밖에 없었다. 자칫 두 마을 간에 커다란 분쟁이 일어날지도 몰랐기 때문이다. 두 사람은 이 세상에서의 인연이 다했음을 슬퍼하며 각기 집으로 돌아갔다. 다만 그들은 해마다 두 사람이 헤어진 그날을 기억하고 커우바이 산에서 다시 만날 것을 약속했다. 그날이 바로 음력 3월 27일이었다.

얼마나 많은 세월이 흘렀을까. 이제 그들은 그런 만남조차 더 이상 유지할 수 없었다. 훗날 사람들은 두 사람을 함께 기리는 제사를 지내주었다. 마을 사람들이 두 개의 사당을 세웠는데 지금은 각기 할아버지 사당, 할머니 사당이라 불린다. 그 두 사당 가운데 있는 오래된 나무 아래 약속바위에서 기도를 하면 아이를 얻는다는 이야기도 전해온다.

자오족의 커우바이 시장은 이런 전설을 배경으로 형성되었다.

선남선녀들은 일 년에 한 번 음력 3월 27일에 시장에서 만나 짧은 하루를 보내며 못다 한 사랑을 되새긴다. 아내와 남편은 시장을 찾아가는 상대방을 질투하거나 시샘하지 않는다. 시장에 오는 모든 사람들이 자신의 옛사랑을 찾을 권리를 갖고 있기 때문이다.

약속바위 앞에서는 남녀가 서로를 애타게 찾는다. 기나긴 이별의 시간이 아쉬운 듯 서둘러 사랑의 노래를 주고받는다. 인연은 그렇게 이어진다. 그들의 사랑 이야기는 끝날 줄을 모른다.

닭은 아침을 기다려서야 목청껏 울고

개울은 달이 뜨기를 기다려서야 졸졸 소리 내어 흐르고

저는 밤 시장이 오기를 기다려서야 사랑을 얘기하지요

먼 마을에서 온 소녀여

낯선 집에서 온 소녀여

그대 얼굴은 꽃처럼 아름답네요

그대의 말은 시냇물 소리처럼 곱네요

내 마음을 뜨겁게 달구네요

(중략)

온 마음을 다해 그대를 사랑해요

목청껏 그대를 그리워해요

이 삶이 다하도록 그대를 사랑해요

돌 위에 꽃이 필 때까지
돌 부리가 금이 될 때까지
전 기다리고 또 기다립니다

　　　　　　　　　　　-사랑시장에서 부르는 〈고백의 노래〉

　베트남의 민족 구성은 킨족이라고 부르는 비엣족이 팔십육 퍼센트
라는 절대다수를 차지하며, 나머지 자리를 수많은 소수민족이 채우
고 있다. 국가가 공인하는 소수민족만 하더라도 따이, 타이, 므엉, 호
아, 눙 등 무려 쉰네 개에 이른다. 이들은 대개 험준한 산악 지대의
열악한 생존 환경을 숙명처럼 받아들였다.
　'사랑시장'은 전체 인구의 일 퍼센트도 안 되는 소수민족인 자오족
을 중심으로 번성한 이들의 고유 문화였다. 그러던 것이 점차 베트남
북부의 다른 지역으로 전파되면서 다른 소수민족들도 공유했던 것
으로 보인다. 앞서 살폈듯이, 한편에서는 노동력 충당을 위해 출산을
장려하기 위한 하나의 방편으로 사용되었다거나, 다른 한편에서는
자오족 여성의 출산율이 다른 민족에 비해 낮았기 때문에 이를 보완
하기 위한 수단이었다는 등의 내부 증언들이 있다.
　그러나 외부의 시선은 그 입지부터 다르다. 베트남이 개방된 이후
많은 외부 관광객이 베트남 북부의 아름다운 산악 지대를 찾게 되고,
그 과정에서 특히 사파의 사랑시장이 호기심의 대상이 된 적이 있다.

어떤 여행 가이드북에는 마치 누구나 마음대로 찾아가서 사랑을 사고파는 게 가능한 장이 선다는 식으로 소개되기도 했다. 이는 분명히 사실과 다른 왜곡이다. 사랑시장은 사랑을 사고파는 곳이 아니라 그들의 경제적 환경과 문화적 전통 위에 만들어진 남녀관계의 독특한 풍습이다. 어떤 지역에서는 일 년에 단 하루 축제날 밤에만, 횃불이 꺼진 다음부터 다음날 해가 뜨기 전까지만 이런 만남이 허용되었다. 그러나 어떤 지역에서는 시장이 열리는 날 밤마다 사랑시장이 열렸다. 먼 산악지역에서 시장에 온 사람들은 그날로 집에 돌아갈 수 없었고, 긴 밤을 남녀들이 어울려 노래를 부르며 날이 새기를 기다렸다. 자오족처럼 사랑시장에서의 만남을 통해 처녀가 아이를 가져도 아무 문제가 되지 않는 경우가 있는가 하면, 아이를 가지게 되면 엄하게 처벌을 받는 지역도 있었다. 이러한 문화는 베트남에 사회주의 정권이 들어선 뒤 금지되면서 공식적으로는 사라졌다. 사랑시장은 일부일처라는 혼인 제도가 갖고 있는 모순과 불행을 치유하고 보완하는 하나의 사회적 장치일 수도 있지만, 열악한 조건 속에서 소수민족이 생존과 종족 유지를 위해 강구한 소수민족의 또 다른 자구책 중하나로 기능했다고 보는 게 더 정확한 접근일 것이다.

베트남 여성 소설가 이 반의 단편소설「보름달 시장 고목 밑둥에서」는 음력 보름날이면 오래된 나무 아래서 열린다는 사랑시장 이야기를 소재로 한다. 이 사랑시장은 잘 알려진 사파 등 북부 소수민족들의 사랑시장 전설과는 확연히 다르게 산 자와 죽은 자의 못다 이룬 사랑을 소재로 하고 있어 흥미롭다. 작가는 이 이야기의 소재가 되는 전설이 하노이 근교 자신의 고향에서도 전해 내려오고 있다고 말한다.

미인에게 홀려 하마터면 알거지가 될 뻔한 청년

바그다드 젊은 자밀 이야기-예순한 번째 이야기

『천일야화』는 아랍을 대표하는 고전이다. 어린 시절 신드바드의 양탄자를 타고 하늘을 나는 꿈을 꾸지 않거나, 사십 인의 도적이 알리바바가 숨어 있는 동굴 앞으로 다가오는 소리에 마음을 졸이지 않은 사람이 몇이나 될까. 바로 그 「알리바바와 사십 인의 도적」 이야기나 「알라딘과 이상한 램프」가 원래 『천일야화』에 들어 있지 않았으나 프랑스인 번역자 갈랑이 임의로 집어넣었다는 사실을 알았을 때 머리가 조금 어질해지긴 했을 것이다. 무엇보다 우리에게는 어린 시절의 꿈과 환상과 모험의 대명사처럼 여겨지던 『천일야화』가 어린이를 위한 동화가 아니라 의외로 꽤 야한 이야기책이기도 하다는 사실을 뒤늦게 깨닫고 충격을 받은 기억도 있을 것이다.

홀 안쪽에는 화려한 옷차림을 하고 패물을 찬, 마치 달덩이 같이 빛나는 처녀들이 사십 명이나 있었습니다. 그 아름다움은 어떤 사람에게도 싫증이 나지 않을 것입니다. (중략) 잠잘 시간이 될 때까지 나는 처녀들을 데리고 즐겁게 지냈습니다. 모두들 술기운에 들떠 있었습니다. 막상 잠자리에 들게 되자, 처녀들은 이렇게 말하는 것이었습니다.

"오, 주인님, 우리들 가운데서 오늘 밤 당신과 함께 잘 사람을 골라주세요. 그런데 사십 일이 지나기 전에는 같은 처녀와 함께 주무실 수는 없습니다."

그래서 나는 얼굴이 아름답고, 몸매가 날씬하고, 속눈썹이 짙은 처녀를 하나 골랐습니다. 긴 머리칼은 칠흑 같고, 앞니는 투명하고, 눈썹은 다가 붙어 있었습니다. 그것은 마치 가냘프고 부드러운 나뭇가지나, 그렇지 않으면 향기로운 풀줄기처럼 사람의 마음을 놀래고 어지럽히는 모습이었습니다. (중략) 나는 그날 밤 그 처녀와 동침했습니다만 그처럼 즐거움을 맛본 것은 난생 처음이었습니다.[13]

형은 너무 좋아 정신없이 옷을 벗어던지고 알몸이 되었다. 처녀도 형과 똑같이 옷을 벗고 알몸이 되었다. 그리곤 자기를 잡아보라며 이 방 저 방을 뛰어다녔다. 형도 미친 듯이 정욕이 불처럼 타올라 연장을 무시무시하게 벌떡 세워가지고…….[14]

그런데 이런 따위 성적인 수위가 높은, 이른바 성인용 민담의 상당수가 아랍 문명의 화려한 전시장인 바그다드를 주무대로 삼고 있다. 바그다드 상인의 아들 자밀이 겪은 경험도 이런 범주에 속할 것이다.

61 자밀은 바그다드의 상인이던 아버지로부터 옷가게와 함께 스무 명이 들어야 겨우 옮길 수 있을 무게의 황금궤짝을 물려받았다. 그는 어느 날 강가 어느 집 창문으로 백합 꽃잎처럼 피부가 흰 한 소녀를 보게 되고, 단번에 그 소녀와 결혼하는 게 인생의 목표라고 생각했다. 뒷조사를 시킨 결과, 소녀의 이름은 아미라이며 아직 결혼하지 않았는데 현재 돈은 자밀보다 많다고 했다. 그 까닭은 워낙 예뻐서, 얼굴을 한 번 보려면 얼마, 옷 입은 채 상반신은 얼마 하는 식으로 돈을 받았기 때문이라고 했다. 게다가 전신을 알몸으로 보려면 선

금으로 천 디르헴을 내야 하지만, 그렇게 하고서도 손끝 하나 건드릴
수 없다고 했다.

이튿날 밤을 설친 그는 변장을 하고 그녀를 찾아갔다. 노파가 나와
서 어떤 식으로 보고 싶냐고 하기에 자밀은 단지 이야기만 나누고 싶
다고 말했다. 그랬더니 그건 허락되지 않는다며 쫓아내려고 했다. 자
밀은 오십 디르헴을 내고 얼굴만 본다고 말했다. 막상 얼굴을 보자
자밀은 가슴이 두방망이질 치고 정신이 아득해졌다.

그 다음 날부터 자밀은 매일같이 그 집을 찾아가 천 디르헴씩 주고
그녀의 벌거벗은 몸을 보는 게 일과였다. 육 개월을 그렇게 하고 나
니 자밀의 가게는 쫄딱 망했다. 마지막으로 그는 그녀를 찾아가 자신
의 속을 다 털어놓았지만 매까지 맞고 쫓겨났다. 노파는 그를 쫓아내
면서 그녀가 누구이며 왜 그러는지 이유를 설명해주었다. 아미라는
원래 페르시아 왕의 딸이었는데 왕을 배신한 대신들에게 쫓겨났고,
엄마인 왕비는 그 대신들에게 붙잡혀 온갖 수모를 당하다가 끝내 살
해당했다고 했다. 그때부터 그녀는 세상의 모든 남자들을 적으로 생
각하며 복수하는 것이라고 설명해주었다.

그날 총독의 친구이며 왕을 즐겁게 해 줄 이야깃거리를 찾고 있던
아부 나와스가 가게 앞을 지나가다가 안에서 울고 있는 자밀을 보고
물었다. 자밀은 자신이 처한 상황을 이야기하면서 이 고통에서 벗어
나는 길은 오직 죽음뿐이라고 말했다. 사내는 자밀에게 자기가 오른
쪽 눈을 뜨고 있을 때는 그대로 따라하고 오른쪽 눈을 감고 있으면
그만두라고 충고했다. 두 사람은 변장을 하고 아미라의 집으로 갔다.
아부 나와스는 미리 당나귀를 사서 뱃전에 묶었다. 그런 다음 물 위

에 배를 띄우지 않고 강변 모래사장 쪽을 향해 배를 끌고 그 집 쪽으로 가면서 노래를 불렀다. 그러자 창문이 열리며 노파가 나타났고 안쪽을 향해 이 우스꽝스러운 광경을 보라고 말하는 게 들렸다. 자밀은 곧 오십 디르헴도 내지 않고 맨얼굴의 아미라를 보게 되었다. 그 다음 나와스는 배를 멈추고 풍로를 꺼내 밥을 짓기 시작했다. 그는 물도 붓지 않고 밥을 지었다. 그 광경을 보고 노파가 또 깔깔댔다. 몇 분 후에는 나와스와 자밀이 서로 옷섶에다 쌀을 부으면서 밥 먹는 시늉을 했다. 그러자 아미라는 그 이상한 광경을 가까이 가서 보고 싶어 했다.

그들이 다가오자 나와스는 자기들이 중국에서 온 사람들인데, 그곳에서는 불을 신성하게 생각해서 불 위에 무엇을 놓고 끓인다는 것조차 곧 죽음이라고 말했다. 동물을 타는 것도 금지되어 있고, 바퀴도 금지되어 있어서 자기들은 배로 여행을 하는 것이라고 말했다. 그러자 아미라는 불쌍한 그들에게 맛있는 밥을 해주고 싶다고 했다. 나와스는 자기네 왕이 마법 구슬로 다 보고 있기에 당신들이 직접 밥을 먹여준다는 조건 하에서만 받아들이겠다고 대답했다.

해가 지고 음식이 준비되었다. 노파는 아부 나와스에게, 아미라는 자밀에게 붙어 앉아 음식을 먹여주기 시작했다. 아부 나와스는 노파에게 키스를 했다. 그러자 아미라가 자밀에게 자기에게도 똑같이 해달라고 말했다. 그 순간 아부 나와스가 오른쪽 눈을 감았기 때문에 자밀은 키스하지 않았다. 왕이 오 년 만에 한 번씩 시험을 보는데 자밀은 그 시험을 통과해야 하기 때문에 키스 할 수 없다고 말했다. 아미라는 부끄러움을 느꼈다. 그동안 나와스는 노파의 옷 속으로 손을

넣고 즐기기 시작했다. 아미라는 몸이 달아 자기에게도 저렇게 해 달
라고 보챘지만, 그때 역시 나와스의 오른쪽 눈이 감겨 있었기에 자밀
은 거절했다. 아미라는 더욱 부끄러움을 느꼈다. 그때 아부 나와스가
나서서 문서로 결혼을 약속하면 된다고 한 가지 해결방안을 제시했
다. 자밀은 종이를 준비해서 아미라에게 내밀었고 아미라는 쉽게 서
명했다. 그들은 곧 결혼했다.

　아부 나와스는 고국에 돌아가서 이 일을 왕에게 말해 왕을 즐겁게
해 주었다.[15]

　8세기 말엽 바그다드는 세계에서 가장 큰 도시였고, 예부터 지켜
온 상업과 교역의 중심으로서 지위도 더욱 확대되었다. 바그다드 자
체가 동양과 서양을 잇는 주요 대상로에 있었을 뿐만 아니라 티그리
스와 유프라테스라는 큰 강들, 바스라와 페르시아만으로 쉽게 통하
는 천혜의 지리적 위치가 중요한 구실을 했다. 게다가 비옥한 농토가
바그다드를 둘러싸고 있어 많은 인구를 쉽게 먹여 살릴 수 있었다. 9
세기 초 칼리프 하룬 알 라시드의 배다른 두 아들 아민과 마문이 피
비린내 나는 전투를 벌였고, 그 결과 인구 오십만의 바그다드는 마문
의 손으로 넘어갔다. 전후에도 바그다드는 우마이야왕조 시절의 다
마스쿠스보다 훨씬 번성한 모습을 자랑했다. "방문객들은 화려한 궁
전, 모스크, 새소리로 가득한 향기로운 정원, 그리고 최고급 상품을
구비한 시장들을 보며 경탄했다. 도시의 거리에는 다양한 아시아어
의 인사와 말다툼 소리, 잡담과 흥정 소리들이 울려 퍼졌다."[16] 바그
다드 태생이든 아니든, 주민들은 도시의 만국적인 분위기를 자랑스

럽게 여겼다고 한다. 바그다드는 상업의 도시답게 모든 물자가 풍부했다. 인도에서 탄생한 복식부기는 바그다드 상인의 손을 거쳐 제노바로 들어갔다. 따라서 바그다드 상인을 소재로 한 이야기도 상대적으로 풍부하다. 『천일야화』에 나오는 신드바드도 부유한 상인의 아들이었다. 「바그다드 상인 알리 코지아 이야기」 「알리바바와 사십 인의 도적」 이야기라든지 「바그다드 상인과 연금술 이야기」 등 이런 예는 무수히 많다.

샤 나메

두 어깨에서 뱀이 솟는 사악한 왕 자하크

샤 나메(1)-예순두 번째 이야기

고국에 돌아간 아부 나와스는 왕에게 자밀의 이야기를 들려주었
다.『천일야화』에서도 그토록 잔인한 왕이 이야기에 빠져 있는 동안
에는 살인을 멈추었고 앵무새가 등장하는『투티 나메』에서도 왕은
유독 이야기 앞에서 마음이 약해져 자비를 베푼다.

왕들은 어째서 이렇게 이야기를 즐기는가.

그 까닭을 알려면 우선 왕들의 이야기, 즉『샤 나메』를 읽어볼 필요
가 있지 않을까.

『샤 나메』는 '왕들의 책'이라는 뜻으로, 서기 1010년 이란 시인 피르

다우시가 삼십오 년간의 집필 끝에 페르시아어 대구 형식으로 완성한 약 육만여 행의 방대한 서사시이다. 창세에서 7세기 이슬람의 페르시아 정복 때까지 대이란 제국의 신화와 역사, 그리고 고대 신앙으로서 조로아스터교를 말해준다. 구체적으로는 피슈다디왕조, 카야니왕조, 아슈카니왕조, 사산왕조 등 네 왕조의 역사를 기록한다. 앞의 두 왕조는 주로 신화와 전설에 바탕을 두었고, 아슈카니왕조는 역사적 사실과 전설이 혼합되었으며, 마지막 사산왕조에 관해서는 대체로 역사적 사실을 충실하게 기록하고 있다. 워낙 방대하다 보니 그 내용도 영웅 이야기, 사랑 이야기, 전쟁 이야기, 모험 이야기, 환상 이야기 등 매우 다양하고 흥미진진하게 전개된다. 이런 역사적, 문학적 중요성 외에도『샤 나메』는 거의 순수한 페르시아어로 쓰여, 아랍어의 영향을 입은 페르시아어를 되살리는 구심점이 되었다. 한 마디로, 페르시아 문화[17]의 백과사전이라 할 만하다.

여기에 제일 먼저 소개하는「자하크 왕 이야기」는 악의 신 아후라 마즈다의 유혹에 빠진 자하크가 아버지를 살해하고 권력을 잡는 과정부터 시작하여 무려 천 년간 상상을 초월하는 폭정을 자행하는 이야기를 다루고 있다. 무엇보다 자하크의 두 어깨에서 뱀이 솟아나 아무리 베어내도 다시 살아난다는 설정, 그 뱀들을 위해 매일같이 두 사람 분의 뇌를 먹여야 한다는 설정이 끔찍한 만큼 독자들의 호기심과 상상력을 크게 자극한다. 자하크 앞의 잠시드나 자하크 뒤의 페레이둔 역시 매우 흥미로운 영웅으로서『샤 나메』의 가치를 함께 웅변한다.

62 잠시드가 통치하던 평화와 화합의 시대는 악의 화신 자하크가 나타남으로써 깨졌다. 자하크는 조로아스터교의 경전『아베스타』에서 무지와 탐욕으로 인해 악마에게 자신의 영혼을 팔았던 아즈히 다하카의 화신이었다. 메르다스라는 아랍 족장의 아들로 태어난 그는 잘생기고 영리했으나, 성격이 변화무쌍하고 탐욕스럽고 쉽게 악의 꾀임에 빠져 버렸다. 아리만이 세계 지배 전략의 도구로 그를 선택한 것도 그 때문이었다.

자하크가 청년이었을 때 아리만은 말 잘하는 친구로 변장하여 처음 나타났다. 아리만은 아버지가 자주 다니는 길에 구덩이를 파고 그 위에 나뭇잎을 덮어 놓으라고 사주했다. 자하크는 그의 말대로 했고, 결국 아버지 메르다스는 구덩이에 빠져 죽고 말았다. 아리만은 이제 천하제일의 요리사로 변장하여 자하크 앞에 나타나서는 매일 밤 호화로운 파티를 열어주었다. 자하크는 그런 아리만의 소원을 무엇이든 들어주려고 했다. 아리만은 그저 자하크의 두 어깨에 키스를 하도록 허용해 달라고만 했다. 그러자 자하크의 두 어깨에서는 두 마리 검은 뱀이 자라났다. 놀란 자하크가 아무리 그 뱀들을 칼로 잘라버려도 뱀들은 끊임없이 되살아났다.

놀라운 일이 뒤따랐다네. 군주의 양어깨에서 두 마리 검정 뱀이 자라났다네.

정신이 혼란해진 군주께서 치료법을 찾으셨다네.

결국 두 마리 뱀을 양어깨에서 잘라냈다네. 하지만 다시 자라났다네!

오, 정말 기이한 일이라네! 나무의 가지처럼 그렇게 말일세……

마침내 이블리스(악마)가 급한 숨을 몰아쉬며 왔다네.

악마는 "이건 당신 운명이니 뱀들을 죽이지 말고 살려두시오. 그들에겐
인간의 뇌를 주어 배불리 먹이시오"라고 말했다네.[18]

결국 자하크는 매일 사람들을 죽여 그 뇌를 먹여 뱀들을 살려야 했
다. 이는『아베스타』의 다하카, 즉 머리 셋 달린 용으로서 다하카를
재현한 것이니, 자하크는 자신의 머리와 두 뱀의 머리를 합쳐 머리가
셋 달린 괴물이 되고 만 것이다.

당시 통치자였던 잠시드는 교만해진 나머지 왕권을 상실하고 말았
다. 혼란한 와중에 자하크는 대군을 일으켜 잠시드를 쫓아냈다. 잠시
드는 더 이상 그의 상대가 아니었다. 자하크는 수 년 동안 잠시드를
쫓아다닌 끝에 결국 그를 붙잡아서 몸뚱이를 반토막 내는 방식으로
잔인하게 처형했다. 그런 다음 잠시드의 두 딸을 아내로 맞이했다.

자하크가 어깨 위의 두 뱀을 위해 매일같이 두 사람을 처형하자,
아르마엘과 가르마엘이라는 두 사람이 요리사로 변장하고 들어왔
다. 그들은 사람 대신 양을 요리하여 뱀에게 주었다. 그러나 그들은
단지 둘 중 한 사람만 살릴 수 있을 뿐이었다.

자하크의 폭정은 무려 천 년이나 지속되었다.

자하크는 천 년이나 왕좌에 앉아 있었네

세상이 모두 그에게 복종했지 그 길고 긴 시간

현자들의 관습은 유행이 지나가버렸고

광인의 탐욕만이 도처에 번성했다네

덕이란 덕은 경멸받고, 흑마술은 존경받았다네[19]

    어느 날 자하크는 왕실의 한 후손이 황소 머리의 철퇴를 가지고 나타나는 꿈을 꾸었다. 아무도 꿈을 해석하려 하지 않았는데, 후에 한 현자가 용기를 내어 그의 죽음을 예견하는 꿈이라고 풀이했다. 게다가 그 반란을 주도하는 자의 이름마저 알려주었다. 페레이둔이었다. 자하크는 밀정들을 보내 전국 어디서든 그런 이름을 가진 자를 찾아내게 했다. 마침내 그들은 황소가 키운 소년 페레이둔의 소재를 알아냈다. 소년의 아버지는 뱀의 먹이로 죽었고 소년의 어머니는 황소에게 페레이둔을 맡겨서 길렀다. 밀정들이 들이닥치기 직전, 소년의 어머니는 알보르즈 산맥으로 도망쳐서 그곳의 현자들에게 페레이둔을 맡겼다. 밀정들은 황소만 죽인 채 돌아가야 했다.

    세월이 흘렀다. 아무도 자하크의 자리를 넘보지 못했다. 그러다가 마침내 대장장이였던 카바가 반란을 일으키자, 십육 년 만에 산에서 내려온 페레이둔이 여기에 합류했다. 출정에 앞서 카바는 자하크의 부하들이 자기의 열여덟 명 아들 중에서 열일곱 명을 죽여 뱀들의 먹이로 주었으며, 단 하나 남은 아들마저 잡혀 감옥에 갇혀 있다는 사실을 알렸다. 자하크는 그 아들을 관대하게 석방하는 척했다. 하지만 이미 때는 늦었다. 페레이둔은 황소 머리 모양을 한 철퇴를 들고 성으로 진격했다. 자하크는 성을 비우고 달아났다가 페레이둔이 자기 왕비들을 곁에 두었다는 소식을 듣곤 격분하여 다시 성으로 공격해 들어왔다. 하지만 그의 군대는 포위망에 걸려 궤멸에 직면했고, 자하크도 붙잡혔다. 페레이둔은 자하크를 황소 머리 철퇴로 내리치려다가 천사의 충고를 받아들였다. 죽이는 대신 알보르즈 산맥으로 데려가 어느 동굴 안에 피를 흘리는 그를 내버렸다. 거기서 그는 세상이 끝날 때까지 지낼 터였다. 자하크의 천년 지배는 그렇게 하여 끝이 났다.

이후 페레이둔이 오백 년 동안 평화롭게 나라를 다스렸다.

이 이야기의 배경에는 조로아스터교가 있다. 조로아스터교는 고대 페르시아의 철학자 조로아스터가 창시한 종교로 제례 의식 때 특히 불을 숭배한다고 하여 중국에서는 일찍이 배화교(拜火教)라고 불렀다. 조로아스터교는 이원론적 일신교로서 아후라 마즈다가 선을, 앙그라 마이뉴(아리만 혹은 사탄)가 악을 대표한다. 아랍이 7세기에 이란을 점령할 때까지 국교로서 위치를 누렸다. 성전은 『아베스타』. 니체의 『자라투스트라는 이렇게 말했다』에서 주인공 자라투스트라의 명칭이 바로 예언자 조로아스터를 관용적으로 부르는 독일어 발음이다.

『아베스타』와 『샤 나메』는 이란뿐만 아니라 주변 국가에도 큰 영향을 끼쳤다. 예를 들어 타지크인들은 『아베스타』가 민족 신화의 가장 중요한 원천 중 하나라고 생각했으며, 일찍부터 『샤 나메』를 모방하여 『잠세트남』 『루흐라스프남』 『솜남』 등 많은 영웅 서사 작품들을 창작했다. 특히 『샤 나메』의 서사시들을 노래 부르듯이 연주하고, 일부 지역에서는 이야기로 구연하기도 했다. 그중에서도 특히 「삼과 잘에 관한 이야기」 「루스탐과 수흐라프」 「이스판디요르」 「베잔과 마니자」 등이 널리 회자되었다고 한다.[10]

이라크 북부 지방에 사는 쿠르드족의 전설도 『샤 나메』와 크게 다

『샤 나메』의 한 장면. 루스탐이 투란의 영웅을 창으로 찌르는 장면. 1450년경의 그림(32 × 26 cm).
David Collection museum 소장품.

르지 않다. 아시리아의 왕 자하크는 어깨에 뱀이 솟자 너무 고통스러워 매일같이 두 어린아이를 잡아 그 뇌를 먹여야 겨우 뱀을 달랠 수 있었다고 한다. 쿠르드족 대장장이 카바의 열일곱 명 아이들 중에서 열여섯 명이 그렇게 해서 죽었다. 마지막 남은 딸 하나를 어떻게 하면 살릴 수 있을까 궁리를 거듭한 카바는 아이 대신 양의 뇌를 바치도록 계략을 펴서 성공했다. 카바는 그런 식으로 다른 사람들의 아이도 빼돌려 그 아이들을 자그로스 산속에서 전사로 키웠다. 나중에는 자하크에 대항하여 반란을 일으켜 기나긴 폭정을 끝낼 수 있었다. 이라크 내 쿠르드족은 이날을 기념하여 들판에 불을 질러 새해 축제인 네우루즈(혹은 누루즈, 노브루즈, 네브루즈 등)를 연다. 어떤 쿠르드족 판본에 따르면, 카바가 전사로 길러낸 아이들과 더불어 자하크를 공격하여 폭정에 종지부를 낸 날이 기원전 612년 3월 21일이라고 날짜까지 못을 박기도 한다. 쿠르드족이 새해 축제에 대해 자하크의 폭정과 관련한 의미를 강조하는 것은 오늘날 독립국가를 이루지 못한 채 뿔뿔이 흩어져 사는 그들 민족이 처해 있는 정치적 상황과도 무관하지 않을 것이다. 그러나 사실 잠시드 및 자하크 왕의 전설과 깊이 연관된 이 축제는 이라크 내 쿠르드족뿐만 아니라 아제르바이잔, 터키, 우즈베키스탄, 파키스탄, 키르기스스탄, 인도, 이란 등 여러 나라에 걸쳐 해마다 새해와 봄을 알리는 전통 축제로서, 2009년에 유네스코 인류무형문화유산으로 등재되었다.

루스탐과 라크시의 일곱 가지 모험

샤 나메(2)-예순세 번째 이야기

『샤 나메』에는 무수한 영웅이 등장한다. 그중에서도 가장 대표적인 영웅 한 사람, 즉 영웅 중의 영웅을 꼽으라면 단연 루스탐이다. '영웅 중의 영웅' 루스탐이 '라크시 중의 라크시'와 함께 카이 카우스 왕을 구출하러 떠나면서 겪는 일곱 가지 모험은 흥미진진한 환상과 상상력의 세계 그 자체로서 수많은 이야기꾼의 입에 올랐다.

63 페르시아의 왕 잘은 카불의 왕녀 루다베를 만나 결혼했다. 둘 사이에서 루스탐이 태어났는데, 잘은 아이가 워낙 커서 아내 루다베가 죽을 거라고 판단하고 전설의 괴조 시무르그를 불러 깃털에 불을 붙이려 했다. 그렇게 하면 출산의 고통을 덜어줄 수 있다고 믿었기 때문이다. 새들의 왕이며 루스탐 가족의 친구인 시무르그는 알보르즈 산맥 꼭대기에 살면서 필요한 때 나타나 루스탐과 그의 가족을 도왔다. 예언하는 능력도 지니고 있는 시무르그는 삼나무처럼 크고 코끼리처럼 힘이 센 아이가 오직 제왕절개를 통해서만 세상에 나올 것이라고 잘을 설득했다. 그렇게 해서 태어난 루스탐은 어려서부터 천하장사에 장차 세상을 호령할 영웅의 면모를 유감없이 발휘했다.

카이 카우스 왕은 이란 북부 카스피해 연안에 있는 마잔다란 왕국 원정에 나섰다가 대악마 디브들에게 붙잡혔다. 루스탐이 왕을 구출하기 위한 모험에 나섰다. 이것이 바로 저 유명한 루스탐의 일곱 가지 모험이다.

길을 떠나기 전, 그는 타고 갈 말을 고르는데 그가 손으로 잔등을 누르면 모든 말들이 그 힘을 견디지 못하고 주저앉았다. 루스탐은 자볼레스탄과 카볼레스탄을 누비는 모든 말들 중에서 칼처럼 생긴 귀를 가진 새끼 말을 발견하고 그 어미를 찾는데, 그게 바로 라크시였다. 그 말은 많은 전사들이 삼 년 동안 길들이려고 했지만 실패한 말이었다. 사자처럼 힘이 센 라크시는 루스탐이 아무리 힘주어 눌러도 주저앉지 않았다. 루스탐은 사프란 위에 떨어진 장미 꽃잎처럼 선홍빛이 눈부신 그 말을 골라 값을 물었다. 상인은 이란 전체의 값을 내야 한다고 말했다. 그 말은, 라크시를 타고 적의 손아귀에서 이란을 해방시키라는 뜻이었다. 바야흐로 '영웅 중의 영웅' 루스탐은 '라크시 중의 라크시(피르다우시의 표현)'를 타고 모험에 나섰다. 루스탐의 모험은 라크시와 함께 했기 때문에 더욱 빛났다.

루스탐의 일곱 가지 모험

첫 번째 모험: 루스탐은 갈대밭에서 잠이 들었다. 갑자기 사나운 사자가 나타나서 루스탐의 애마 라크시를 공격했다. 라크시는 재빨리 이빨과 발뒤꿈치로 사자를 죽여버렸다. 잠에서 깨어난 루스탐은 혼자서 힘든 싸움을 한 라크시를 나무랐다. 그렇게 그들의 원정은 이어졌다.

두 번째 모험: 사막에서 이글거리는 태양 아래 갈증이 심해 다 죽게 된 루스탐은 신에게 기도했다. 그러자 양 한 마리가 나타나 달려갔다. 루스탐은 좋은 징조라 생각하고 칼을 쥔 채 그 양의 뒤를 쫓아갔다. 거기에 샘이 있어 그들은 목숨을 구할 수 있었다.

세 번째 모험: 잠을 자기 전 루스탐은 라크시에게 사자나 용이 나와도 혼자 싸우지 말라고 말했다. 과연 머리에서 꼬리 끝까지 무려 팔십 미터에 이르는 거대한 용이 나타났다. 라크시가 발굽으로 신호를 보냈지만 루스탐은 일어나지 못했다. 그 사이 용은 사라졌다. 간신히 잠에서 깨어난 루스탐은 아무것도 없는데 잠을 깨웠다고 라크시를 나무랐다. 용은 그런 짓을 거듭했다. 그때마다 루스탐은 라크시에게 화를 냈다. 마침내 화가 난 라크시는 루스탐을 깨우지 않고 용과 싸움을 벌였다. 뒤늦게 잠에서 깨어난 루스탐이 용을 베어 버렸다.

네 번째 모험: 마법의 땅에 들어선 루스탐과 라크시는 저녁때 아름다운 녹색 땅에 이르렀다. 개울가에서 목을 축이던 루스탐은 누군가가 사슴 고기와 빵 등을 차려 놓은 저녁 식사를 발견했다. 식사를 마친 루스탐은 탬버린을 발견하고 그걸 두드리면서 방랑과 사랑의 노래를 부르는데, 그 노래가 마녀를 깨웠다. 마녀는 아주 아름답게 변장하고 나타나 루스탐을 유혹했다. 루스탐이 마녀가 준 술잔을 받아 마시려는 순간, 창조주의 언급 때문에 마녀는 시커먼 마귀로 제 본모습을 드러냈다. 루스탐은 재빨리 올가미를 던져 마귀를 붙잡고는 단칼에 두 동강을 내버렸다.

다섯 번째 모험: 루스탐은 마잔다란의 악마 아울라드와 아르장 디브를 물리쳤다.

동이 터오자 그는 일어나
라크시를 타고 투구를 썼다

호랑이 가죽이 넓은 가슴을 막아주었다

힘차게 반격하며 마귀의 우두머리 아르장을 찾았다

아르장을 고함쳐 불러냈다

강과 산이 들썩거릴 만큼 큰 목소리로

아르장이 뛰쳐나왔다

사람의 목소리를 듣고선 성을 내며

제 천막을 뛰쳐나와 용사와 마주쳤다

용사가 아르장의 두 팔과 두 귀를 움켜쥐고

몸뚱어리에서 흉측스러운 머리를 잘라냈다

그런 다음 멀리 내던져버렸다[21]

여섯 번째 모험: 마잔다란 시내에 들어간 루스탐은 그때까지 악마의 주술에 포박당해 있던 카이 카우스를 구출해낸다.

일곱 번째 모험: 루스탐은 하얀 악마를 물리쳤다. 악마의 심장에서 흘러나온 피가 카이 카우스의 시력을 회복시켜주었다. 그런 다음 루스탐은 마잔다란의 왕을 베고 카이 카우스 왕과 함께 고국으로 돌아왔다.

이 모험담은 국경을 넘어 타지키스탄, 터키, 아랍, 아프가니스탄 등 다른 지역에도 널리 전파되었다. 아울러 연극, 영화, 춤, 만화, 그림, 음악 등 여러 장르에서 탐을 내는 소재를 제공했으며, 특히 고전 게임 〈페르시아의 왕자〉를 비롯해 여러 컴퓨터 게임으로 첨단 IT 산업과도 자주 결합하여 늘 새로운 모습을 선보인다.

미국 프린스턴대학교가 현재 보관중인 16세기 판본의 『샤 나메』는 그 안에 굉장히 화려하고 정교한 삽화들을 이백칠십칠 장이나 수록하고 있어 더욱 눈길을 사로잡는다.[22]

아버지와 아들의 잔인한 운명: 루스탐과 소흐랍

샤 나메(3)-예순네 번째 이야기

이 부분에서는 아버지와 아들이 전쟁터에서 만나 서로 싸우고 결국 아버지의 손에 아들이 숨지는 비극을 다룬다. 『샤 나메』에서도 가장 슬픈 장면 중 하나로 기록된다. 영국의 매슈 아널드가 시로 쓴 것을 비롯하여 문학, 영화, 연극, 음악, 만화, 게임 등 여러 장르에서 부단히 중요한 소재로 다룬다.

64 영웅 중의 영웅 루스탐이 명마 라크시와 함께 마잔다란 원정에 나서 카이 카우스 왕을 구출하고 돌아온 뒤, 이란은 한동안 평화를 구가했다. 그러나 투란의 사악한 왕 아프라시아브는 끊임없이 이란의 국경을 노렸다. 어느 날 루스탐은 사냥을 나갔다가 라크시를 잃어버렸다. 라크시를 찾으러 이리저리 헤매던 루스탐은 자기도 모르는 새 적국인 사만간에 발을 들여놓았다. 그 지역의 왕이 루스탐에게 라크시를 찾아주겠다고 약속했는데, 루스탐은 왕의 딸 타미나를 만나 사랑에 빠졌다. 타미나 역시 그로부터 무용담을 듣고 나서 사랑을 받아들였다. 두 사람은 결혼하지만, 라크시를 찾은 루스탐이 이란으

로 돌아가기로 하자 헤어질 수밖에 없었다. 루스탐은 아내에게 자기 가문의 신분증이라 할 수 있는 팔에 두르는 부적을 주었다. 장차 태어날 아이에게 주라는 것이었다.

　루스탐이 이란으로 돌아간 지 아홉 달 뒤 타미나는 달처럼 빛나는 아이를 낳았다. 이름을 소흐랍이라 했는데, 아버지를 볼 기회가 전혀 없었다. 소흐랍은 루스탐이 그랬던 것처럼 태어날 때부터 천하장사였다. 세 살 때 싸움 기술을 배우기 시작했고, 열 살이 되자 근처에 당해내는 이들이 없었다. 소흐랍이 아버지에 대해 물을 때마다 타미나는 이미 전설이 된 영웅 루스탐에 대해 이야기해주었다. 소흐랍은 자기 조국 투란을 배반해서라도 아버지를 찾아 나서기로 마음먹었다. 그러자 투란의 아프라시아브 왕은 소흐랍과 루스탐을 둘 다 죽이려고 계략을 꾸몄다. 거기에는 소흐랍이 루스탐을 알아보지 못하게, 루스탐이 소흐랍을 알아보지 못하게 하는 계략도 포함되었다.

　마침내 소흐랍은 투란에서 가장 뛰어난 전사가 되고, 이란의 영웅과 대적하게 되었다. 그러나 소흐랍은 자기와 맞서 싸우는 자가 누구인지 몰랐다. 아무도 그 상대방의 이름을 알려주지 못하게 되어 있었기 때문이다. 결투를 하면서 소흐랍이 상대방에게 이름을 묻자 루스탐은 알려 주지 않았다. 루스탐은 상대방이 워낙 만만치 않아서 혹시 자신이 지면 명예가 손상될까 봐 일부러 숨겼던 것이다. 그러나 싸움 끝에 루스탐의 칼이 소흐랍의 가슴에 꽂혔다.

　　소흐랍으로 말하면 하늘이 그를 버렸지
　　루스탐은 표범과도 같은 전사의 머리와 목을 움켜쥐었고,

그 용감한 젊은이의 몸을 굽히게 했지

시간이 지나 젊은이의 힘이 다 빠졌을 때

루스탐은 사자처럼 젊은이를 땅바닥에 내동댕이쳤지

그리고 나서 힘이 빠진 사실을 알고 나서

허리에서 날카로운 칼을 가만히 빼어 들며

용맹스런 아들의 가슴을 깊숙이 찔렀다네[23]

   그때 둘의 싸움을 막기 위해 타미나가 달려왔지만 이미 때는 늦었다. 루스탐은 소흐랍의 팔에 두른 부적 인장을 보고 자기 아들임을 비로소 깨달았다. 소흐랍은 오열하는 아버지의 품에 안겨 숨을 거두고 말았다.

   타미나는 오열했다.

이제 나는 누구에게 내 가슴을 맡길 수 있나요.

내 슬픔을 지워 줄 사람은 누구인가요.

나는 이제 누구를 찾아가야 하나요.

이 내 고통과 비참을 누구와 함께 나눌 수 있으리요.

내 아들의 영혼과 몸뚱어리, 빛나는 눈이여,

고통이 홀과 정원 대신 먼지 속에 발을 들여놓는구나.

   나중에 루스탐은 투란의 아프라시아브에게 승리를 거두지만, 이복동생 샤카드의 함정에 빠져 라크시와 함께 최후를 맞이한다. 일찍이 괴조 시무르그가 예언한 대로 된 것이다.

루스탐과 소흐랍의 이야기는 아프가니스탄 출신의 미국 작가 할레드 호세이니의 『연을 쫓는 아이들』에서 주인공 아미르 잔과 친구인 하산이 어린 시절에 가장 좋아한 이야기로 나온다.

하산이 가장 좋아했던 책은 10세기에 씌어진 고대 페르시아 영웅들에 관한 서사시 『왕들의 이야기』(『샤 나메』-인용자)였다. 그는 모든 장을 다 좋아했고 특히 옛날 페리둔(페레이둔-인용자)과 잘, 루다베의 샤들을 좋아했다. 그러나 그 중에서도 하산과 내가 가장 좋아했던 것은 훌륭한 전사인 로스탐(루스탐-인용자)과 그의 쾌속마 라크쉬(라크시-인용자)에 관한 『로스탐과 소랍(소흐랍-인용자)』 이야기였다. (중략) 이 구절을 읽어주면 하산의 눈에 눈물이 가득 고이기도 했다. 나는 누구 때문에 하산이 우는 것인지 항상 궁금했다. 옷을 찢으며 머리에 재를 뿌리며 슬픔에 사로잡힌 로스탐 때문일까, 아니면 아버지의 사랑을 갈구하다 죽어가는 소랍 때문일까?

-할레드 호세이니, 『연을 쫓는 아이들』, pp. 48~49

『샤 나메』는 기본적으로 선과 악, 『아베스타』에 나오는 아후라 마즈다와 앙그라 마이뉴의 대립을 다루는데, 그것이 역사적으로는 이란과 투란의 대립으로 나타난다. 이란의 입장에서 보면 루스탐은 일생을 투란과의 싸움으로 보내며, 국경선을 훌륭하게 지켜낸 것으로 추앙받는다. 반면 굉장한 용맹을 자랑하는 아프라시아브는 투란의 왕으로 아리만이 준 마법의 힘으로 이란 문명을 파괴하려고 끊임없이 획책했던, 이란의 가장 큰 적이었다.

'투란'은 신화 속의 왕 '투르'의 땅이라는 뜻으로 『아베스타』 시절 중앙아시아 일대를 일컫는 말이었다. 현재의 국경선 개념으로 보면 이란보다 훨씬 큰 지역을 아우른다. 하지만 투란인들도 결국 오늘의 이란인이며, 다만『아베스타』 시절에 이란과 적대적 관계를 맺었을 뿐이라고 생각하면 된다.

푸치니의 오페라 〈투란도트〉에서 '투란도트'는 바로 '투란의 딸'이라는 뜻이다.

이어지는 이야기

군주냐 친구냐, 용맹한 무사의 슬픈 선택

히카야트 항 투아(히까얏 항 뚜아)-예순다섯 번째 이야기

『샤 나메』에서 루스탐은 아들 소흐랍과 겨루고 결국 제 손으로 아들을 죽이는 가혹한 운명에 처한다. 이런 비극적 운명은 슬프지만 어떤 면에서는 그만큼 서사를 생동감 있게 만드는 구실을 한다.

〈히카야트 항 투아(히까얏 항 뚜아)〉는 이런 비극적 운명과 대면해야 하는 한 용맹한 무사의 이야기를 다룬 말레이시아의 대표적 서사시다. 주인공 항 투아는 말라카왕조의 전설적인 해양 전사로서 말레이시아 역사와 문학에서 가장 눈부신 전사로 추앙받고 있다. 쿠알라룸푸르국립역사박물관 로비에는 항 투아의 모습을 그린 청동 벽화

가 전시되어 있다. 말레이시아와 인도네시아의 해군 함정의 이름에
도 그의 이름이 붙여지며, 그의 이름을 내건 대학교도 있다. 거리 이
름은 아주 많다.

항 투아가 직면하는 비극적 운명은 루스탐의 그것과 무엇이 같고
무엇이 다를까.

우리에게는 낭만주의의 영토로만 여겨질 15세기 말라카왕국으로
발길을 옮겨보자.

65 항 투아는 술탄(군주)에 대한 변치 않는 충성심으로 유명했다.
그는 술탄의 외국 방문 시 사절로 동행하곤 했다. 마자파힛[24] 방문 당
시에는 그곳의 유명한 전사가 결투를 신청했다. 결과는 항 투아의 승
리였다. 그 때문에 마자파힛의 왕이 그에게 크리스(단검)를 친히 하
사했다.

서사시에서 가장 유명한 이야기는 어린 시절부터 가장 친한 친구
였던 항 제밧과 싸운 일화이다. 항 투아가 워낙 술탄의 총애를 받고
대중적으로 인기가 좋다 보니 그가 술탄의 시녀 다양과 불륜을 저질
렀다는 소문이 돌았다. 화가 난 술탄은 재판도 없이 항 투아를 처형
하라고 명령했다. 그러나 술탄의 집행인 벤다하라는 항 투아에 대한
처형을 집행하지 않았다. 그는 항 투아를 말라카왕국의 먼 지방으로
빼돌렸다.

항 제밧은 그런 사실을 모르고 자기의 죽마고우를 죽인 술탄에게
복수하기로 결심했다. 항 제밧의 반란은 왕궁을 큰 혼란에 빠뜨렸다.
아무도 그를 막을 수 없었다. 벤다하라는 그제야 항 투아가 살아있으

며 그만이 항 제밧을 막을 수 있노라고 술탄에게 말했다. 항 투아는
사면을 받았다. 그는 다시 돌아와 친구 항 제밧과 결투를 벌이고 결
국 그를 죽였다.

말레이문학에서는 항 투아를 매우 높이 평가하는 게 사실이지만,
이 둘의 싸움에 대해서는 아직까지 논란이 많다. 예를 들어 항 투아
는 군주에 대한 절대적인 충성심의 상징인 반면, 항 제밧은 정의와
진실의 표상으로 똑같이 존중받는다. 누가 옳은지에 대해서는 당연
히 논쟁이 이어질 수밖에 없다.

항 투아는 항 제밧을 죽인 후에도 말라카를 위해 일했다. 항 투아
는 술탄을 위해 레당 산의 전설적인 공주 푸테리 구눙 레당을 설득하
라는 명령을 받는다. 전설에 따르면, 공주는 항 투아를 만나 선물을
제대로 줄 경우에만 결혼 승낙을 하겠노라 말했다 한다. 이 선물 목
록에는 레당 산 산꼭대기에서 말라카까지 잇는 황금다리도 포함되
어 있었다. 뿐만 아니라, 모기의 심장 일곱 쟁반, 처녀의 눈물 열일곱
양동이 등 도저히 들어줄 수 없는 것들이 들어 있었다. 그 임무를 수
행할 수 없다는 걸 깨달은 항 투아는 단검을 강에 빠뜨려 그게 떠오
르면 술탄에게 돌아가겠다고 결심했다. 물론 그런 일은 일어나지 않
았다.

말레이시아의 전통 서사시 〈히카야트 항 투아〉의 159장짜리와 182
장짜리 두 책이 유네스코 세계기록유산으로 등재됐다. 15세기 당시

말라카왕국의 강성함과 많은 사람들의 용맹함을 그린 〈히카야트 항투아〉는 세대를 초월해 말레이 사람들의 사랑을 받는 말레이어 문학의 고전 중 고전으로 손꼽힌다. 대개의 말레이어 필사본처럼 간기(刊記)가 없고, 아직까지 원작자가 밝혀지지 않고 있다. 다만 1641년부터 1726년 사이에 쓰인 것으로 추정할 뿐이다.

'히카야트(Hikayat)'는 논픽션이나 다른 역사, 기록문서 등과 달리 모든 종류의 허구적 이야기체 문학을 지칭하며 작품 제목 앞에 별도로 '히카야트'라고 명기한다[25]. 누산타라(인도네시아 군도) 지역에서 10세기 말레이 고문자인 자위 문자로 쓴 필사본을 필두로 등장한 전통 산문 형식으로 19세기 인쇄 기술의 발달과 더불어 근대 말레이어권 문학에도 지대한 영향을 미쳤다. 히카야트는 아랍어로 '이야기'라는 뜻을 지닌 '히카야(hikaya)'에서 유래한다. 그러나 말레이어권에서는 '경험을 토대로 한 허구적인 이야기', 주로 말레이왕국의 민족 영웅들의 모험을 다룬 이야기를 지칭한다. 용감한 왕자와 아름다운 공주를 주인공으로 한 연애담이나 무용담이 대부분인데, 이는 히카야트 자체가 통속적이고 대중적인 인기에 편승하는 장르였기 때문이다. 따라서 역사에 기반하고 있음에도 낭만주의적인 경우가 많다. 힌두교 요소의 히카야트 중에는 인도의 대서사시 〈라마야나〉와 〈마하바라타〉의 이야기들을 윤색한 것들도 많다. 예를 들어 말레이시아판 〈라마야나〉는 〈히카야트 스리 라마〉, 〈마하바라타〉는 〈히카야트 판다바(빤다와)〉 따위로 전승된다.

히카야트는 대부분 작자가 알려지지 않고 있다. 이슬람 요소를 많이 띠는 히카야트는 이 지역에 이슬람이 유입되는 16세기 이후 선교를 위한 목적으로 창작된 것이 많다. 이슬람 서사문학은 말레이시아 서사문학을 창조하는 데 일조하여 말레이시아 영웅을 그린 〈히카야트 항 투아〉를 낳게 했다.[26]

〈히카야트 항 투아〉에서 항 투아 이외의 다른 등장인물인 술탄, 친구 항 제밧, 푸테리 구눙 레딩[27] 공주 등도 하나같이 매우 극적인 서사를 이끌어가는 캐릭터로 의미를 지닌다. 예를 들어 푸테리 구눙 레딩 공주는 앞서 말한 바처럼 결혼 조건으로 다음 일곱 가지를 내거는 담대함을 내보인다.

1. 걸어서 말라카까지 갈 수 있게 황금으로 된 다리를 놔줄 것.
2. 말라카에서 돌아올 때를 위해 은으로 된 다리를 산꼭대기까지 놔줄 것.
3. 목욕할 때는 눈물 열일곱 양동이를 준비해 줄 것. 단, 처녀들의 눈물만으로.
4. 또 목욕용으로 빈랑나무에서 짜낸 싱싱한 즙 열일곱 배럴.
5. 작은 벌레 심장 일곱 양동이.
6. 모기 심장 일곱 쟁반.
7. 술탄의 젊은 아들 피를 담은 은주발.

이는 결국 청혼에 대한 완벽한 거절의 의사 표시에 다름 아니었다. 어떤 판본에서는 술탄이 위의 여섯 가지 조건을 다 맞출 수 있었고 덕분에 말라카의 술탄 제도가 무너질 지경이 되었지만, 마지막 조건만은 결코 충족시킬 수 없었다고 전한다. 다른 판본에서는 공주가 이런 조건을 내건 게 아니라, 사신으로 파견된 툰 마마트(실은 짐꾼에 볼

과했다)와 항 투아가 술탄이 약혼에 대해 헛된 희망을 품지 못하도록
제기한 거라고 한다. 또 다른 판본에 따르면, 산이 너무 험해서 꼭대
기까지 올라간 것은 툰 마마트뿐이었다고 한다.

설화의 진실은 이야기꾼의 몫이다

남근 중심적 관습에 일침을 가한 유령나라의 공주

페리-예순여섯 번째 이야기

레당 산 공주의 콧대는 그녀가 사는 높은 산보다 더 높았다. 그녀
는 그 결혼 조건들을 제 입으로 직접 사신에게 들려준 것도 아니었
다. 사신을 직접 맞이한 건 늙은 궁녀였고, 그녀가 안에 들어가 지시
를 받고 나와 그렇게 말을 건넸던 모양이다. 만일 그랬다면 그때 말
레카 사신의 표정은 어땠을까.

저 도도한 남근주의자들!

힘이면 무엇이든 안 될 게 없다고 생각했을 그들도 차마 그 어처구
니없어 보이는 조건들 앞에서는 사지의 힘이 쭉 빠져버리지 않았을까.

타지키스탄의 다음과 같은 설화도 당대의 억압적 관습에 대해 따
끔한 일침을 놓고 있어 우리의 눈길을 끈다. 아름다운 유령나라 공주
를 둘러싸고 벌어지는 환상적인 모험 끝에 전혀 기대하지 않았던 반
전을 만나는 일은 자못 유쾌한 경험이기도 하다.

66 힘센 삼 형제가 세상에서 가장 높은 투르 산으로 사냥을 가서

그물로 크고 아름다운 새를 잡았다. 새는 자기가 유령나라 왕의 딸 페리라고 하며 풀어달라고 했다. 그러자 제일 큰 형이 말했다.

"아, 당신이 내 꿈속에서 그토록 아름답던 목소리를 들려주던 바로 그 페리였군요. 난 그때부터 사랑에 빠졌어요. 제발 나하고 결혼해 주세요."

페리는 부모님에게 돌아가서 허락을 받는 즉시 꼭 돌아오겠으니 믿어달라고 대답했다. 형제들이 풀어주자 그녀는 어머니에게 가서 사실을 말했다. 어머니는 네가 만일 사람하고 결혼하면 질투심 많은 하얀 산의 거인이 너희들을 죽일 거라고 대답했다. 페리는 산으로 돌아가서 형제들에게 그렇게 전했다.

형제들은 거인을 잡으러 길을 떠났다. 그들은 곧 하얀 산을 손에 든 목화솜 같은 거인을 만났다. 형제는 보리를 뿌려놓고 기다렸다. 거인이 사람 냄새를 맡고 수풀을 뒤지기 시작했다. 거인은 미끄러졌고, 그때 첫째가 칼로 목을 벴다. 거인에게는 동생이 있었다. 동생인 검은 거인은 투르 산보다 더 높은 카르 산 뒤편에 살았다. 첫째 형은 똑같은 방식으로 검은 산을 손에 쥔 검은 거인을 죽였다. 그러나 세 번째인 푸른 거인도 있었다. 그 거인은 사십 명의 사람을 동굴에 잡아 놓고 매일 한 사람씩 잡아먹는다고 했다. 첫째가 푸른 거인이 숨겨 둔 영혼을 없애려고 할 때 푸른 거인이 동굴로 들어와 살려달라고 애원했다. 첫째는 거인을 살려주었다. 유령나라 왕은 첫째가 페리와 결혼하는 데 찬성했지만, 한 가지 조건을 내걸었다. 그것은 유령의 나라에서 살아야 한다는 것이었다. 하지만 첫째는 인간은 인간 세상에서 살아야 한다고 주장했다.

"다만, 페리가 두 분 부모님을 보고 싶어 하면 언제든 돌아올 수 있게 약속드리지요."

왕은 승낙했다. 그리하여 두 사람은 혼례를 올린 후 인간 세상으로 갔다. 푸른 거인이 그들을 데려다주었다. 페리는 부모님이 보고 싶을 때면 새로 변해서 훌쩍 날아갔다가 돌아왔다.

이웃에 질투심 많은 사람이 첫째에게 아내는 밖에 나가면 안 된다고 말했다. 첫째는 그때부터 페리가 밖에 나가지 못하게 단속했다. 그러자 페리는 유령이나 거인도 약속을 지키는데 인간인 첫째가 자기 아버지에게 한 약속도 지키지 않는다며 날아가버렸다. 첫째는 슬퍼서 그녀를 찾아 길을 떠났다. 신발이 다 닳을 때까지 페리를 찾아다녔다. 어디선가 잠을 잤는데 일어나 보니 곁에 푸른 옷을 입은 노인이 있었다. 노인은 처음으로 사람을 봤노라 말했다. 첫째가 자신의 모험에 대해서 말하자, 노인이 페리가 다른 새들과 어울려서 노는 데를 가르쳐주었다. 어둠이 깔리자 정원에 새들이 내려오는데 그중 가장 예쁜 새가 바로 페리였다. 첫째는 다시는 페리를 집안에 가두지 않겠다고 맹세하고 그녀를 집으로 데려갔다.[28]

페리를 밖에 나가지 못하게 한 첫째의 행위를 장인과 맺은 약속에 대한 파기로만 생각하면 집을 뛰쳐나간 페리의 행위 또한 다른 의미로 해석할 수 있을 것이다. 그러나 이 설화가 전달하고자 하는 메시지를 약속의 중요성 이상으로 읽는 것도 독자의 자유다.

페리는 페르시아 신화에서 (때로 추방당한) 요정을 가리키는 일반명사이다.

수모를 견디는 법

랄리구라스와 오리나무-예순일곱 번째 이야기

결혼이 만만치 않기는 히말라야로 유명한 산악 국가 네팔도 마찬가지인 모양. 거기서는 결혼 적령기에 든 나무들마저 자존심을 걸고 줄다리기를 한다. 여기에 나오는 랄리구라스는 영어로 로도덴드론(Rhododendron)이라 하며 네팔의 국화로 진달래과에 속한다. 일종의 고산 지역 철쭉이다.

67 봄이 와서 온 산에 붉은 랄리구라스가 피어나는데 그 모습이 신랑을 기다리는 처녀처럼 아름다웠다. 중매쟁이가 와서 건너편 산에 있는 오리나무하고 결혼을 주선했다. 오리나무가 랄리구라스를 보러 느릿느릿 걸음을 옮겨 겨우 다 왔을 때 계절은 이미 겨울로 바뀌었다. 랄리구라스의 아름답던 꽃과 잎은 다 지고 볼품없는 줄기만 남았다. 오리나무는 실망해서 랄리구라스가 다 들릴 정도로 큰 목소리로 중매쟁이를 힐난했다.

"아니, 이 잘난 나무둥치하고 결혼하라고?"

오리나무는 그 즉시 가버렸다.

랄리구라스는 너무 창피해서 어찌 할 바를 몰랐다. 겨울은 오래 가지 않았다. 다시 봄이 찾아오자 랄리구라스는 지난해보다 훨씬 아름답게 피어났다. 중매쟁이가 다시 나서서 이번에는 오리나무를 데리고 서둘러 왔다. 오리나무는 랄리구라스의 아름다운 모습을 보고 한눈에 반해 청혼했다. 그러나 랄리구라스는 지난해의 수모를 잊지 않왔다. 그녀는 단호히 거절하면서 말했다.

"당신하고 할 이야기 없어요. 더 이상 내 곁에 오지 말아요."

오리나무는 충격을 받고 골짜기로 뛰어내렸다. 그 뒤 오리나무는 다른 나무들이 잘 자라지 않는 험한 벼랑이나 비탈에서만 자라게 되었다.[29]

다른 판본에서는 오리나무 대신 우티스라는 나무가 랄리구라스의 상대 역할을 맡는다.[30] 중매를 서는 것은 보리수나무(바냔나무)로 키가 커서 사방을 다 둘러볼 수 있기 때문이라고 한다. 우티스나무는 사철 푸른 상록수로 주로 벼랑에서 자란다. 어쨌든 벼랑에서도 잘 서식하는 나무종을 두고 이런 기원 설화를 엮어 내는 현지인들의 스토리텔링 능력이 탁월하다.

결혼식 전날, 갑자기 사라진 공주를 찾아서
판지 세미랑-예순여덟 번째 이야기

구눙 레당 공주의 일곱 가지 조건을 전해 들은 술탄의 얼굴색이나 랄리구라스에게 거절을 당한 오리나무의 얼굴색이 어떤 빛깔일지 보지 않아도 눈에 선하다. 그렇지만 황당하기로 말하자면 이제 소개하는 판지(빤지) 이야기의 주인공보다 더할 수 없을 것이다. 그는 결혼식 전날 갑자기 사라져버린 공주를 찾아서 전혀 예상치 못한 모험의 장도에 올라야 한다.

68 결혼식 전날, 칸드라 키라나(쩐드라 끼라나) 공주가 갑자기 사라졌다. 그러자 겉모습은 전혀 다르지만 자기가 칸드라라고 말하는 다른 공주가 판지 왕자를 위로하려 들었다. 그러면서 그 '칸드라'는 두르가(힌두교의 여신)가 데려갔으며, 자기는 결혼만 하면 금세 원래 모습을 되찾을 거라고 주장했다. 판지 왕자는 그렇게 주장하는 공주가 실은 판지 자신을 노리는 마녀가 변신한 것임을 모른 채 결혼식을 준비했다.

한편, 진짜 칸드라 공주는 숲 속에 홀로 버려져서 왕궁으로 돌아가기 위해 남장을 했다. 그녀는 마녀의 결혼 계획을 알아채고 진짜 상황에 대해 알리는 편지를 써서 전달한 뒤 사라졌던 것이다. 판지는 그 편지를 받은 후 진짜 칸드라를 찾으러 길을 떠났다. 판지는 은자들과 함께 숲 속에서 수많은 난관을 극복했다. 그의 마음속에는 오직 칸드라 공주를 찾겠다는 일념밖에 없었다.

칸드라 공주는 남장을 한 채 그녀 나름대로 갖가지 모험을 했다. 그러다가 마침내 발리의 왕이 되었다. 두 사람은 서로를 알아보지 못한 채 어떤 결투 현장에서 마주쳤다. 칸드라 공주가 실은 왕자와 일대일 결투를 통해 피를 본 다음에야 왕자를 되찾을 수 있다는 게 신의 명령이었다. 그래서 그녀는 상대가 판지라는 것을 알면서도 어쩔 수 없이 싸울 수밖에 없었다. 그들은 칼과 활을 가지고 싸웠다. 그녀는 차마 왕자를 해칠 수가 없었다. 마침내 그녀는 머리핀으로 왕자를 찌르고, 그 때문에 왕자가 부상을 입자―피가 흐르자―그제야 본모습을 드러낼 수 있었다. 두 사람은 다시 결합하여 행복하게 살았다.[31]

판지 세미랑은 인도네시아 동부 자바 섬의 전설적인 영웅인데, 판본이나 개별 이야기에 따라 이름도 약간 달라진다. 라덴 판지라는 이름으로도 널리 알려졌다. 쿠리판(꾸리빤 혹은 장갈라) 왕국의 왕자로 흔히 수수한 헬멧 형태의 둥근 모자를 쓴 차림으로 묘사된다. 판지 탈은 희거나 초록색 얼굴에 좁고 둥근 눈, 오똑한 코, 반쯤 열린 입술이 특징이다. 다하의 공주 칸드라 키라나가 결혼식 전날 밤 갑자기 실종되면서, 판지 세미랑의 모험이 시작된다.

인도나 중국 등에서 유래한 인도네시아의 다른 많은 이야기들(〈마하바라타〉〈라마야나〉 등)과 달리, 판지 이야기는 자바에 뿌리를 둔 토착적인 설화로서 서부 인도네시아는 물론 보르네오와 멀리 태국에까지 전래되어 많은 사랑을 받았다. 11세기 무렵부터 틀을 갖추기 시작한 이 판지 이야기는 마자파힛 시대(13~15세기)에 들어와 널리 알려지기 시작했으며, 다양한 내용으로 가지를 쳤다. 판지 계열의 이야기들은 발리에서 처음으로 야자나무 잎에 기록되었는데, 이어 말레이어를 사용하는 말레이 반도의 동부 지역, 히카야트가 성행한 켈란탄까지 두루 퍼졌다. 주요한 내용은 판지 왕자가 사랑을 찾아서 모험을 떠나 사악한 왕들과 싸운다든지 다른 여러 장애를 극복하는 이야기이다. 당연히, 수없이 많은 난관을 이겨내고 두 사람은 마침내 재결합하고 결혼에 성공한다. 판지는 아버지의 뒤를 이어 쿠리판의 왕이 된다.

판지 계열에 속하는 이야기(에피소드)들에는 〈판지 세미랑〉을 비롯해서, 독립된 〈칸드라 키라나〉〈스마르다나〉〈안데 안데 루무트〉〈케옹 이마스〉 등이 있다. 이중 〈스마르다나〉 에피소드를 다룬 〈카카윈(끄까윈) 스마르다나〉는 원래 12세기 시인 음뿌 다르마자의 작품인데, 훗날 전체 판지 계열 이야기의 서장처럼 간주되었다.

독립된 〈칸드라 키라나〉에서는 칸드라 공주가 케디리왕국의 공주로 나온다.

장갈라왕국의 왕자는 케디리왕국과 맺은 평화조약에 따라 칸드라 공주와 결혼이 예정되어 있었으나, 왕자는 수행 도중 숲 속에서 케디리왕국의 평민 데위 앙가래니를 만나 그녀와 결혼한다. 왕자가 그녀를 조국 장갈라로 데려가자 문제가 커진다. 두 나라 사이에 갈등이 일어나자 나라의 원로들은 앙가래니를 암살하려고 음모를 꾸민다. 왕자와 앙가래니는 강제로 헤어진다. 앙가래니는 원로들의 행위가 두 나라 사이에 전쟁을 막으려는 조치였음을 깨닫고 왕자를 위해 스스로 목숨을 끊는다. 이 소식을 들은 판지 왕자는 실성해버리고 만다. 그는 불면증에 시달리고, 나라 안 곳곳을 돌아다니면서 아무나 공격하고 도둑질도 서슴지 않는다. 그러자 약혼자인 칸드라 공주가 나서서 왕자를 도우려 한다. 나중에 판지 앞에 나타난 칸드라 공주는 놀랍게도 죽은 앙가래니의 모습과 똑같이 닮았다. 두 사람은 사랑의 여신 카마라티(까마라띠)가 변한 두 화신이었던 것.

칸드라 공주가 마녀의 저주를 받고 황금달팽이로 변한 이야기도 있다. 이렇듯 〈판지 세미랑〉이든 〈칸드라 키라나 이야기〉이든 대중들의 큰 사랑을 받은 만큼 다양한 이본이 존재한다. 판지 이야기는 〈라마야나〉나 〈마하바라타〉처럼 와양(그림자 인형극)이나 히카야트

(이야기), 타리(춤) 등으로 다양하게 전승되어 왔으며 오늘날에도 다양한 기술 매체의 발달에 맞춰 부단히 새롭게 재창작되고 있다.

아내를 찾아서 황천까지 갔지만
이자나기-예순아홉 번째 이야기

사랑의 힘은 새삼 위대하다. 무엇 하나 부족한 게 없을 것 같은 왕자로 하여금 생의 의미를 잃게 만들고, 그러다가도 죽은 공주가 산 공주와 한 영혼이라는 사실을 깨닫게 해주고, 그리하여 미친 왕자의 병을 고치는 것도 결국 사랑의 힘이니……. 이제 그 사랑을 찾아 황천까지 찾아가는 남편이 있다. 일본을 대표하는 민족 신화 〈황천국을 찾아간 이자나기〉는 그 내용이 무척 흥미진진하고 환상적이다.

69 하늘과 땅이 나누어지고 신들이 태어났다. 7대째 남신 이자나기와 여신 이자나미가 태어났다. 두 신은 결혼하여 이자나기가 일본 열도를 만들고, 이자나미가 많은 섬을 낳았다. 이자나미는 또한 많은 신들을 낳았는데, 마지막으로 불의 신을 낳을 때 그만 큰 화상을 입어 죽고 말았다. 이자나기는 크나큰 슬픔 때문에 불의 신을 죽여버렸다. 그리고 죽은 사람들이 사는 황천으로 아내를 찾으러 갔다.

어둡고 축축한 길을 따라 내려간 이자나기는 드디어 황천의 신전 앞에 섰다. 이자나기는 아내의 이름을 부르며 문을 두드렸다. 다시 한 번 돌아와 달라 애원했다. 그러자 안쪽에서 이자나미가 나타나 좀

이자나기와 이자나미.
Kobayashi Eitaku,
〈Izanagi and Izanami〉.
1885년경의 그림.

더 빨리 데리러 와주지 않은 것을 원망했다.

"나의 낭군이여, 어째서 이리 늦으셨나요? 나는 이미 황천의 음식을 먹어버렸습니다."

황천의 음식을 먹은 이상 살아 있는 신들이 사는 세상으로 되돌아갈 수 없다는 뜻이었다.

이자나기는 비통한 마음으로 계속 애원했다. 눈물을 흘리던 이자나미는 황천의 신들에게 허락을 받기 위해서 시간이 필요하다고 말했다. 그동안 절대 안으로 들어와서는 안 되며, 자신의 모습을 보려고 해서도 안 된다고 했다. 이자나기는 그러겠노라 약속했다. 기다리고 기다리던 이자나기는 더 이상은 참을 수 없어 이자나미와 한 약속을 어기고 안으로 들어갔다.

신전 안은 너무나 깜깜해 아무것도 보이지 않았다. 이자나기는 머리에 꽂고 있던 빗의 빗살을 부러뜨려 불을 붙였다. 어스름한 불빛 속에서 발견한 이자나미는 참으로 무서운 모습이었다. 피부는 죽어 푸르뎅뎅했고, 썩은 부위에서는 고름이 흐르고 구더기가 들끓고 있었다. 이자나미의 머리와 가슴, 등, 허벅지, 손, 발에서 여덟 명의 천둥신이 태어나 흉측한 얼굴을 드러내놓고 있었다. 이자나기는 얼른 도망쳤다. 이를 알아챈 이자나미는 부끄러운 모습을 들킨 데 화가 나 비명을 질렀다. 그리고 요모쓰 추녀에게 명해서 남편을 잡아오라 일렀다. 이자나기가 머리 장식을 벗어 던지자 거기에 포도 열매가 열렸다. 이자나기는 요모쓰 추녀가 포도를 먹는 사이에 달아났다. 다시 요모쓰 추녀가 달려오자 이번에는 오른쪽 머리에서 빗을 벗어 던졌다. 그러자 죽순이 생기고 요모쓰 추녀가 죽순을 먹는 사이 이자나기는 또 달아날 수 있었다.

이제 여덟 뇌신과 요모쓰 병사들이 쫓아왔다. 이번에 이자나기는 복숭아를 던져 황천국 병사들을 물리쳤다.

이자나기는 혼신의 힘을 다해 도망쳐 이 세상과 황천의 경계에 당도했다. 그곳은 지세가 험한 산이었다. 이자나기는 천 명이 끌 수 있는 커다란 바위를 산 한가운데에 박아 경계를 막았다. 이자나미는 더화가 나 외쳤다.

"나는 당신의 나라 사람들을 하루에 천 명씩 목 졸라 죽여버리겠습니다."

그 말을 들은 이자나기는 맹세했다.

"그러면 나는 하루에 천오백 명의 사람이 태어나게 할 것입니다."

황천에서 돌아온 이자나기는 입었던 옷을 모두 벗고 바다에 들어가 황천에서 묻은 부정한 것들을 씻어냈다. 그때 많은 신들이 다시 태어났다.[32]

명부 신화는 명계, 황천, 저승, 지옥, 지하 세계 등으로 표현되는 공간에 대한 신화로서 동서양을 막론하고 큰 비중을 차지한다. 이미 살펴봤듯이(두 번째, 세 번째 이야기 참고) 함께 지내다가 먼저 그곳으로 간 짝을 찾아 모험을 감행하는 신화도 적지 않은데, 그리스 신화에서는 페르세포네, 헤라클레스, 오르페우스 등이 명부로 내려가며 바빌로니아 신화에서는 이슈타르(이난나) 여신이 애인 두무지(탐무즈)를 쫓아 지옥으로 내려간다. 물론 우리가 앞서 살펴봤듯이 그 이전 수메르 신화에서는 이난나가 남편 두무지에 대해 애정이 그리 깊지 않았다.

이자나기가 황천 여행을 하게 되고, 결국 그토록 애틋하게 바라던 아내를 만나 살릴 수 있는 기회를 얻는 것은 분명히 사랑 때문이다. 성서에서는 이브가 금단의 열매를 먹었지만, 여기서 금기를 깨는 것은 남자인 이자나기였다. 이자나기는 구역질이 날 만큼 달라진 아내의 모습에 줄행랑을 치고 만다.

이 이야기의 출처 중 하나인 『고사기』는 천황 중심의 국가 건설이란 정치적 의도에 의해 이루어진 것이지만, 단순한 역사책 이상이다. 그 속에 나타난 무수한 신화나 전설을 통해 고대인들의 풍부한 상상력이나 생활감정을 엿볼 수 있는 일본 최고의 서사문학 작품집이기도 하다. 『고사기』이후 팔 년 뒤에 나온 『일본서기』(720년)에도 이 신화가 수록되어 있지만, 그 내용은 세부 사항에서 조금 다르다.

일본의 대표적인 애니메이션 감독 미야자키 하야오의 〈센과 치히로의 행방불명〉이 이자나기 이자나미 신화에서 일정하게 모티프를 얻어냈음을 읽어내는 것도 어렵지 않다.[33] 거기에서 터널은 인간세계와 신의 세계를 이어 주는 유일한 통로이다. 그렇다고 마음대로 원하는 때 그곳을 오갈 수는 없다. 거기에는 나름의 규칙이 존재한다. 예를 들어 치히로가 인간세계로 돌아갈 때, 하쿠는 터널을 다 지나갈 때까지 뒤를 돌아보지 말라고 한다. 이는 당연히 그리스 신화의 오르페우스 에우리디케 신화와 동시에 일본의 이자나미 이자나기 신화를 떠올리게 한다.

창세 · 건국 이야기

혼돈의 바다 속에 창을 찔러 넣고 휘젓다

일본 창세신화-일흔 번째 이야기

실은 이자나기와 이자나미는 남매 간이었다. 이를 알기 위해서는 전 단계의 창조신화를 알아야 하는데, 일본은 섬나라 특유의 천지개벽신화를 가지고 있다. 일본이라는 나라의 건국신화이기도 한 이 창조신화를 통해 일본인의 세계관을 엿볼 수 있다.

70 처음에 세상은 하늘도 땅도 아무것도 없었다. 하늘과 땅이 생겨난 뒤 오랜 시간이 지나 천지가 나눠졌다. 하늘나라 다카마가하라(高天原)에 가장 높고 위대한 신 아메노미나카누시, 다카미무스히, 가

무무스히가 태어났다. 이때 물 위에 떠 있는 기름처럼 부드러운 땅에
도 많은 신들이 태어났다. 하늘의 세 신은 이자나기와 그의 여동생
이자나미에게 세상을 창조하라며 하늘 옥으로 만든 창을 주었다. 두
신이 기름 같이 떠 있는 나라에 창을 찔러 넣고 휘저었다. 창을 들어
올리자 그 끝에서 소금물 몇 방울이 떨어져 오노고로 섬이 되었다.
저절로 굳어서 생긴 섬이라는 뜻이다.

이자나기와 이자나미는 그 섬으로 내려가 높은 기둥을 세우고 살
집을 만들었다. 그런 다음 이자나기가 물었다.

"이자나미여, 네 몸은 어떻게 되었느냐?"

이자나미가 대답했다.

"내 몸에는 부족한 곳이 하나 있어요."

"좋다. 내게는 남는 곳이 하나 있다. 내 남는 곳으로 네 부족한 곳을
막아 국토를 만들자."

둘은 이제 서로 돌아 국토를 만들기로 했다.

이자나기가 왼쪽으로 돌고 이자나미가 오른쪽으로 돌아 얼굴을 마
주 보았을 때, 이자나미는 이자나기를 보며 "얼마나 멋진 남자인가
요" 하고 칭찬했다. 그렇게 해서 둘 사이에서 태어난 아이는 수족이
없는 히루코였다. 두 신은 안타까워하며 아기를 배에 태워 물에 띄워
보냈다.

이자나기와 이자나미가 세 천신들에게 이유를 묻자 천신들은 여자
가 먼저 말하는 게 좋지 않다고 대답했다. 이자나기와 이자나미는 다
시 한 번 하늘 기둥을 돌고 이번에는 이자나기가 먼저 말을 걸었다.

그 결과 여덟 개의 섬 아와지, 시코쿠, 오키노, 규수, 이키노, 쓰시

마, 사도가, 그리고 혼슈가 태어났다. 그 후 안개를 입으로 불어 바람의 신이 생겨났다. 배가 고플 때 낳은 아기는 우카노미다마라는 곡식의 신이었다. 그 뒤에도 여러 섬을 낳고, 많은 신을 낳았다. 강의 신, 바람의 신, 들의 신, 산의 신, 배의 신, 집의 신, 농사의 신, 음식의 신들을 낳은 이자나미는 마지막으로 불의 신을 낳다가 화상을 입어 죽고 말았다.

이자나기는 아내의 머리맡과 다리 사이에 몸을 던져가며 울부짖었다.

일반적으로『일본사기』는『고사기』에 비해 사실성을 강조한다고 알려져 있다. 그러나 창세신화 부분에서는 거의 동일할 수밖에 없다. 『일본사기』에서는 일본 국토를 낳는 이 장면에 대한 서술이 두 번 나온다. 하나는『고사기』와 거의 동일하며, 따라서 위에 소개한 내용과 거의 유사하다. 다른 하나는 큰 틀에서는 큰 차이가 없으나 부분적으로 약간 상이한 면모를 보인다. 예를 들어 처음 이자나미가 먼저 칭찬하는 말을 하자 이자나기가 곧바로 지적한다.

"내가 남자다. 마땅히 내가 먼저 말할 것이다. 어찌하여 여자가 먼저 말하는가. 일이 이미 상서롭지 못하다. 다시 돌자."

이렇게 하여 둘은 다시 돌기 시작하고, 이번에는 양신인 이자나기가 먼저 음신인 이자나미에게 "아, 기쁘다. 아름다운 소녀를 만나서" 하고 말한다.[34]

일본에서는 이 창조신화(창세신화)를 일러 굳이 건국신화라고 하지 않는다.[35] 그 이유는 주로 국조의 건국 과정을 이야기하는 건국신화로는 일본 신화의 전체상을 포괄할 수 없다고 판단했기 때문으로 보인다. 일본의 문헌 설화들인 『고사기』와 『일본서기』에 나오는 설화들은 대개 편찬자의 적극적인 개입과 윤색으로 이루어낸 여러 대에 걸친 천황들에 관한 신화이다. 따라서 건국주의 신화만을 주로 보여주는 우리와는 크게 다르다. 차라리 자기 신화의 우월성을 강조하는 왕권신화라고 부를 수 있을 것이다. 왕권신화는 왕의 권력을 신성하게 하고 정당하게 하는 데 쓰이는 신화로, 사실 그런 신화는 어디에나 있었다. 그러나 일본에서는 그런 기능을 하는 왕권신화를 확립하기 위하여 다른 신화를 의도적으로 없앴다는 데 커다란 특징이 있다. 일본의 창세신화에 유독 무수히 많은 신들이 등장하는 까닭도 원래 유래나 분포가 다른 신화들을 한데 모아 천황가(天皇家)의 왕권신화를 만들었기 때문이다. 이는 일본에 서사시가 따로 전승되지 않는 것과도 맥락을 같이한다. 신화로 고정시켜 놓은 게 서사시 때문에 흔들리지 않게 하려면, 신화의 서사시적 전승을 통제할 수밖에 없었다.[36] 반면 중국은 건국신화라고 할 전통이 미약한 반면 일찍부터 역사 서술의 전통을 확립했다. 동아시아 각국의 건국신화를 비교 연구하는 조현설이 그 대상에서 일본과 중국을 배제하고 한국을 포함하여 티베트, 몽골, 만주와 중국내 소수민족들의 건국신화만을 비교하는 것도 이 때문이다. 이때 건국신화에서 말하는 국가란 권력을 좀 더 효율적으로 분배하기 위한 일종의 기구 혹은 권력 장치를 말한다. 그리고 이런 의미에서 건국신화는 대개 문헌으로 정착되게 마련이었다.

세상을 만든 반고, 인간을 만든 여와

중국 창세신화-일흔한 번째 이야기

오십여 민족으로 이루어진 중국은 그리스로마 신화나 이집트, 바빌론, 북유럽 신화처럼 일정한 신화 계통을 가지고 있지 않으며, 여러 신들을 통괄하는 주신도 따로 존재하지 않는다. 그중에서도 한족의 창세신화에 나오는 반고의 창세개벽신화는 비교적 늦게 출현하지만 가장 유명한 신화로 자리를 잡는다. 여와 신화는 인류의 창조신화로 그 뒤를 받쳐준다.

71 옛날, 우주는 혼돈과 어둠으로 가득 찬 알 모양의 덩어리였다. 그 알 속에서 거인 반고가 오랜 세월 동안 잠을 자고 있었다. 반고의 몸은 계속 자라나 알 속에서는 도저히 더 잘 수가 없었다. 반고는 알을 깨고 밖으로 나왔다. 깨진 알 속의 맑고 밝고 가벼운 것은 위로 올라가 하늘이 되었고, 어둡고 탁하고 무거운 것은 밑으로 가라앉아 땅이 되었다. 반고는 기뻐하며 하늘과 땅을 팔과 다리로 받쳤다. 반고는 그 후에도 키가 계속 자라났다. 일설에 따르면, 무려 구만 리나 되었다고 한다. 시간이 흘러 그는 힘이 모두 바닥나 쓰러져 죽고 말았다. 반고가 죽으면서 내뿜은 숨결은 구름, 바람, 안개가 되었고, 왼쪽 눈은 태양, 오른쪽 눈은 달이 되었다. 머리털과 눈썹은 별이 되었다. 반고의 몸통과 손발은 산이 되었고, 피는 강물이 되었다. 살은 논과 밭으로 변했으며, 뼈와 이빨은 땅 속에 묻혀 광석과 보석이 되었다. 피부에 나 있던 솜털은 나무, 풀, 꽃이 되었다.

반고가 죽은 뒤 여와가 태어났다. 여와는 인간의 머리에 뱀의 몸통을 갖고 있었는데, 만물을 창조하는 능력을 지니고 있었다. 여와는 흙을 반죽하여 자신과 닮은 형태를 만들어냈다. 하지만 일일이 손으로 빚는 데는 한계가 있어 긴 새끼줄을 흙탕물에 넣고 휘젓다가 위로 뿌려 흙탕물 방울방울 속에서 인간이 태어나게 했다.

인간이 태어난 이후 천상에서는 축융과 공공 두 신들끼리 싸움을 벌였는데 공공이 하늘 기둥에 부딪혀 죽게 되면서 기둥이 무너지자 하늘이 무너지고 땅이 갈라지며 불길이 치솟아 모든 생명이 사라질 위기가 닥쳐왔다. 이때 여와는 오색의 돌을 골라 하늘에 뚫린 구멍을 메우고 큰 거북이의 다리를 잘라 천지 사방의 네 귀퉁이를 버티게 했다.[37]

이상이 '반고가 하늘을 열고 여와가 사람을 만들었다(盤古開天 女媧造人)'는 신화의 골조이다. 알 속과 같은 혼돈 상태에서 반고가 출현했다는 기록은 오나라 『삼오역기』에 처음 등장하며, 양나라 『술이기』에는 반고가 죽은 뒤 그 시체로부터 만물이 형성되었다고 적혀 있다. 여와가 인간을 창조한 과정을 루쉰은 이렇게 묘사한 바 있다.

이어 그녀가 다시 한 번 손을 내젓자마자 등나무는 곧바로 흙과 물속에서 몸체를 뒤집었고, 동시에 물과 반죽된 흙이 튀어 올랐다. 그 흙과 물이 땅 위로 떨어지자 조금 전 그녀가 만들었던 것과 같은 작은 것들이 무수히 생겨났다. 그런데 그것들 대부분은 멍청한 머리에다 쥐 눈을 한 밉상스런 것들이었다. 그러나 그녀는 그런 데 신경 쓰고 있을 겨를이 없었다.

단지 재미있고 분주하게, 못된 장난기가 발동한 손놀림으로 뒤집기를 계속하였다. (중략) 땅 위에 채 떨어지기도 전 공중에서 응애, 응애 울어 대는 작은 것들로 변했다. 그것들은 땅 가득히 흩어져 이리저리 기어오르고 내렸다.[38]

그런데 중국의 신화 개념과 전승 배경은 우리와 다르고 서양의 그것과도 크게 다르다. 예를 들어 여기에 소개한 여와라는 문헌신화 속의 창세 여신이 여전히 민간에서 숭배의 대상이 되고 있는 데서 알수 있듯이, 중국의 신화는 현재진행형의 신화인 경우가 많다.

『중국신화사』를 쓴 위안커는 그동안 중국의 신화가 제대로 주목받지 못했던 까닭을 다섯 가지로 정리했다.

첫째, 그리스의 호메로스처럼 신화를 집대성해서 노래한 시인이 없었기 때문에 신화가 단편으로만 존재했고 둘째, 〈우랑직녀〉 같은 많은 신화들이 단순히 민간고사 즉, 민담 정도로 취급되었으며 셋째, 도교의 선화(仙話)가 신화로 간주되지 않았으며 넷째, 신화적 성격이 짙은 역사 인물 이야기가 신화로 다루어지지 않았고 다섯째, 소수민족의 훌륭한 신화·전설이 간과되었다는 것이다. 그리하여 그는 1980년대에 이른바 '광의의 신화' 개념을 적용하여 명칭에 구애받지 않고 적극적으로 중국의 신화를 확장·발굴하기 시작했다. 모든 역사시대마다 새로운 신화가 발생하는데, 그것을 신화로 인정하고 받아들여야 한다는 그의 논지는 현재 중국 사학계에서 더욱 왕성하게 받아들여졌다. 그리하여 동북공정 같은 국가 시책에 부응하는 새로운 신화해석(예를 들어 특히 염제와 황제에 대한 관심)도 얼마든지 가능하게 되었다. 그의 저서『중국신화사』를 우리말로 번역한 신화학자 김선자는 그의 저서가 훌륭한 것임에도 불구하고 "단편적인 신화 자료들을 퍼즐 조각 맞추듯이 끼워 맞춰 장대한 서사구조를 가진 '체계 신화'로 만든 작업이 국가주의적이고 민족주의적인 시각에서 진행된 것"이 아닌가 하는 의구심을 감추지 않는다.[39] 중국, 특히 한족의 사가들이 발해와 고구려까지 자기들의 역사 안에 포섭하려는 야심을 공공연히 드러내는 시기에 '중국신화' 또한 그런 작업에 얼마나 불려나가게 될 것인가.

저울을 달아 백 근을 기준으로 귀신과 인간을 나누다

한국 창세신화-일흔두 번째 이야기

한국에는 상대적으로 창세신화가 많지 않은 편이다.[40] 서사무가, 즉 무당들의 노래를 '신화'로 인정하지 않으려는 태도 때문에 예전에는 단군신화 정도만 창세신화인 양 여기기도 했다. 한반도 내륙에서는 북부 지역에 전해오는 〈창세가〉와 동해안의 〈당금아기〉, 오산 〈시루말〉 정도가 눈에 띈다.

〈김쌍돌이본 창세가〉는 한국의 대표적인 창세신화 중 하나로서, 1923년 함흥에서 김쌍돌이가 구연한 것이다. 인간은 하늘에서 떨어진 벌레들이 변해서 만들어지는데, 금벌레는 남자, 은벌레는 여자가된다. 인간은 하늘이라는 자연의 일부일 뿐이다. 학자들은 여기에서 특히 미륵과 석가라는 두 신격의 대립에 주목해 왔다.[41]

미륵님 세월에는 / 섬두리 말두리 잡숫고 / 인간세월 태평하고 / 그랬는데, 석가님이 내와서서 / 이 세월을 아사뺏자고 마련하와 / 미륵님의 말숨이 / 아직은 내 세월이지, 니 세월은 못된다 / 석가님이 말숨이, / 미륵님 세월은 다 갔다 / 인제는 내 세월을 만들겠다 / 미륵님의 말숨이, / 너 내 세월 앗겠거든, / 너와 나와 내기 시행하자…….

미륵이 등장하는 태평세월이 석가의 출현으로 위기를 맞이하자 미륵은 내기를 제안한다. 그리하여 동해 가운데 금줄 은줄로 병을 매달기, 여름에 성천강 강물을 얼리기, 한 방에 자면서 무릎에 꽃 피우기 등 내기를 벌인다. 거기서 미륵은 진다. 그리고 저주를 퍼붓는다.
그 내용이 듣기에 꽤 민망할 정도다.

너 세월이 될나치면 / 가문마다 기생나고 / 가문마다 과부나고 / 가문마다 무당나고 / 가문마다 역적나고 / 가문마다 백정나고…….

조현설은 이것이 세상을 말세로 만드는 악이 석가를 통해 세상에 들어왔다는 강력한 문제제기이며, 현실 세계에 대한 부정적 인식이 드러나 있다고 분석한다. 그러면서 나중에 석가를 따르던 두 중이 석가를 거부하면서 고기를 먹지 않고 성인이 되겠다고 선언한다는 것이다. 그리고 그들이 소나무와 바위로 변했다는 결말에 주목, 이들이 바로 석가에게 패하여 떠난 미륵의 요소라고 해석한다. 즉, 창조자 미륵은 패했지만 패한 게 아니고, 떠났지만 떠난 게 아니다. 이러한 인식이 결국 신화가 보여줄 수 있는 절묘한 화해라는 것이다.

이는 제주도에서 서사무가 형태로 전승되어 오는 창세신화 〈천지
왕 본풀이〉에서도 확인된다. 내기에서 진 대별왕의 태도가 특히 인
상적이다. 이를 두 짝패 사이에서 균형을 유지하려는 신화의 전략이
라고 분석하기도 한다. 패배한 미륵 쪽에 오히려 풍요가 있다는 인
식, 곧 역설적 인식은 신화가 어느 한 쪽의 일방적 우위를 인정하지
않고 둘의 균형을 맞추고, 그것을 통해 갈등을 넘어 화해를 이루려고
하기 때문이라는 것이다.[42]

인간 세상을 두고 이렇듯 상반되는 두 신격이 내기하는 신화를 이
른바 '인세차지경쟁담'이라고 한다.

72 태초에 하늘과 땅이 떨어지지 않아 맞붙어 있고, 모든 게 암흑
으로 휩싸여 있었다.

갑자년 갑자월 갑자일 갑자시가 되자 하늘의 머리가 자방으로 열
리고, 을축년 을축월 을축일 을축시가 되자 땅의 머리가 축방으로 열
리면서 그 사이에 금이 생겼다. 금이 점점 벌어지면서 산이 솟고 물
이 흘렀고, 하늘과 땅의 경계가 분명해졌다.

이때 하늘의 옥황상제 천지왕이 해와 달을 두 개씩 내보내면서 천
지가 개벽했지만, 아직 질서가 없어 혼란스럽기 그지없었다.

천지왕은 좋은 꿈을 꾸고 지상으로 내려와 총명부인이라는 여인을
배필로 맞이하려 했다. 가난했던 총명부인은 천지왕을 대접하기 위
해 부자였던 수명장자라는 사람에게 쌀을 꾸러 갔는데, 이 사람이 고
약하게 쌀에 모래를 섞어서 주었다. 첫 술에 돌을 씹은 천지왕은 곧
수명장자의 악행을 전해 듣고 그의 집을 불태워 벌을 주었다.

며칠 후 천지왕이 하늘로 다시 올라갈 때, 총명부인이 "자식을 낳으면 이름은 어찌합니까"라고 묻기에 아들을 낳거든 '대별왕' '소별왕', 딸을 낳거든 '대월왕' '소월왕'이라고 지으라 하였다. 아울러 박씨 세 개를 주며 자식들이 자신을 찾으면 이것을 심도록 했다.

　그 후 총명부인은 두 아들을 낳아 이름을 대별왕, 소별왕이라 지었다. 두 아들이 장성하여 아버지를 찾자 총명부인은 천지왕의 말대로 박씨 세 개를 주어 심게 했다. 그러자 싹이 터서 이내 덩굴이 돋아 하늘까지 뻗었고, 두 형제는 그걸 타고 하늘로 올라가 아버지 천지왕을 만났다. 천지왕은 형인 대별왕에게 이승을, 동생인 소별왕에게 저승을 다스리게 했다. 이승을 다스리고 싶은 욕심이 든 소별왕은 이기는 사람이 이승을 다스리자고 형에게 내기를 제안했다.

　하지만 소별왕은 수수께끼 내기에서 형을 이길 수 없었다. 소별왕은 다시 "서천 꽃밭에 꽃을 심어 더 잘 키우는 사람이 이기는 걸로 합시다"라고 했다. 소별왕의 꽃은 시들었지만, 대별왕의 꽃은 보란 듯이 잘 자랐다. 그러자 소별왕이 꾀를 내어 대별왕에게 피곤하니 잠을 자자고 하고선 그 꽃을 자신의 꽃과 바꿔버렸다. 잠에서 깬 대별왕은 소별왕에게 속은 것을 알았지만 결과를 기꺼이 받아들이고 저승으로 갔다.

　소별왕이 와서 보니, 이승의 상황은 그야말로 대혼란이었다. 해도 두 개가 뜨고 달도 두 개가 뜨고, 초목이나 짐승도 말을 하고, 인간 세상에는 도둑질과 불화와 간음이 성행하고 있었다. 그리고 사람을 부르면 귀신이 대답하고 귀신을 부르면 사람이 대답했다.

　소별왕은 이 혼란에서 벗어나기 위해 대별왕에게 도움을 요청했다.

대별왕은 친히 이승에 와서 활과 화살로 해와 달을 하나씩 쏘아 떨어뜨리고, 송피가루 닷 말 닷 되를 뿌려 짐승들과 초목이 말을 못하게 했다. 또한 귀신과 인간을 저울질하여 백 근이 넘는 것은 인간, 그보다 못한 것은 귀신으로 각각 보내어 인간과 귀신을 구별해주었다.

　이 신화의 압권은 소별왕이 형을 속이고 나서 찾아간 이승의 혼란상이다. 거기서는 놀랍게도 "해도 두 개가 뜨고 달도 두 개가 뜨고, 초목이나 짐승도 말을 하고" "사람을 부르면 귀신이 대답하고 귀신을 부르면 사람이 대답"하는 무질서와 혼돈이 나타나는데,[43] 어느 나라이건 이처럼 단순하면서도 기막히게 창세 전후의 혼란상을 묘사한 신화를 찾기도 쉽지는 않다. 나아가 인간 세상에 나타난 그런 고통과 혼란을 해소하기 위해 대별왕이 취하는 방법 또한 단순하면서도 엄정하다.

　어쨌든 다른 나라 창세신화가 더 이상 구전으로 전승되지 않고 문헌으로 고착되는 게 대부분인데 비해, 제주의 창세신화는 심방(무당)의 굿을 통해 체계적으로 전승되고 있다는 게 가장 큰 특징이다. 김헌선은 이 때문에 제주신화를 '살아있는 신화'라고 거듭 강조한다.[44] 〈천지왕 본풀이〉에서 '본풀이'란 무당들이 굿을 할 때 제상 앞에 앉아서 노래하는 일종의 신의 내력담을 말한다. 육지에도 본풀이가 있으나 대부분의 본풀이는 제주도 무가에 신화의 원형이 잘 남아 있다. 제주도 서사무가는 특히 다른 지역 창세신화와 비교해서도 서사 구조가 훨씬 뚜렷하고 독자성이 강한 점이 특징이다.

백 개의 알에서 태어난 비엣족

베트남 건국신화-일흔세 번째 이야기

　베트남은 상대적으로 분명한 건국신화를 지니고 있다. 이는 중국이라는 북방의 거대 국가의 존재가 오히려 자주적 국가 건설의 의지를 강화시킨 결과라고도 볼 수 있다. 실제로 중국은 근 천 년 동안 베트남을 지배했기 때문에 그 존재 자체가 주는 위협감은 매우 클 수밖에 없다. 아울러 베트남은 지형상 동남아시아 대륙의 가장자리에 위치하며 바다와 접해 있는 반도 국가이다. 또 사방에서 유입된 민족이 서로 어우러져 나라를 형성한 다민족 사회이다. 이런 특수성 또한 건국신화의 문헌화 과정에 어느 정도 반영되었을 것이다.

　실제로 베트남의 건국신화인 락 롱 꿘과 어우 꺼 신화는 산악 세력과 해양 세력이 서로 만나 최초의 고대국가를 형성하게 된 배경을 나타내고 있다. 13세기 후반 세 차례의 대몽항전을 계기로 높아진 민족의식과 함께 이 건국신화가 완성된다. 14세기 후반에 편찬된 것으로 추측되는 설화집 『영남척괴열전』에 기록이 남았고, 약 백 년 뒤에 서술된 『대월사기전서』에도 동일한 내용이 실리지만 유교적으로 윤색된다. 이 신화는 베트남 교과서에도 실려 있으며, 우리 단군신화처럼 모든 베트남인들이 알고 있을 만큼 대중적이다.

73 중국 남방을 다스리는 염제 신농씨의 삼 세손 데 민이 아들인 데 응이를 낳은 후 남쪽을 순방하던 중에 오령에 이르러 부 띠엔이라는 신선의 딸을 만났다. 데 민은 그녀와 결혼하여 록 뚝을 낳았다. 록

뚝이 총명하고 용모가 단정하여 데 민은 왕위를 물려주려고 했다. 하지만 록 뚝이 형 데 응이에게 양보해 데 응이는 북쪽 땅을 다스리게 됐다. 그리고 록 뚝은 낀 즈엉 브엉(경양왕)에 봉해져 남방을 다스리게 됐는데, 나라 이름을 '씩꾸이'라고 했다. 록 뚝은 물속 용궁에 드나들 수 있는 능력을 가지고 있어 턴 롱의 딸과 혼인하여 아들 숭 람을 낳으니 이가 훗날 락 롱 꿘이다. 록 뚝은 락 롱 꿘에게 대신 나라를 다스리게 하고 사라져버렸다. 락 롱 꿘은 나라 이름을 '락비엣'이라 바꾸고, 백성들에게 농사짓고 누에 치는 법을 가르쳤다. 그리고 신분에 차이를 두게 했으며 인륜을 바로 세웠다. 락 롱 꿘은 때때로 용궁에 있었지만 백성들에게 무슨 일이 생기면 바로 달려왔다.

동해 바다 깊은 동굴 속에는 수백 년 묵은 응으 띤이란 거대한 물고기의 정령이 수시로 해안에 출몰했다. 지네처럼 발이 열 개 달린 이 괴물은 고기를 잡는 사람들이 보이기만 하면 즉시 다가가 커다란 입을 벌려서 배와 함께 한 번에 열 사람씩 통째로 삼켜버리곤 했다. 이런 일이 자주 생기자 어민들은 두려워서 더 이상 바다에 나가기를 꺼려했다. 소식을 전해들은 락 롱 꿘은 커다란 배를 몰고 동해 앞바다로 나가 괴물과 맞서 싸웠다. 락 롱 꿘은 사람을 먹이로 주는 시늉을 하다가 응으 띤이 입을 벌려 삼키려고 하자 재빨리 시뻘겋게 달군 쇳덩어리를 괴물의 아가리 깊숙이 찔러 넣었다. 응으 띤은 사방팔방으로 펄쩍펄쩍 요동쳤다. 마침내 락 롱 꿘의 칼이 응으 띤의 숨통을 끊어버렸다.

롱비엔에는 호 띤이라는 여우의 정령이 있었는데, 나이가 천 살이 넘어 밤만 되면 인간이나 귀신으로 변신해 굴에서 기어 나와 마을 사람들을 잡아먹었다. 락 롱 뀐은 동굴로 가서 천둥과 바람을 불러내는 마법을 이용하여 여우의 정령과 맞서 싸웠다. 사흘 후 지친 여우의 정령이 빠져나가려다가 락 롱 뀐이 오색실을 꼬아 만든 올가미에 걸렸다. 여우의 정령은 필사적으로 발버둥을 쳤지만 질식해 죽고 말았다. 알고 보니 정령은 꼬리가 아홉 개 달린 여우였다. 락 롱 뀐은 동굴 안으로 들어가서 아직 살아있는 사람들을 구해냈다.

이런 식으로 락 롱 뀐은 백성을 사랑하고 그들을 지켜주기 위해 애썼다.

한편 록 뚝의 형 데 응이는 그 아들 데 라이에게 왕위를 물려주었다. 데 라이는 할아버지 데 민이 남쪽을 순방하다 신선의 딸을 만났던 일을 떠올리고, 신하 치우에게 대신 나라를 다스리라 분부한 다음, 남쪽의 씩꾸이국을 순방하기 위해 떠났다. 데 라이는 자기가 '총애하는 여인' 어우 꺼를 데리고 다녔는데 늘 데리고 다니지는 않고 임시 거처에 두고 다니기도 했다. 데 라이는 남쪽 씩꾸이국의 기기묘묘한 꽃과 풀, 나무, 짐승, 물고기 등에 빠져 북쪽 땅으로 돌아갈 것을 잊었다. 그러던 중 씩꾸이국의 백성들이 북쪽의 괴롭힘을 견디지 못하고 용궁에 있는 락 롱 뀐을 애타게 불렀다. 이에 락 롱 뀐이 달려 나오다 홀로 있는 어여쁜 어우 꺼를 발견했다. 미소년으로 변신한 락 롱 뀐이 시중드는 사람들과 악기를 연주하는 사람들을 데리고 다가가자 어우 꺼의 마음에는 락 롱 뀐을 좋아하는 감정이 싹텄다. 락 롱 뀐은 어우 꺼를 데리고 용대암으로 갔다. 임시 거처에 돌아온 데 라이는 어우 꺼가 보이지 않자 신하들에게 샅샅이 찾으라 명했다. 이에 락 롱 뀐은 신기한 재주를 부려 용이나 뱀, 호랑이, 코끼리 등 온갖 모습으로 변신해 수색자들에게 두려움을 심어줬다. 데 라이는 어우 꺼를 찾다가 포기하고 북으로 돌아갔다.

락 롱 꿘과 어우 꺼가 함께 산 지 일 년이 지나 어우 꺼는 삼(태반이 떨어지지 않은 붉은 막에 쌓인 덩어리) 하나를 낳았다. 어우 꺼는 불길한 나머지 삼을 들판에 내다버렸다. 칠 일이 지나자 붉은 덩어리에서 백 개의 알이 나왔고, 알 하나마다 한 명씩 백 명의 사내아이가 태어났다. 어우 꺼는 아이들을 데려와 길렀는데, 젖을 먹이지 않아도 잘 자랐다. 그때 락 롱 꿘은 용궁에 머물렀기에 자식이 있는 줄도 모르고 있었다. 어우 꺼는 홀로 아이들을 키울 수 없어서 모두 데리고 북쪽 나라로 돌아가려고 했다. 어우 꺼와 백 명의 아이들이 국경에 다다르자 신농씨를 멸망시킨 뒤 북방을 차지하고 있던 황제(黃帝)가 이 사실을 전해 듣고 군사를 보내 어우 꺼를 막았다. 어우 꺼는 남쪽 나라로 되돌아와서 락 롱 꿘을 애타게 불렀다. 그러자 락 롱 꿘이 달려 나와 어우 꺼와 아이들을 만났다.

어우 꺼는 아이들을 홀로 키울 수 없으니 락 롱 꿘이 모두 데리고 용궁으로 갔으면 좋겠다고 말했다. 락 롱 꿘은 물에 사는 자신과 땅에 사는 어우 꺼가 물과 불처럼 상극이라 오래도록 함께 살 수 없음을 이해시켰다. 그러면서 아이들 오십 명은 어우 꺼가 데리고 가고, 오십 명은 자신이 데리고 가는 게 좋겠다고 말했다. 어우 꺼는 그 말에 따랐다. 이들은 헤어지며 어우 꺼는 오십 명의 아들을 데리고 산으로, 락 롱 꿘은 나머지 오십 명을 데리고 남쪽 해변[水府]으로 갔다. 어우 꺼는 오십 명의 아들들 중에서 장남을 홍 브엉(雄王)으로 봉하고 나라의 이름을 '반랑'국이라 했다. 이후 반랑국의 왕들은 모두 홍 브엉이라 불렸다. 어우 꺼가 낳은 이들 백 명의 아들이 '바익 비엣 (百越)'의 시조이다.

『영남척괴열전』은 베트남의 민간에 전승되던 신화와 전설을 한문으로 기록한 책이다. 멀리는 태고로부터 가까이로는 14세기 쩐왕조까지를 배경으로, 베트남 민족의 건국신화 및 독특한 풍속, 산천과 영웅들에 관한 이야기 스물두 편이 담겨 있다. 14세기 후반 만들어진 이 책은 저자와 저작 연대조차 정확히 알려지지 않은 채 필사본으로 유포되다가, 15세기 후반 베트남의 저명한 문인이었던 부 꾸인(武瓊)에 의해 새롭게 쓰였다. 이 책은 우리나라에 『베트남의 신화와 전설』이라는 이름으로 번역되어 나왔다. 베트남의 고전문학 전문가 응우옌 흥 비 교수는 "『영남척괴열전』을 말하는 것은 '이야기 속에 내재된 역사' 바로 그런 의미를 말하는 것이다. 어떤 순서로 정리가 되어 있든 스물두 개의 이야기를 기본으로 하는 『영남척괴열전』은 우리나라(베트남)의 건국 시대로부터 쩐왕조 시대까지의 이야기들을 담고 있다. 그 이야기들은 우리나라 고유의 역사 전통을 분명히 인식할 수 있도록 해 준다. 나중에 혈기왕성하고 경륜이 깊은 유학자들이 내용을 보충하였는데 언제나 민족 독립사상을 근간으로 했다"[45]라고 밝힌다.

최귀묵은 이 신화와 관련하여 1) 북방(중국)에서 도래한 인물과 남방(베트남) 사람 사이에서 태어난 인물이 베트남의 시조가 되었다. 중국과의 연결을 강조하면서도 침략에 항거해야 한다는 의식이 나타난다. 2) 용신사상: 용왕의 후손인 락 롱 꿘이 사악한 힘으로부터 백성을 보호한다. 3) 산과 물의 결합이 중요하다. 산족(山族)과 수족(水

族)의 대립을 의미한다. 4) 하나의 태에서 백 개의 알이 나왔다는 것은 베트남 북부 지방에 살던 여러 민족의 동포 의식을 강조하는 것이다. 5) 고비엣족의 창세 서사시가 영향을 주었다, 라고 말한다. 그러면서도 비엣족이 이러한 건국신화를 강조할수록 소수민족의 창세 서사시를 존중할 가능성은 그만큼 줄어든다고 하여 비엣족의 은근한 우월심도 작용한다고 지적한다.[46]

김헌선은 자신의 부계 선조를 중국이라는 테두리에 편입시켜 신성성과 고귀한 혈통을 보장받고 있다는 점에 관해서는, 그것이 사대주의가 아니라 한국의 〈연오랑과 세오녀〉 등과 마찬가지로 신화가 문명권의 중심에서 주변으로 이동하는 자연스러운 과정으로 봐야 한다고 말한다.[47] 박희병도 이 신화가 "염제 신농씨를 베트남과 결부시키고 황제 헌원씨를 중국과 결부시키는 쪽으로 변용함으로써 베트남과 중국의 대립을 상정해 놓고 있다. 그리하여 신농씨와 치우가 헌원씨에게 패함으로써 마침내 광활한 중국 대륙은 한족이 지배하게 되고, 이후 신농씨의 후손은 중국의 남방에 있는 베트남을 대대로 다스리게 된 것으로 이야기하고 있다"[48]라고 말한다.

거듭 밝히지만, 이 신화는 939년 베트남이 중국으로부터 (일시) 독립을 쟁취한 후에도 수 세기 동안 기록으로 남겨지지 않았다. (베트남에서는 968년 딘 보 린의 다이 꼬 비엣을 최초의 독립 왕조로 본다.) 그러다가 15세기에 응오 씨 리엔의 『대월사기전서』에서 처음으로 왕조사 안으로 편입된다. 케이트 테일러는 거기에서 『영남척괴열전』과는 달리 어우 꺼가 북쪽 왕의 딸(애녀, 즉 총애하는 여인이 아니라)로 그려지는 것을 지적한다.[49] 그래야만 당대의 지배적인 유교 질서와 도덕관념에

합당하다고 판단했다는 것이다. 홍 브엉들 중의 첫 번째 홍 브엉이 아버지를 이어받은 아들로 나타나는 것도 가부장적 가치를 강조하는 노력의 산물이다. 이렇듯 이 신화는 중국의 또 다른 침략을 경계하는 것은 물론이고, 새로 들어선 레(黎)왕조에 대한 내부의 갈등도 완화시켜 정권의 정당성을 확보해야 하는 필요성에 따라 채록되고 일정하게 변색되었다고 볼 수 있다. 레왕조는 그 이전 쩐왕조가 참족과 명나라로부터 겪은 수모를 떨쳐내고 새로운 국가적 정체성을 확보할 강력한 욕구를 바로 이런 신화에 대한 재해석을 통해 찾으려고 했던 것이다.

베트남의 다수 민족인 낀족(비엣족)의 이러한 난생신화와 관련하여 소수민족 중 하나인 므엉족의 창세 서사시도 주목을 요한다. 거기서는 새가 낳은 알에서 라오족, 낀족, 므엉족 등이 나오는 것으로 되어 있다. 최귀묵은 이를 토대로 하나의 알에서 여러 개의 알이 나와서 인류의 시조가 되었다는 창세 서사시의 발상이 비엣족의 건국신화에서 반복, 계승되고 있음을 확인한다. 그러면서 므엉족의 창세 서사시에서는 여러 민족이 서로 같으면서 동일한 기원을 갖고 있던 것과 낀족이 〈건국신화〉에서 백 명의 아들 중에서 가장 뛰어난 자를 지도자인 홍 브엉으로 뽑았다는 말은 이미 낀족 중심의 국가 구성을 염두에 두고 있었다는 사실의 반증이라고 해석한다.[50] 그러나 세월은 다시 흐르고 흘러 베트남의 현대 지식인들은 이제 소수민족들과의 절대적인 단결이라는 지상명령 앞에서, 지난 시절 〈건국신화〉를 문헌으로 정착시키던 과정에서 의도적이건 아니건 무시하거나 소홀히 했던 소수민족의 설화 유산을 적극적으로 해석하고 또 기꺼이 포용하려는 자세를 보인다.[51] 물론 이를 두고 소수민족의 입장에서는 낀족의 약탈적인 수용이라고 해석할 수도 있다. 사실 조동일은 베트남의 소수민족들이 창세, 영웅, 생활 서사시를 두루 갖춘 반면, 지배 민족인 낀족은 창세와 영웅 서사시는 없고 생활 서사시만 남아 있는 현상을 주목한다. 그리하여 낀족이 창세 서사시나 영웅 서사시를 잃은 것은 소수민족이 그런 것들을 소중하게 간직해온 사정과 표리 관계에 있다고 본다. 즉, "월남민족이 가해자가 되면서 자기네의 구비 서사시를 버리고 그 대신에 한문학과 자남(쯔 놈)문학 양쪽의 기록문학을 발전시켜 소수민족에 대한 우위를 입증하고, 중국문학과 경쟁하려고 했다"는 것.[52]

낙태 문제를 다룬 베트남 작가 이 반의 단편소설 작품 「어우 꺼 어머니에게 보내는 편지」에는 이 건국신화가 가장 중요한 소재로 등장한다. 용의 자손인 락 롱 꿘이 산의 자손인 어우 꺼와 결혼하여 커다란 알을 하나 낳고 거기서 다시 백 명의 자손이 나오는 것까지는 동일하다. 그러나 작가 이 반은 여성문제를 강조하기 위해서 자손의 비율을 남녀 반반으로 나눠 성 정체성을 분명히 드러냈다. 실제 전해 내려오는 신화는 자손의 성비를 따지지 않거나 아들이라고 하는 경우가 대부분이다. 작가는 그렇게 나온 아들들은 락 롱 꿘이 데리고 바다로, 딸들은 어우 꺼가 데리고 산으로 갔다고 신화를 재해석하는 기본 입장을 견지하면서, 당대 베트남 사회에서 낙태를 둘러싼 여성문제의 심각성을 고발하고 있다.

사자의 도시 싱가포르의 건국설화

상 닐라 우타마-일흔네 번째 이야기

싱가포르는 19세기 초 이래 영국의 식민지로 있다가 1959년 자치령이 되었고, 1965년 말레이시아로부터 분리 독립하였다. 1965년 리콴유가 말레이시아로부터 독립을 선언할 당시, 사실 싱가포르를 상징하는 필연적인 내러티브라는 것은 존재하지 않았다. 그는 1968년 동남아경제위원회 회의석상에서 수상 자격으로 "우리는 대다수 중국인, 인도인, 말레이인이고, (여전히) 싱가포르인이 아니다"라고 말했다.[53] 건국한 지 삼 년도 채 안 된 신생국의 정체성에 대해 그가 얼마나 고민하고 있는지를 단적으로 드러낸 발언이다. 이는 비슷한 처지에서 독립을 쟁취한 다른 동남아 지역 국가들의 경우와는 확연하게 차이가 나는 지점이다. 그러나 이렇게 상대적으로 역사가 짧은 싱가포르라고 해서 건국에 관한 이야기가 없는 게 아니다. 어쩌면 그런 역사의 일천함을 극복하고 국민의 동질성을 확보하는 데 오히려 더 분명한 건국 서사가 필요했을지 모른다.

싱가포르를 상징하는 이미지는 '사자의 도시'인데, 이것이 바로 상 닐라 우타마가 일궈 내는 싱가포르 건국설화의 핵심을 이룬다. 이 설화는 한때 테마섹이라 불리던 이 섬의 명칭이 어떻게 '싱가푸라' 즉, '사자의 도시'로 전환되었는지 설명해 준다. 나아가 왜 많은 중요한 싱가포르의 정부와 민간 기구들이 여전히 초기의 명칭(싱가푸라)을 동시에 사용하고 있으며 그렇게 함으로써 과거를 현재·미래와 연결 짓는지, 그 이유를 이해할 수 있게 해준다.[54]

전설은 단순하다.

74 옛날, 팔렘방에 상 닐라 우타마라는 왕자가 있었다.

어느 날 그는 부하들과 함께 사냥을 나갔다. 사슴을 발견하고 쏘려고 했으나 너무 빨라 잡을 수가 없었다. 달아난 사슴을 잡으려고 언덕에 올라갔는데 멀리 한 번도 보지 못한 섬이 눈에 띄었다. 부하들은 그 섬이 테마섹이라고 말해주었다. 왕자는 그곳에 가보기로 결정했다. 도중에 풍랑이 일었다. 파도가 당장이라도 배를 집어삼킬 것만 같았다. 선원들은 짐을 바다에 내던져 배를 가볍게 만들었다. 그래도 파도는 너무 거칠었다. 배는 속수무책으로 가라앉기 시작했다. 그때 한 신하가 말했다.

"왕자님, 왕관이 이 배에서 가장 무거운 물건입니다. 그걸 내버리세요!"

사실 왕자는 바다왕 딸이 낳은 후손이었다.

왕자가 왕관을 배 밖으로 내던지자 거짓말처럼 폭풍이 잦아들더니 바다가 잠잠해졌다. 그리하여 그들은 테마섹 섬에 도착할 수 있었다. 해변에서 그들은 전에 한 번도 보지 못한 동물을 발견했다. 머리는 검고, 목은 하얗고, 몸뚱이는 붉은 색의 우아한 동물이었다. 왕자가 감탄하면서 바라보는 사이 어느새 그 동물은 사라져버렸다. 아무도 그 동물을 본 적이 없다고 했다. 한 선원이 언젠가 그런 동물을 '싱가' 즉, '사자'라고 부른다고 누군가 이야기하는 것을 들은 바 있다고 말했다. 왕자는 그 섬이 아주 마음에 들었다.

"나는 장차 이곳에 살 거야."

그때부터 타마섹 섬은 싱가가 사는 땅, 즉 '싱가푸라'라고 불리게 되었다.

다른 버전에 따르면, 그들이 처음 발견한 싱가가 몸은 오렌지색이고, 가슴은 하얗고, 머리는 검은 동물이었다고 한다. 사실 생태학적으로 사자는 거기 살 수 없었다. 그들이 본 것은 아마 말라야 호랑이였을 것이다. 어쨌든 상 닐라 왕자는 그 동물을 길조라 여겨 거기에 새 왕국을 건설하리라 마음먹었다. 이런 이야기는 이 섬의 역사가 식민주의자들로부터 시작되지 않았다는 사실을 확인시켜주는 근거로도 이용된다. 아울러 필요에 맞게 각색되어 오늘날 싱가포르에 유용한 여러 이데올로기를 구축했다. 모든 싱가포르인들이 〈상 닐라 우타마 전설〉을 알고 있는데, 당연히 싱가포르 국명을 지을 때에도 큰 영향을 미쳤다.

〈상 닐라 우타마 전설〉에 등장하는 사자 두상의 이미지는 현대 싱가포르의 상징물로 자연스럽게 변화해 국가적 브랜드가 되었다. 싱가포르 정부 공식 사이트에 따르면, "사자의 두상은 용기와 힘, 탁월함뿐 아니라 도전에 직면했을 때 극복하는 힘을 상징한다"라고 되어있다. 존재하지 않는 새로운 것을 창조하기 위해 한 섬에 상륙할 수 있다는 생각도, 변화하는 환경에 끊임없이 적응해야 하는 작은 도시국가를 위한 내러티브로 새롭게 정리된다. 이런 진보적 아이디어는 사자의 두상을 바다(인어)와 연결시킨 가장 대중적인 이미지, 즉 '머라이언'이라는 현대적 버전에서 가장 명확하게 드러난다.[55] 처음 싱가포르 관광홍보국이 그 인조 짐승 머라이언을 제작했을 때는 많은 현지인들이 낯설게 여기고 이상하다며 거부감을 표시했다. 그러나 이제 머라이언은 수많은 외국인들에게 싱가포르를 대표하는 가장 중요한 상징이 되었다. 2010년 싱가포르에서 열린 세계 최초의 청소년올림픽에서 마스코트였던 '멀리'와 '리오'도 이 머라이언에서 차용한 것이었다.[56] 그 밖에도 머라이언은 많은 싱가포르 시인들의 소재로서 영감을 불러일으켰고, 건축, 미술, 음악, 연극 등에서도 활발하게 활용되고 있다.

나는 이타카를 찾을 거라는 신념으로 여행을 계속했다
나아가고 또 나아가고
고통은 많았고 즐거움은 적었다
낯선 이들이 노래하는 소리를 들었다
새로운 신화들을.
나는 그것들을 내 것으로 만들었다

하지만 이 바다의 사자,
소금 갈기에, 비늘이 있고, 꼬리가 멋진 사자가
강한 인상으로 눈길을 끌었다

내가 살던 시절에는
어떤, 그야말로 어떤 전조도 없었다
이처럼 반은 짐승이고 반은 물고기,
땅과 바다의 이 힘찬 생명체에 대해서는.

사람들이 여기에 모여들었다

여러 바다의 혜택을

이 섬에 가져왔다

그리하여 상반신을 벗은 건물들을 척추처럼 세웠다[57]

   싱가포르의 건국설화 만들기는 매우 성공적인 것처럼 보인다. 그렇더라도 특히 국가박물관과 같은 문화 텍스트에서 특정 역사적 유물의 실제적 기원과 현재적 배치 간에 필연적으로 간극이 존재하는 것과 마찬가지 이유로, 그 스토리텔링 역시 필연적으로 내적인 긴장과 모순을 감당해야 한다.[58] 푸코가 지적했듯이, 그리고 뒤이어 많은 해체주의자들이 지적했듯이, '배치'는 그 자체로 권력이다. 협상장의 원탁 테이블과 학교 교실의 자리 배치가 결국 권력의 소유권에 대해서 말해주는 현실을 과연 언제까지 얼마나 '재미있게' 받아들일지 여부는 전적으로 의자에 앉는 사람들에게 달려 있다. 예를 들어 중국이 강력하게 부상하는 현실에서, 건국 초기부터 다민족 국가를 지향했던 싱가포르가 국민의 칠십칠 퍼센트가 중국계라는 사실에서 오는 보이지 않는 압박을 어떻게 견뎌 낼 것인지 새삼 주목된다. '박물관 국가' 혹은 '박물관 정치'의 효용성과 한계에 대해 저절로 시선이 가는 대목이다.

동물우화

동물우화의 절대 고전

칼리라와 딤나–일흔다섯 번째 이야기

동물에 관한 이야기들은 대개 우화 형식을 띠는 경우가 많다. 우화 형식으로 인간 사회를 풍자하고 비판하기가 쉬웠기 때문이다. 사람을 직접 대놓고 비꼬고 헐뜯는 것보다 동물에 빗대어 이야기를 하면 그에 따르는 위험부담이 훨씬 덜할 수도 있지 않겠는가. 그래서 어느 나라를 막론하고 오랜 기간 전제적 봉건사회를 거쳐 오는 동안 특히 동물을 의인화한 우화들이 많이 창작되고 전승되었다.

"유대인에게 『탈무드』가 있다면 아랍인에게는 『칼릴라와 딤나』가 있다"라는 말이 있을 정도로, 『칼릴라와 딤나』는 아랍인들에게 최고의 지혜서이자 더없이 소중한 고전이다. 동물우화라면 흔히『이솝우화』만을 떠올리는 게 보통이지만, 정작 아랍 세계 내부에서 최상의 가치를 인정받아 온 이 동물우화집『칼릴라와 딤나』는 서구에서도 "성경보다 더 많이 읽힌 책" "성경 다음으로 많은 언어로 번역된 책" 따위의 평가를 받는다.『칼릴라와 딤나』는 인도의 구전 설화집『판차탄트라』가 페르시아를 거쳐 아랍으로 유입되면서 아랍 사회와 이슬람교에 맞게 개작된 작품이다. '칼릴라'와 '딤나'라는 이름의 두 마리 자칼을 중심으로 펼쳐지는 이 동물우화집은 인간의 사악함과 어리석음, 그리고 인간 세계에서 벌어지는 각종 부조리를 적나라하게 그려내고 또 꼬집고 있다. 아울러 약육강식의 논리가 지배하며 선과 악의 경계마저 모호한 현실 상황에 슬기롭고 현명하게 대처하는 일종의 처세술까지 제시한다. 물론 그것이 과연 정당하고 제대로 된 처세술인지는 장담하지 못한다.

75 한 사내가 성난 코끼리에게 쫓기다가 우물 속으로 간신히 몸을 숨겼다. 말이 피신이지, 우물 입구에서 드리워진 나뭇가지를 붙잡고 대롱대롱 간신히 버티는 형편이었다. 아래를 내려다보니 우물 중간에 난 네 개의 구멍에서 뱀들이 기다란 혓바닥을 날름거리고 있었다. 저 깊은 우물 바닥에는 커다란 이무기가 이제나저제나 사내가 떨어지기만을 기다리며 입맛을 다시고 있었다. 뿐만인가, 갑자기 속속거리는 소리가 들려 위를 쳐다보니, 아뿔싸 이게 웬일인가. 그나마 희망을 걸고 붙잡고 있는 나뭇가지를 흰쥐와 검은쥐가 갉아먹고 있었다. 눈앞이 캄캄해지려는데, 그의 눈에 홀연 벌꿀 통이 들어왔다.

그는 그 달콤한 유혹을 뿌리칠 수 없었다. 손가락으로 한 번 찍어 먹으니 세상 근심을 모두 잊을 것만 같았다. 그렇게 그는 벌꿀 통을 향해 자꾸 손을 뻗었다. 그러는 통에 자기가 어떤 지경에 처해 있는지 까마득히 잊고 말았다.

사내는 과연 어찌 되었을까.

칼릴라와 딤나가 본격적으로 이야기를 시작하기 전에,『판차탄트라』를 파흘라비어(페르시아어의 일종)로 옮긴 의사 바르자위가 미리 들려주는 이야기이다. 그는 이 우물을 온갖 괴로움과 고통이 가득한 현실 세계로 비유했다. 그런데도 우리 인간은 어떻게든 그곳을 빠져 나갈 궁리를 하는 대신 눈앞의 이익에 눈이 멀어 결국 파멸의 구렁텅이에 빠지고 만다는 교훈을 들려주려 했던 것이다.

본문에는 이런 인간도 등장하지만 대개 동물들이 주인공이자 화자로서 이야기를 이끌어 간다. 예를 들어 딤나는 숲 속에서 사자왕의 신임을 얻어 신하가 되었다. 그런데 어느 날부터 백수의 왕이 도무지 바깥을 돌아다니려 하지를 않았다. 딤나는 그게 커다란 울음소리 때문이라고 판단했다. 과연 그러했다. 사자왕은 언제부턴가 소 샤트라바가 울어대는 소리에 겁을 잔뜩 집어먹었던 것이다. 딤나가 묻자 사자왕은 "저렇게 크게 울면 몸집도 엄청나겠지?" 하면서 두려움을 드러냈다. 그러자 딤나가 사자왕을 위해「여우와 북」이야기를 들려준다.

숲 속 나무에 커다란 북이 걸려 있었습니다. 바람이 불 때마다 멀리까지 엄청난 북소리가 퍼져 나갔습니다. 여우가 그 북을 발견하고는 이렇게 생각했습니다. 저렇게 소리가 크니 저 안에는 먹을 게 엄청나게 많이 들어 있을 거야. 여우는 애써서 그 북을 찢었습니다. 그러나 그 안에는 아무것도 들어 있지 않았습니다.

　말하자면 이런 식으로 이야기가 이야기를 불러온다.『투티 나메』와 유사한 이 이야기 서술 방식은 독자들로 하여금 달리 시선을 돌리지 못하게 만들 만큼 흥미진진하다.『칼릴라와 딤나』는 10세기부터 세계 주요 언어로 번역되기 시작하여 오늘날 지구촌 곳곳에서 읽히고 있다. 한국에서도 이 우화집의 우화가 교과서에 실리기도 했다. 재미있는 점은 유일신을 믿는 이슬람권에서는 책에 인물이나 동물, 정물 등 삽화가 실리는 게 금지되지만, 이 책 만큼은 예외를 인정해주어 오늘날까지 다양한 삽화가 전해져 온다는 사실이다.[59] 덕분에 우리는 아주 아름답고 현란한 이슬람 양식의 고전 삽화들을 편히 감상할 수 있다.

　소설가 오수연은 아예「재칼과 바다의 장」이라는 제목에, 형식도 이야기 속에 또 이야기가 나오는『칼릴라와 딤나』서술 방식으로, '제국'이 지배하는 오늘의 언어도단 사태를 풍자하는 '우화소설'을 발표했다.[60] 작가는 헝클어질 대로 헝클어진 시대에 대응하는 소설의 방법론으로 아랍인들의 오래된 지혜를 불러낸 것이다.

인도 우화집 중에서 가장 오래된 고전 중의 고전

판차탄트라-일흔여섯 번째 이야기

『판차탄트라』는 고대 인도의 설화집으로 제목은 '다섯 편의 이야기'라는 뜻이다. 산스크리트어 원전은 현존하지 않고 작자도 밝혀지지 않고 있지만, 6세기 중엽(약 570년)에는 이미 중세 페르시아어인 파흘라비어로 번역되어 페르시아 지역에 소개되고 8세기에는 아랍어로 번역되었다는 사실로 미루어 그 성립 연대를 추측한다. 아마 불교 본생담『자타카』를 포함하여 꽤 오래 전 시기부터 내려오던 우화들을 참고했을 것으로 보인다. 유럽에는 11세기 말에 그리스어로 처음 번역되면서 상륙했고, 16세기경에는 이미 라틴어, 스페인어, 독일어, 영어, 이탈리아어 등으로 번역이 완료되어 유럽의 광범한 지역에서도 쉽게 접할 수 있었다. 오늘날 동서양 우화가 유사한 상황이 생긴 데에는 이『판차탄트라』의 유럽 진출도 어느 정도 영향을 주었을 것이다.

사실, 프랑스의 저명한 우화 작가 라퐁텐은 자신이 이로부터 빚을 지고 있음을 밝힌 바 있다.

"이것은 내가 여러분에게 드리는 두 번째 우화집이다. 나는 이 책의 상당 부분을 인도의 교훈서『필파이』로부터 영감을 얻어 썼다는 사실을 인정해야만 한다."[61]

뿐만 아니라『판차탄트라』는『천일야화』에도 몇 편의 소재를 제공하고 있는 게 확실하다.

내용은 현자 비슈누 사르마가 왕의 부탁을 받고 방탕한 세 명의 왕자에게 교훈을 줄 목적으로 들려주는 이야기들인데, 그렇다고 처음부터 끝까지 딱딱한 방식으로 일관하지는 않는다. 오히려 중간 중간 운문 형식으로 속담이나 격언을 들려주어 최대한 부드럽게 이야기를 전달하고자 한다. 제목에서 밝힌 대로 1) 친구의 배반 2) 친구의 획득 3) 까마귀와 앵무새 4) 획득물의 상실 5) 사려 깊지 않은 행동 등 다섯 가지 주제로 이야기를 들려준다.

변신한 쥐의 신랑 찾기

어느 현자가 목욕하던 중 하늘에서 쥐 한 마리가 떨어졌다. 그가 의식을 행하자 쥐는 여자아이로 변했고, 현자 부부는 그 아이를 딸처럼 키웠다. 이윽고 결혼할 때가 되어 현자가 태양을 불러 딸에게 남편감으로 어떠냐고 묻자 싫다고 했다. 뒤이어 구름도, 바람도, 산도 다 싫다고 했다. 그러나 쥐는 어떠냐고 하자 여자아이는 좋다며 자신을 쥐로 만들어 달라고 했다.[62]

악어와 브라만, 그리고 여우

한 악어가 자기를 갠지스 강까지 데려다준 브라만을 잡아먹으려 했다. 브라만은 이럴 수는 없다고, 세 명에게 물어봐서 다 상관없다고 하면 그때 먹으라고 했다. 망고나무와 소는 인간은 항상 자기들에게 그렇게 대했으니 상관없다고 했는데, 여우는 잘 모르겠다며 일단 어떻게 강까지 갔는지 보여달라고 했다. 악어가 재연을 위해 자루 속에 들어가자 브라만은 악어를 돌로 때려 죽였다.

사자와 영리한 토끼

사자왕 바슈라카가 동물들을 마구잡이로 잡아먹어 온누리에 동물의 씨가 마를 지경이었다. 하루는 모든 동물들이 그에게 찾아가 매일 한 마리씩 순서대로 희생할 테니 마구잡이로 해치지는 말라고 부탁했다. 바슈라카는 만일 하루라도 기일을 어기면 모두 잡아먹겠다고 했다. 어느 날 차례였던 토끼가 그만 시간에 늦게 가고 말았다. 사자가 화를 내자 토끼는 다른 힘센 사자가 같이 온 토끼 네 마리를 인질로 잡아 놓고 바슈라카와 겨루겠다고 해 늦었다고 둘러댔다. 더 화가 난 바슈라카는 당장 그 녀석이 있는 곳으로 가자고 했다. 토끼는 바슈라카를 우물로 데려갔고, 우물 속에 비친 자기 모습을 본 바슈라카는 우물 속으로 뛰어들어 그만 죽고 말았다.

브라만의 아내와 몽구스

한 브라만의 부인이 자기 아들과 함께 몽구스 한 마리를 키웠다. 부인은 몽구스의 천성이 악하다고 생각해 항상 의심했다. 어느 날 부인이 남편에게 몽구스의 감시를 맡기고 아들을 재운 뒤 물을 뜨러 나갔다. 하지만 남편은 볼일을 보러 밖으로 나가버렸고, 그 사이 뱀이 들어와 아들을 물려고 했다. 이때 몽구스가 달려가 뱀을 죽였다. 몽구스는 자랑스럽게 부인에게 갔으나, 부인은 피칠갑을 한 몽구스를 보고 몽구스가 아들을 죽인 줄 알고 물동이를 던져 죽였다. 이후 부인은 집에 들어가 죽어 있는 뱀을 본 뒤에야 자기가 실수한 것을 깨닫고 매우 슬퍼했다.

『판차탄트라』에는 어디선가 한 번쯤 들어본 듯한 이런 식의 우화 교훈담들이 빼곡하게 들어 있다. 우리나라의 「토끼의 간」과 꼭 닮은 「원숭이와 악어」도 있다. 개중에는 그다지 도덕적이지 않은 것처럼 보이는 이야기도 없지 않다. 가령 「공주를 사랑한 직조공 이야기」 같은 것은 거짓말, 나아가 사기를 쳐서 공주의 사랑을 얻는다는 이야기처럼 들린다. 힌두교의 최고신 비슈누가 지상에서 자신의 위상을 상실할까 봐 자기 행세를 한 직조공을 혼내주기는커녕 오히려 도와준다는 설정은 얼핏 황당하기도 하다. 그래도 이 일화는 당당히 목수 친구가 직조공 친구를 도와준다는 데 초점을 맞추어서 『판차탄트라』의 목록 속에 이름을 등재하는 데 성공한다.

공주를 사랑한 직조공 이야기[62]
어떤 도시에 절친한 친구 두 사람이 살고 있었다. 한 사람은 직조공이었고, 다른 한 사람은 목수였다. 두 사람 다 자기 분야에서 뛰어난 솜씨를 발휘했고 하루에 아홉 시간씩 열심히 일을 했기 때문에 남부럽지 않은 생활을 할 수 있었다.

어느 날 큰 축제가 열려서 모든 사람들이 참가하여 즐겁게 지냈다. 두 친구도 좋은 옷을 차려입고 나가서 축제를 즐겼다. 거기에 아주 아름다운 공주도 참가했다. 직조공은 이층 창가에 나와 있는 공주를 보고 단번에 사랑에 빠져버렸다.

청춘의 자신감으로 터질 듯 풍만한 가슴이여,
물결처럼 흘러내리는 머리카락, 늘씬한 옆모습,

빨갛게 생기가 도는 입술, 아주 잘록한 허리—

이 모든 것들이 나를 다치게 하더라도 전혀 이상하지 않아

게다가 두 뺨은 얼마나 깨끗한가, 얼마나 눈부신가

하지만 그것들이 나를 괴롭히는 건 옳지 않아

집에 돌아온 직조공은 일이 손에 잡히지 않았다. 이튿날 목수 친구가 여느 날처럼 직조공의 집으로 놀러 왔다. 그는 하룻밤 사이에 달라진 친구의 모습에 당황했다. 곧 그것이 사랑 때문이라는 사실을 파악했다. 목수는 풀이 죽은 직조공을 달랬다.

"일어나게, 친구. 숨을 크게 쉬고 밥을 먹어. 의기소침할 것 없다구."

이튿날 목수는 친구를 위해 비슈누가 타고 다닌다는 가루다처럼 생긴 탈것을 만들어 가지고 왔다. 그것은 나무로 만들어졌지만 아주 화려하게 색칠이 되어 있었다.

"이걸 타면 어디든지 갈 수 있을 거라네. 마치 비슈누인 듯 행세할 수도 있겠지."

직조공은 그날 오후 내내 몸을 깨끗이 씻고 좋은 옷으로 갈아입었다. 그런 다음 저녁이 오자 그 탈것을 타고 궁전을 향해 날아갔다. 때마침 공주는 달빛을 받으며 궁전의 자기 침실 베란다에 앉아 있었다. 그때 갑자기 비슈누처럼 보이는 사람이 천상의 새를 타고 날아오는 게 아닌가. 공주는 즉시 침대 아래로 내려가 그의 발밑에 고개를 수그리며 경배했다.

"오, 신이시여. 일개 미천한 인간을 어찌 몸소 찾아주셨나이까? 제

가 무엇을 어찌 하면 좋겠습니까?"

"너는 전생에 나의 아내였느니라. 저주를 받아 지상에 떨어진 것이지. 이제 내가 너를 다시 아내로 맞이하겠노라."

두 사람은 하늘에서 신들이 하는 방식으로 결혼했다. 그로부터 환락의 날들이 정신없이 흘러갔다. 직조공은 저녁마다 찾아와서 밤새즐기다가 새벽 동이 틀 무렵 하늘로 간다며 돌아갔다. 시녀들이 어느날 그 광경을 보고 왕과 왕비에게 보고했다.

왕은 크게 노했다.

"어찌 감히 이런 일이 있을 수 있단 말인가. 이토록 수치스러운 일이!"

공주는 솔직히 고백했다. 그러자 왕비의 표정이 단번에 환해졌다. 왕도 가슴이 뛰었다. 그것은 엄청난 축복이었기 때문이다.

"오, 세상에! 너와 나처럼 축복받은 사람이 어디 또 있겠느냐. 둘 사이에서 나오게 될 손자의 위력으로 나는 온 세상을 복속시킬 것이로다."

그때 마침 남쪽 나라에서 사신이 왔는데, 왕은 비슈누와 맺은 새관계에 흥분한 나머지 예의를 갖춰 대접하지 않았다. 분노한 사신들이 자기네 고국으로 돌아가서 이 사실을 보고했고, 남쪽 나라에서는 군대를 몰고 쳐들어왔다. 그런데도 왕은 걱정하지 않았다.

왕은 공주에게 말했다.

"네 남편에게 이 상황을 설명하면 단번에 해결해줄 것이다."

공주는 왕이 시키는 대로 했다. 직조공은 호탕하게 웃으며 대답했다.

"이까짓 건 일도 아니라오, 공주. 들어 아시겠지만, 예전에 나는 수천의 악귀들도 아주 가볍게 해치우곤 했다오. 다들 마법이라면 제법

한다는 자들이었지. 히란야카시푸, 칸사, 마드후, 카이타바 등등. 하물며 사람과의 전쟁이라니! 아버님께 가서 걱정 마시라고 전하시오. 아침이면 이 비슈누가 적들을 깡그리 물리칠 것이오."

전갈을 받은 왕은 의기양양해져서 선포했다.

"누구든지 내일 싸움에 참가한 자는 돈이든 식량이든 황금이든 코끼리든 말이든 무기든 상관없이 획득한 물건을 부상으로 받을 것이다."

정신을 차린 직조공은 안절부절 못했지만 결국 전쟁에 참가하기로 마음을 굳혔다. 그러자 하늘에서는 진짜 비슈누가 회의를 소집했다. 신들은 논의 끝에 만일 가짜 가루다를 탄 직조공이 전쟁에 나가서 진다면 그때부터 사람들이 비슈누를 더 이상 공경하지 않을 것이라고 우려했다. 결국 진짜 비슈누가 싸움에 참가하기로 결정했다. 비슈누는 직조공의 몸속으로, 가루다는 가짜 가루다 속으로 들어갔다. 비슈누는 천상의 무기인 원반을 들고 전장에 나섰다. 결국 그들의 모습을 본 적군은 단번에 기선을 제압당했다.

그리하여 직조공이 간단히 승리를 거두게 되었다.

판본에 따라서는 공주와 직조공의 애정 행각이 꽤 농밀하게 묘사된 것도 있다.

사프란 꽃이 습기를 머금은 듯한
그대의 젖가슴에 내 가슴을 던져
그대의 허리를 껴안고
나는 잠들고 싶어라[64]

『판차탄트라』에는 다음과 같이 성인용으로 분류해야 마땅할(?) 교훈담도 있다.

노인과 그의 젊은 아내, 그리고 도둑

한 늙은 상인이 살고 있었다. 아내가 죽자 그는 외로움을 견디지 못한 나머지 많은 돈을 주고 가난한 집 딸을 아내로 맞이했다. 정작 결혼을 하기는 했지만 한창 나이의 젊은 아내는 매사가 불만일 수밖에 없었다. 노인은 그렇다고 어쩔 수도 없었다. 어느 날 밤 여느 날처럼 그들 부부는 서로 등을 돌린 채 잠을 자고 있다. 그때 몰래 도둑이 들어왔다. 잠귀가 빠른 아내가 도둑을 발견하고 무서운 나머지 늙은 남편을 꼭 껴안았다. 노인은 한편으로 좋으면서도 갑자기 이게 무슨 횡재인가 싶었다. 가만히 살펴보니 아내의 어깨너머로 어둠 속에서 도둑이 웅크리고 앉아 있는 게 보였다.

노인은 크게 소리쳤다.

"오, 당신이구려! 당신 때문에 내 아내가 평소 하지 않던 모습을 다 보였구려. 고맙소. 당신이 원하는 대로 무엇이든 챙겨 가시오."

그러자 도둑이 멋쩍게 일어나며 대답했다.

"글쎄요, 지금은 둘러봐도 뭐 별로 가져갈 게 없네요. 다음에 다시 한 번 오지요. 당신 아내가 지금처럼 당신에게 사랑스럽게 굴지 않을 때 말이오, 쳇."

이어지는 이야기

진정한 삶의 의미를 찾아 왕위마저 내버린 인도 성자 이야기

바르타리-일흔일곱 번째 이야기

인도에는 멍청한 자식들을 어떻게든 가르쳐서 왕위를 제대로 잇게 만들고 싶은 왕이 있는가 하면, 진정한 삶의 의미를 찾아 왕위마저 미련 없이 내버리는 왕도 존재한다.

여기에 소개하려는 〈바르타리〉는 북인도 사람들에게 아주 유명한 성자 바르타리에 관한 구비 서사시로서 진정한 사랑과 삶의 의미를 묻는 철학적인 주제가 돋보인다. 불사의 열매가 사랑이라는 명목 아래 이 사람에서 저 사람으로 이어진다는 이야기도 매우 흥미롭다. 이 이야기는 1870년에 『천일야화』를 번역한 것으로 유명한 프랜시스

버턴에 의해 영어로 번역되어 서구 세계에도 널리 알려지게 된다.

줄거리는 다음과 같다.

77 바르타리는 간다르바-세나 왕이 시녀와의 사이에서 낳은 장남으로 인드라 신과 다라왕으로부터 우자인왕국을 물려받았다. 그 왕국에는 수년간 고행 끝에 불사의 열매를 얻게 된 브라만이 있었다. 그는 그 열매를 라자 바르타리에게 주고, 바르타리는 그 열매를 다시 그의 아내 중에서 가장 젊고 가장 뒤늦게 얻은 아름다운 단갈라 라니에게 주었다. 그녀는 자기가 몰래 사랑하던 재상 마히팔라에게 그 열매를 주었고, 그는 다시 자기 애인 라카에게 열매를 주었다. 라카는 바르타리 왕을 사랑하게 되어 그 열매를 왕에게 도로 주었다.

그 열매를 통해 아내 단갈라 라니의 부정을 알게 된 라자 바르타리는 그녀를 참수한 뒤 열매를 먹었다. 그런 다음 동생 비카라마디티야에게 왕위를 물려주고 탁발승이 되었다. 후에 그는 자기 누이의 아들 고피 찬드와 함께 성자 나트의 제자가 되었다. 라자 바르타리의 기억 속에는 차티스가르의 음유 시인들이 부른 아주 유명한 노래가 있었다. 언젠가 라자가 사냥을 나갔을 때 슬픈 나머지 남편을 화장시키는 장작불 속으로 뛰어드는 여인을 보았다. 감동을 받은 라자는 궁에 돌아와 왕비 핑글라에게 그 이야기를 들려주었다. 그리고 만일 그런 상황이 오면 어떻게 할지 물었다. 그녀는 당연히 그 여인처럼 할 거라고 대답했다. 라자는 그녀를 시험해보기로 결심했다. 그는 사냥을 나가서 죽었다는 소식을 궁에 전하게 했다. 왕비는 약속한 대로 주저없이 죽었다. 라자가 큰 슬픔에 빠져 있는데 구루 고락나트가 찾아와서는 핑글라 왕비의 환영을 칠백오십 벌 만들어주었다. 핑글라는 다시 살아났지만 라자는 세상을 등지기로 결심했고, 구루를 따라갔다. 그는 북인도 사람들에게 매우 유명한 성자가 되었다.[65]

바르타리는 1세기 경 우자인의 왕이자 구도자로 알려져 있다. 그와 그의 조카 고피 찬드 왕에 관한 이야기는 서쪽으로는 펀자브와 라자스탄, 동쪽으로는 서벵골까지 널리 퍼져 있다. 하지만 여기에서는 인도국립문예원이 민족별 문학과 구전 전통 채록 및 보전 프로젝트를 진행하면서 선택한 구전 서사시 판본을 또 다른 저본으로 취하겠다.[66] 이는 특히 인도 북부 지방에 널리 퍼져 있는 대중적인 서사시로서, 바르타리 왕자가 검은 사슴을 실수로 죽인 후 저주를 받고 그 저주를 풀기 위해 사두가 되고자 한다는 이야기다. 내용 전개도 다소 복잡하고 생소하지만 나름대로 흥미진진하다. 무엇보다 환생과 윤회를 둘러싼 힌두교의 독특한 세계 인식을 엿볼 수 있는 작품이다. 내용은 프랜시스 버턴의 판본과 전혀 다르다.

이 구비 서사시가 지금도 활발하게 전승되고 있는 차티스가르 주는 인도 중부에 있는데 인구는 약 이천오백만 명이다.

77-1 풀와 왕비는 아이가 없어서 몹시 슬펐다. 큰방이 일곱 개나 되고 커다란 연못이 딸린 호화로운 궁전도 소용이 없었다. 그녀는 매일같이 눈물을 흘렸다. 어느 날 요기(수행자)가 찾아와 시주를 요청했다. 그녀는 많은 시주를 했다. 그러자 요기가 음료수를 주면서 일 년 안에 좋은 소식이 있을 거라고 말했다. 과연 그 음료수를 먹고 열 달

이 지나자 그녀는 그토록 바라던 아들을 낳았다. 아기 이름을 바르타리라고 지었다. 얼마나 사랑스러운 아기인가. 하지만 현자들은 아기의 운명이 십이 년 밖에 안 된다고 말했다. 왕비는 아이와 함께 한없는 행복을 누렸다. 바르타리가 자라나 사냥을 나가게 활과 화살을 달라고 하자 왕비는 말렸다. 그러나 바르타리가 어찌나 졸라대는지 결국 활과 화살을 주고 말았다.

말을 타고 사냥을 나간 바르타리는 어느 커다란 바위 밑에 여든일곱 마리의 사슴이 모여 있는 광경을 보게 되었다. 사슴들은 바르타리에게 제발 검은 사슴은 빼놓고, 여든여섯 마리 암사슴 중에서 한 마리를 잡으라고 요청했다. 하지만 바르타리는 여자와 암컷을 죽이는 건 크샤트리아의 의무를 어기는 것이라며 거절했다. 그는 검은 사슴을 쏘았다. 암사슴들은 눈물을 흘렸고, 바르타리는 죽은 검은 사슴을 갖고 돌아왔다. 도중에 구루(스승)를 만나 그의 발에 인사하려고 하자, 구루는 바르타리에게 사슴의 저주가 내렸다며 거부했다. 그제야 당황한 바르타리가 저주를 풀 방법을 묻자, 구루는 요기가 되어 고행의 삶을 살아야 한다고 대답했다.

구루 고락나트가 말한다
내 발을 만지지 말라
저주의 죄로부터 너 스스로를
깨끗이 씻기 전까지는
오, 예, 데, 지

바르타리가 말한다.

오, 구루여, 제 말씀 좀 들으소서

목숨 없는 사슴의 생명을 부활시켜

저를 사슴의 저주로부터

놓여나게 하옵소서

오, 예, 데, 지

구루 고락나트가 말한다

죽은 사슴의 생명은 부활할 수 있노니

네 자신 면죄를 받으려면

산과 숲에서 치열한 고행을

십이 년 동안 수행하라

오, 예, 데, 지[67]

바르타리는 명상에 잠겨 있는 구루 고락나트를 찾아갔다. 그는 그 검은 사슴이 전생에 싱할 섬의 왕으로서 여든여섯 명의 왕비를 두었는데 바르타리 때문에 죽었다며, 동굴에 가서 십이 년 동안 혹독한 고행을 하면 사면 받을 수 있다고 일러주었다. 구루는 바르타리가 아직 젊으니까 나중에 그렇게 하라고 말하면서 축복을 내려주었다. 그때부터 왕비는 바르타리의 결혼을 서둘렀다. 결국 바르타리는 아름다운 처녀 삼데이를 신부로 맞이했다. 축하연 사흘째 되던 날, 삼데이는 바르타리를 남편으로 받아들이려고 했다. 그러나 그날이 언젠가 요기(수행자)가 말하던 십이 년이 되던 바로 그날이었다. 바르타리가 황금침대에 눕자마자 침대 다리가 부러지고 말았다. 바르타리는 그게 저주라고 불안해했다. 왕비는 걱정 말고 인생을 즐기자고 말했다. 하지만 바르타리는 도무지 그럴 수가 없었다. 그는 화려한 왕좌에 앉아 있어도 늘 그 걱정뿐이었다.

'왜 황금침대 다리가 부러졌는가!'

그로부터 열 달이 지났을 때, 바르타리의 누이 람데이 왕비가 아들을 출산했다. 남편인 만싱왕은 기쁨에 축하연을 열고 바르타리도 이 축하연에 초대했다. 바르타리는 말과 코끼리 부대를 앞세운 엄청나게 성대한 행렬을 이끌고 축하하러 갔다. 국경에서 그 수행단의 규모를 본 만싱왕은 그들을 감당하기 어렵다고 생각했다. 왕비가 사원에 가서 신에게 도움을 요청했다. 그러자 불도 피우지 않았는데 밥이 되고 모든 게 착착 마련되었다. 바르타리의 누이이자 만싱왕의 왕비인 람데이 왕비가 바르타리를 불러 아기를 무릎에 얹어 주면서 안아보라고 하는데, 바르타리는 아기를 거들떠보지도 않고 대신 왜 자기 침대 다리가 부러졌는지 이유를 말해달라고 했다. 계속 거부하던 왕비는 결국 혀를 깨물고 죽었다. 람데이 왕비는 앵무새가 되어 하늘로 날아갔다. 바르타리는 엄청난 충격을 받았다. (중략) 바르타리는 모든 것을 다 버린 채 고락푸르로 떠났다. 여섯 달 육 일 만에 그는 구루 고락나트가 사는 곳에 이르렀다. 구루 고락나트는 바르타리가 이제 고작 열두 살밖에 안되었다면서 그를 설득하려 하나 바르타리는 요지부동이었다. 그는 부모는 생명을 주고 구루는 지혜를 주는 법이라며, 사두(성자)가 되기를 간곡히 청했다. 그러다가 구루가 아무런 반응을 보이지 않자 불 속으로 뛰어들었다. 구루는 깜짝 놀라 불을 끄고 나서 그의 말을 경청했다. 그런 다음 진정으로 검은 사슴의 저주를 풀기 위해서는 요기가 되어야 하고, 그렇게 하려면 모든 사랑과 욕망과 열정을 버리고 고행의 수련을 거쳐야 한다고 충고했다. 바르타리가 자신은 산냐시(힌두교 성직자)가 되겠노라 선언했다. 구루는 그에게 산냐시 옷을 주면서 왕궁에 가서 시주를 받아올 것을 명령했다.

바르타리는 이제 왕으로서의 모든 권리를 버렸다. 그는 매우 행복한 것처럼 보였다. 그가 왕궁에 가서 보시를 원한다고 전하자 삼데이는 처음에 믿지 못했다. 바르타리는 그녀를 어머니라고 부르면서 보시를 해줄 것을 요청했다. 삼데이는 화려한 왕궁을 마음껏 즐기라고 유혹했다. 그러나 바르타리는 눈곱만큼도 관심을 보이지 않았다. 삼데이가 바르타리를 아들로 생각하고서 보시를 해야만 사두가 될 수 있다고 구루가 알려주자, 바르타리는 매우 슬피 울면서 자신은 크샤트리아 계급이기 때문에 만일 제자로 받아들여지지 않으면 자살해버리겠다고 말했다. 삼데이는 구중궁궐에서 그를 몰래 훔쳐보면서 깊은 슬픔에 잠겼다. 삼데이는 고행이 당신의 운명이라면 어째서 자기를 궁궐로 데려왔냐고 따졌다. 바르타리는 자신도 운명을 알지 못했다고 변명했다. 두 사람의 줄다리기는 계속 이어졌다. 삼데이는 궁궐을 갖고 화려한 생을 즐기라고 말했고, 바르타리는 요기가 되어야 한다고 주장했다. 그는 명예도 부도 아무것도 원하지 않는다고 말했다. (중략)

바르타리가 우자인에 가서 명상, 즉 사마디(선정, 禪定)에 들자 왕비는 스물두 개국의 왕들을 초청했다. 모든 왕들이 바르타리에게 보시를 했다. 그러나 그가 들고 있는 작은 공기는 아무리 채워도 빈 그릇

그대로였다. 삼데이도 어찌할 줄 몰랐다. 그러다가 목욕재개한 후 보석들을 다 걸치고 나가 바르타리에게 "아들아, 이제 너의 고행은 끝났도다!" 하고 말하며 보시를 주었다. 그 말과 함께 그릇은 가득 찼다. 그녀는 바르타리에게 축복을 내렸다. 바르타리는 행복한 마음으로 구루 고락나트에게 돌아갔다. 그때부터 그는 구루 고락나트의 아들이었다. 구루 고락나트는 그를 칭송하면서 신비로운 축복 틸라크(힌두교도가 이마에 붙이는 점)를 붙여주었다. 그리고 그에게 자기 왕관을 건네주었다.

"이제 바르타리는 불멸의 길에 접어들었도다!"

다소 복잡하지만, 그리고 특히 후반부에서는 논리적인 설명이 부족한 듯 장면이 넘어가지만(중략한 부분), 바르타리가 저주를 풀고 인생의 의미를 풀기 위해 수행자가 되려 한다는 기본 모티프는 의외로 간단하다. 그런데 남편의 이런 출가에 대한 집착을 바라보는 아내의 심정은 어떤 것일까. 이를 페미니즘적 입장에서 바라본다면?

예컨대 바르타리 왕의 첫 번째 왕궁 이탈 사건: 왕 자신이 요기가 될 거라고 솔직하게 선언하면 왕비 핑글라(삼데이)가 결코 허락하지 않을 것이라고 확신하기 때문에 한밤중 왕비가 잠자는 틈을 타서 몰래 빠져나간다. 냉혹한 구루 고락나트는 바르타리더러 그의 아내를 "엄마"라고 부르며 그녀에게 시주를 받아 오게 시킨다. 그러자 그녀가 탄식한다. "명예로운 왕이시여, 먹고 마시고 부를 누리세요. 그리고 당신의 영혼을 사랑으로 대하세요. 인간으로 태어난 기쁨은 두 번 다시 오지 않는답니다. 명예로운 왕이시여, 내가 이 반짝거리는 귀걸

이를 달고 있는 게 누구 때문입니까? 술로 장식된 이 팔찌는요? 도대체 당신이 불러일으킨 이 분노는 무어란 말입니까?"

그러자 바르타리가 말한다. "당신은 처남이 있지요, 영웅 비크라마디티야 말이요. 상서로운 통치의 조짐이 그에게 주어졌다오. 이제 당신은 그와 더불어 축복 속에 살 수 있을 거요."

"왕이시여, 망고를 원하는 사람은 타마린드로 만족하지 못하는 법입니다. 바르타리 왕이시여, 당신이 요기가 되시겠다면, 저와 함께 가세요. 내가 당신의 요기니(여성 수행자)가 되겠어요. 그러면 우린 요가 수행에서 서로 도울 수 있겠지요. 우린 요가가 요구하는 조건 속에서 함께 살 수 있을 겁니다."

마침내 핑글라가 바르타리의 숙명, 그리고 자기 자신의 숙명을 받아들이지만, 그럼에도 불구하고 마지막으로 또 다음과 같이 요구한다.

> 명예로운 왕이시여……
> 제 손에 있는 음식을 잡수세요
> 낭군이시여, 제 손에서
> 구루에게 드릴 시주를 거둬 가세요
> 오, 바르타리 왕이시여!
> 그런 다음 저를 다시 한 번만 봐주세요. 순결한 나트여

이는 여성의 처지에서 바르타리의 일방적인 행동을 쉽게 받아들이기 힘들다는 의미이다.[68]

과연 주어진 세속의 '쾌락'을 즐기면 부정한 것일까. 아마 펑글라는 여전히 그렇게 주장하고 싶었는지 모른다. 흔히 생각하듯 모든 남아시아 여성들이 목소리도 없고 순종적인 거라고 쉽게 단정해서는 안된다.

라마야나

라마 왕자, 왕위를 빼앗기고 십사 년간 숲 속 망명의 길을 떠나다

라마야나(1)-일흔여덟 번째 이야기

인도 서사시의 세계는 참으로 유장하다.

그중 〈라마야나〉는 앞서 언급한 바 있는 〈마하바라타〉와 더불어 인도를 대표하는 대서사시이다. 기원전 3세기경 시인 발미키가 펴낸 것으로 알려지는 이 작품은 전체 일곱 편 이만 사천의 시구로 되어 있다. 제목은 '라마의 일대기'라는 뜻으로, 힌두교의 3대 주신인 비슈누의 아바타(化身) 라마 왕자의 모험과 사랑을 노래하고 있다. 특히 『서유기』의 손오공을 탄생시킨 것으로 알려지기도 한 원숭이 장군 하누만의 기기묘묘한 활약과 머리가 열 개 달린 악귀 라바나의 포악

상, 그리고 이른바 '불의 시련'을 통해 자신의 정절을 입증해야 하는 가련한 왕비 시타의 처지 등이 두루 어우러져 한시도 눈을 뗄 수 없게 만드는 서사가 압권이다.

이 〈라마야나〉는 장구한 세월 인도 내에서 가장 중요한 문학과 예술 창작의 원천이었을 뿐만 아니라 정치, 언어, 종교, 문화, 법률, 경제 등 인간생활의 거의 모든 부문에 크게 영향력을 미쳤다. 인도의 거의 모든 지역에서 거의 모든 언어로 번역되었으며, 미술(벽화, 조각, 부조), 음악, 연극(가면극, 그림자극, 인형극), 춤[69] 등 다양한 장르를 통해서도 활발하게 전승되었다.

발미키판 〈라마야나〉는 다음과 같은 줄거리를 지닌다. '칸다'는 산스크리트어로 책 혹은 장의 개념을 지닌다.

〈라마야나〉 칸다별 줄거리

	칸다 제목	다른 제목	내용
1	발라 칸다	어린 시절의 장	라마의 기원과 어린 시절. 아요디아의 다사라타 왕의 아들로 태어남. 악마와 싸울 운명. 시타의 스와얌바람(구혼 경연대회)과 결혼.
2	아요디아 칸다	아요디아의 장	아요디아에서 라마의 대관식 준비. 숲으로의 망명. 바라타의 섭정.
3	아란야 칸다	숲의 장	라마, 시타, 락시마나의 숲 속 생활. 악마왕 라바나의 시타 납치.
4	키슈킨다 칸다	원숭이 왕국의 장	라마, 하누만에게 도움을 요청. 원숭이 왕 발리를 물리치고 동생 수그리바를 키슈킨다의 왕으로 책봉.

5	순다라 칸다	아름다움의 장	하누만의 랑카 섬 모험. 시타와 만남. 랑카 섬에 불을 질러 초토화시킴.
6	유다 칸다	전쟁의 장	랑카에서 원숭이 군대와 라바나의 군대 전투. 라바나의 패배. 시타, 불의 시련. 아요디아로 귀환. 라마의 통치.
7	우타라 칸다	마지막 장	시타에 대한 소문. 라마, 시타를 추방함. 시타, 쌍둥이 아들 출산. 라마와 시타 화해. 라마, 두 아들에게 왕위를 물려주고 세상을 등짐.

〈마하바라타〉가 궁극적으로 한 핏줄일 수밖에 없는 두 가문의 대립을 모티프로 삼고 있다면, 〈라마야나〉는 외부의 적에 대한 대립이 주요 모티프를 이룬다. 그렇지만 〈라마야나〉에서도 내부의 대립이 간과되지 않는다. 어쩌면 외부와 대립하는 과정에서 오히려 내부의 갈등이 어떻게 은폐되거나 혹은 봉합되는지 초점을 맞추어 살펴볼 수도 있을 것이다. 예를 들어 〈라마야나〉에서 은폐되는 것은 무엇일까. 거기서는 무엇보다 여성의 역할이 극히 제한적이며, 남성에 대해서는 종속적인 역할만이 사랑과 헌신의 이름으로 강요된다. 특히 성적인 욕망은 지극히 터부시되어, 가령 아무 때나 성욕을 발휘하여 남편과 관계를 가지면 악마를 낳는다는 디티의 일화가 그 좋은 예이다. 라바나 왕의 여동생 수르파나카 역시 여성으로서 좋아하는 남성을 선택하는 행위만으로도 지극히 위험하고 흉물스러운 악녀인 양 그려진다.[70]

하지만 이런 문제를 살피려면 우선 주인공 라마 왕자가 첫 번째로 맞이하는 시련부터 찬찬히 들여다봐야 한다. 그것이 이후 모든 모험과 갈등의 실마리가 되기 때문이다.

78 육만 년 동안 코살라 왕국을 통치해온 다사라타 왕은 어느 날 거울을 보고 자신이 늙었다는 사실을 깨달았다. 그는 이제 왕위를 물려주고 뒤로 물러나 평온한 은퇴 후의 생활을 즐길 때라고 생각했다. 왕위를 물려받을 대상은 당연히 첫째 아들 라마였다. 그는 영민하고 정의롭고 효성스럽고 신심이 있고 우애가 있으며, 무엇보다 용맹하기 그지없었다. 왕은 재상 수만트라와 신하들을 불러 자신의 의중을 밝혔다. 모두들 왕의 결정에 기꺼이 따랐다. 라마 왕자에 대한 신망은 그만큼 높았다. 왕은 즉시 라마 왕자를 불러 결정된 사항을 말하고 왕위 대관식을 준비시켰다. 라마는 자신의 덕이 부족함을 내세우고 부친이 계속 통치할 수 있음을 주장하였지만 마침내 간곡한 권유를 받아들였다.

다사라타 왕에게는 세 명의 부인이 있었다. 라마는 첫째 부인 카우살야의 소생이며, 둘째 부인 카이케이는 바라타를 아들로 두고 있었다. 셋째 부인 수미트라에게는 쌍둥이 아들 락슈마나와 사트루그나가 있었다. 세 부인은 모두 왕에게 헌신적이었고 서로 간에 다정하게 잘 지내왔다. 왕이 권좌에서 스스로 물러나고 왕위를 라마에게 물려준다는 소식이 미처 왕비들의 귀에 들어가기도 전에 둘째 왕비 카이케이의 시녀 만타라가 먼저 음모를 꾸몄다. 만타라는 대관식 소식을 전하면서 기뻐하는 왕비의 순진함을 비웃었다. 만타라는 왕위가 라마에게 넘어가면 장차 위협이 될지도 모르는 동생을 반드시 죽일 것이며, 그렇게 되면 왕비도 하녀로 전락할 것이라고 설득하는 데 성공했다.

한번 마음을 돌린 카이케이는 교활한 연기를 능숙하게 수행했다. 그녀는 왕궁 안 분노의 집에 들어가, 걱정하여 찾아온 늙은 다사라타 왕에게 눈물부터 보였다. 놀란 왕이 이유를 묻자 카이케이는 언젠가 왕이 직접 한 두 가지 약속을 상기시켰다. 까마득한 옛날 천신과 악신이 싸울 때 왕은 천신들을 돕다가 심각한 부상을 입었다. 그때 카이케이가 지극정성으로 간호하여 왕은 목숨을 구할 수 있었다. 이에 감동한 왕은 장차 두 가지 소원을 반드시 들어주겠노라 하늘에 맹세한 바 있었다. 왕비는 이제 그 두 가지 약속을 지켜 달라고 말했다. 첫째, 왕위를 자기 아들 바라타에게 물려줄 것이며 둘째, 라마 왕자는 십사 년간 숲 속으로 망명을 보내라고 요구했다. 왕은 자신이 그토록 아껴온 카이케이 왕비가 이토록 몹쓸 생각을 한다는 사실에 치를 떨었지만, 하늘에 두고 한 약속을 어기면 다르마를 어기는 꼴이 되기에 그녀의 요구를 거부할 수는 없었다. 왕은 자신의 다르마를 새삼 상기하지 않을 수 없었다. 언젠가 그는 사냥에 나섰다가 부스럭거리는 소리만 듣고 활을 쏘았는데, 화살이 관통한 것은 사슴이 아니라 안타깝게도 강가로 물을 길러 나왔던 어떤 소년이었다. 소년의 부모는 맹인들이었다. 그들은 하나밖에 없는 아들의 죽음을 통탄하며 언젠가 왕도 사랑하는 자식과 헤어지는 아픔을 겪으라고 저주를 내린 바 있었다. 이제 왕에게 그 저주가 현실화되는 순간이 찾아온 셈이었다.

왕은 결국 라마 왕자를 불러 자초지종을 말했다. 라마는 조금도 망설이지 않고 부친의 말을 받아들였다. 그는 아우 바라타를 믿는다는 말과 함께, 자신도 좀 더 덕을 쌓기 위해 마침 고행의 시간이 필요했다고 말했다. 그는 카이케이 왕비의 음모를 도저히 받아들일 수 없다고 주장하는 락슈마나를 설득하고, 자식과의 생이별을 서러워하는 어머니 카우살야를 위로했다. 아내 시타에게도 사정을 말하고 헤어지려 했지만, 시타는 아내의 다르마는 남편을 따르는 것이라 주장하며 완강히 동행을 요구했다. 결국 라마는 아내 시타, 아우 락슈마나와 더불어 십사 년간 고행을 위해 수도 아요디아를 떠났다. 수많은 백성들이 울면서 그들의 뒤를 따랐다. 어느 강가에서 그들은 몰래 백성들을 따돌렸고, 이윽고 강가(갠지스 강)마저 건너 치트라쿠타 깊은 숲으로 들어갔다.

그러는 사이 다사라타 왕은 하루하루 지옥 같은 생활을 간신히 영위하고 있었다. 그는 자신의 죽음을 예상하고 첫째 왕비에게 자신이 죽은 후 절대로 둘째 왕비 카이케이와 그의 아들 바라타가 자신의 몸에 손을 대지 못하게 해달라고 부탁했다. 마침내 왕은 쓸쓸히 눈을 감고 말았다. 외가에 머무르고 있던 바라타 왕자가 급히 부름을 받고 돌아와서는 상황을 전해 들었다. 그는 미칠 것 같았다. 자기 눈앞에 있는 어머니가 마치 악귀처럼 보였다. 그는 단호히 인연을 끊겠다고 선언했다.

왕의 장례식을 성대하게 거행한 후, 바라타 왕자는 왕위를 물려받으라는 신하들의 권고도 물리친 채 형인 라마를 찾아 나섰다. 그리하여 대성자들의 도움으로 라마가 있는 곳을 알아냈다. 처음 바라타가 군대를 이끌고 오는 모습을 본 락슈마나는 그들이 자신들을 죽이러

오는 줄 오해했지만, 라마는 끝까지 아우에 대한 신뢰를 버리지 않았
다. 과연 아우 바라타는 라마를 찾아와 눈물을 뿌리며 저간의 사정을
설명했다. 그런 다음 왕위를 이어받기를 간곡히 부탁했다. 라마는 라
마대로 자신의 결심을 굽히지 않았다. 바라타가 왕인 아버지가 늙마
에 판단력이 흐려져서 그런 결정을 내린 것이라고 하자, 라마는 당신
이 스스로 하신 약속에 충실한 것이고 크게 보아 순리를 거스르지 않
은 훌륭한 결정이었다고 주장했다. 결국 바라타는 형이 고행을 하는
동안만 왕좌를 지키기로 하고 형의 승낙을 받아내는데, 대신 형의 파
두카(신발)를 얻어가지고 돌아갔다. 바라타는 그 신발을 왕의 상징인
하얀 우산을 씌운 왕좌에 대신 올려놓고, 자신은 왕궁 밖에 따로 오
두막을 지어 그곳에서 지내며 정사를 돌보았다.

라마, 원숭이 부대를 이끌고 랑카 섬을 공격하다

라마야나(2)-일흔아홉 번째 이야기

79 라마 일행은 단다카 숲에서 망명 생활을 시작했다.

그런데 그들에게 곧 크나큰 시련이 찾아왔다. 수르파나카라는 여
자 악귀가 라마를 보고 한눈에 반해버린 것이다. 그녀는 라마에게 접
근했다가 단호하게 거절당하고 오히려 상처까지 입었다. 그녀는 결
국 자기 힘으로는 어쩔 수 없음을 깨닫고, 바다 건너 랑카 섬으로 날
아갔다. 거기에는 오빠인 악귀의 왕 라바나가 있었다. 라바나는 시타
가 천하 제일의 미녀라는 말에 혹해 누이의 청을 들어주었다. 그는

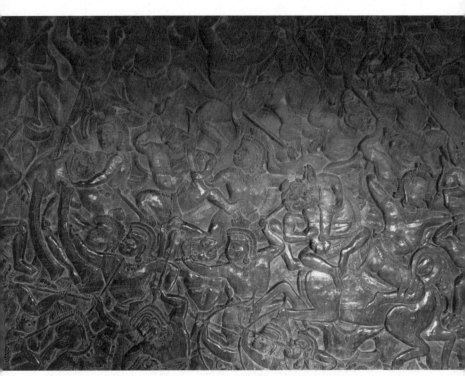

캄보디아 앙코르와트의 라마야나 부조. 랑카 섬에서 하누만 군대와 라바나 군대의 전투 장면.

수도 중인 숙부 마리차를 협박하여 황금사슴으로 변해 시타를 유혹하라고 한 후, 자신은 초라한 수도자로 변장하여 결국 시타를 납치하는 데 성공했다.

뒤늦게 사태를 파악하고 크게 놀란 라마와 락슈마나는 이제 시타를 찾기 위해 먼 길을 떠났다. 그러나 어떤 단서도 없이 행방을 찾는 것은 극히 어려운 일이었다. 그들은 길에서 시타의 행방을 찾으려면 원숭이 수그리바를 만나라는 말을 들었다. 수그리바는 형인 발리왕과의 오해 때문에 쫓겨난 자로 형에게 자신의 아내마저 빼앗긴 채 비통한 나날을 보내고 있었다. 그러던 중에 라마 일행을 만나게 되었으므로 이들은 동병상련을 느꼈다. 먼저 라마가 수그리바의 원한을 갚아주기로 하고 발리를 응징했다. 그 과정에서 발리는 라마가 쏜 화살에 맞아 죽어가면서, 가장 고귀한 인간이며 정의의 구현자라는 라마가 어째서 원숭이 형제의 사사로운 싸움에 간섭하고, 그것도 일방적으로 수그리바 편을 드는지 따져 물었다. 또한 어떻게 숨어서, 비겁하게 화살을 쏠 수 있느냐고도 따졌다. 라마는 모든 것에 우선하는 약속을 수그리바와 했다는 점을 상기시켰다. 아울러 발리가 여러 가지로 자신을 합리화할 수 있겠지만, 발리 또한 명상을 통해 높은 공덕을 쌓았기 때문에 그 스스로 감당해야 하는 행위의 판단 기준 역시 최고로 높지 않으면 안 된다고 말했다. 발리는 그제야 자신의 부덕을 받아들이고 기쁘게 눈을 감았다.

그 후 라마 일행은 수그리바의 왕궁에서 머물라는 청을 사양하고 우기가 끝나는 시기를 기다려 함께 라바나를 치기로 약속한 후 동굴에서 명상하며 때를 기다렸다. 그러나 죽은 발리의 뒤를 이어 왕위를 차지한 수그리바가 우기 동안 약속을 저버리고 환락에 빠졌다. 이에 기다리다 지친 락슈마나가 분노하여 왕궁으로 달려갔다. 다행히 충성스러운 신하인 원숭이 하누만과 발리의 아들 앙가다 등의 충정에 의해 수그리바도 정신을 차리게 되었다.

수그리바의 명으로 시타를 찾기 위해 길을 떠난 하누만 일행은 독수리 자타유의 형 삼파티를 우연히 만나 시타의 행방을 알게 되었다. 바다 건너 랑카 섬에 있다는 것이었다. 이에 하누만이 우선 엄청난 괴력을 보이며 바다 위를 날아갔다. 하누만은 곧장 시타가 갇혀 있는 랑카로 진입했다. 하누만은 라바나의 성을 구석구석 살피다가 마침내 헝클어진 머리에 눈물을 흘리며 맨바닥에 쭈그려 앉아 있는 처량한 모습의 시타를 발견했다. 그러나 신중한 하누만은 시타가 자신을 쉽게 믿지 않을 수 있다는 판단에 따라 상황을 주시했다.

한편 라바나의 회유와 협박을 견디며 고달픈 나날을 보내던 시타는 오른쪽 눈이 떨리는 현상, 오른쪽 어깨와 오른쪽 넓적다리가 떨리는 좋은 징조에 희망을 예감했다. 그때 시타의 눈앞에 하누만이 살짝 나무에서 내려와 엎드렸다. 반신반의하는 시타에게 하누만은 라마의 반지를 내밀었고 시타는 비로소 의심을 풀게 되었다. 시타는 증표의 패물 하나를 하누만에게 주며 그것을 라마에게 전해달라고 말했다. 라마에게 돌아가기 전, 하누만은 락샤사들에게 분풀이도 할 겸 그들의 실력을 시험하기 위해 왕성 일대를 부수기 시작했다. 분노한 라바나가 용장들을 보냈다. 하지만 번번이 패하자 아들 아크샤를 보내 하누만을 처치하라고 일렀다. 그러나 아크샤마저 죽게 되자 또 다른 아들 인드라지트를 보냈다. 하누만은 결국 인드라지트의 브라흐마스트라에 묶여 꼬리에 불이 붙은 채 끌려 다니는 처지가 되었다. 그러나 오히려 하누만의 꼬리에 붙은 불로 인해 랑카 시내가 불바다의 아수라장이 되어버렸다. 이윽고 하누만은 라마에게로 돌아갈 수 있었다.

하누만의 보고를 토대로 랑카를 공격할 계획을 세운 라마는 상서로운 날을 기해 진군을 시작했다. 소식을 들은 라바나는 중진 회의를 소집했다. 모든 중진들이 아첨하며 기세 좋게 떠드는데, 라바나의 동생 비비샤나만은 이견을 제시했다. 그는 "비슈누의 화신인 라마를 대적할 수 없습니다. 남의 부인을 훔쳐 온 것은 크나큰 죄악입니다. 라마는 매우 강하며, 설령 승산이 있더라도 전쟁은 피해야 합니다. 평화가 최고의 가치이고 선이기 때문입니다"라고 충언을 하지만 라바나는 귀를 막아버렸다. 결국 비비샤나는 라바나로부터· 쫓겨나 라마에게로 가게 되었다. 덕분에 랑카의 내부 사정을 자세히 파악할 수 있게 된 라마는 라바나를 제압한 후 비비샤나에게 랑카의 왕위를 맡기겠다고 약속하며 미리 즉위식까지 치러주었다.

드디어 전쟁이 시작되고 라바나의 잠꾸러기 동생이며 엄청난 괴력의 소유자 쿰바카르나와 라바나의 아들들이 총출동하지만 차례로 죽게 되었다. (마흔여덟 번째 이야기 참고) 그때 분노한 인드라지트에 의해 시타가 살해되었다는 소식이 들렸다. 라마의 진영은 비통에 빠지고 락슈마나는 정의와 진실보다는 힘이 승리하는 것 아니냐며 다르마의 응보에 대해 회의했다. 라마는 그 와중에도 그것을 '운명'이라고 받아들였다. 그러나 시타의 죽음은 실은 인드라지트가 쓴 환각술에 불과하다는 사실이 드러났다.

락슈마나는 인드라가 관장하는 아스트라를 사용하여 인드라지트를 죽였다. 분노한 라바나는 이 모든 사태의 근원이 시타 때문이라며 시타를 죽여버리려고 칼을 빼들다가 대신의 충언을 듣고 포기했다. 그리고 직접 라마를 죽이기 위해 출전했다. 이러한 라바나의 기세에 락슈마나가 쓰러지게 되자 라마는 애통해 했다. 그는 "아내는 다시 얻을 수도 있지만 락슈마나와 같은 동생은 다시 얻을 수 없다"라고 울부짖었다. 다행히 하누만이 히말라야 산맥까지 날아가 약초를 구해 와 락슈마나를 회생시켰다.

이윽고 라마는 인드라를 비롯한 천신들의 후원 하에 라바나와 최후의 결전을 벌이게 되었고, 결국 천상의 신이 가르쳐준 주문을 이용하여 라바나를 죽이는 데 성공했다.

라바나는 머리가 열 개나 되는 악귀였지만, 그의 집념만큼은 누구도 따라올 수 없는 것이었다. 그는 일만 년 동안 어떤 음식도 입에 대지 않았고, 천 년마다 한 개씩 자기 머리를 잘라 희생제의 제물로 바쳤다. 라바나의 고행은 오천 년 동안 한 발로 서서 정진한 그의 동생도 혀를 내두를 만큼 극심한 것이었다. 보다 못한 창조의 신 브라흐마가 말리고 나섰을 때, 조건으로 그는 당연히 영생불사를 요구했다. 하지만 그것만큼은 들어줄 수 없었다. 라바나는 다시 요구했다.

"전쟁에서 어떤 신이든 어떤 악마든 나를 죽이지 못하게 해주소서."

브라흐마는 그 요청을 받아들일 수밖에 없었다. 그리하여 그때부터 지상이든 하늘이든 하루도 편안할 날이 없었다. 결국 신들이 견디다 못해서 비슈누로 하여금 (신이나 악마 어느 쪽도 아닌) '인간'(라마)으로 태어나 그를 처치하게 했으니, 이것이 바로 이제 우리가 접하는 대서사시 〈라마야나〉의 배경이다.

어쨌든 이 장면부터 출현하는 원숭이 장군 하누만은 『서유기』에 나오는 손오공과 맞먹는 신통력을 발휘하는데, 예를 들어 하늘을 나는 것은 기본이고, 몸을 꿀벌만큼 작게 만들어서 악귀 수라사의 아가리 속으로 들어가기도 했다. 하누만은 랑카에서 전투 중 쓰러진 라마와 락슈마나를 살리기 위해 히말라야로 날아가서 약초를 찾아와야 하는데 마음이 급한 나머지 아예 산봉우리를 통째로 잘라 거꾸로 머리에 이고 돌아오기도 했다. 이쯤이면 손오공과 하누만은 누가 더 세다고 말하기 어렵지 않을까. 실제로 둘 사이의 연관 관계에 주목한 연구가 활발하게 이루어져 현재는 〈라마야나〉가 『서유기』에 영향을 미쳤다는 결론이 설득력을 얻고 있다.[71] 하누만의 이런 극적인 활약들은 특히 동남아시아에서 〈라마야나〉를 〈마하바라타〉보다 대중적이게 만드는 데 크게 기여했다.

캄보디아 앙코르와트의 서쪽 회랑 북쪽 방면에는 랑카의 전투를 새긴 길이 약 오십 미터에 달하는 거대한 부조가 있다.

라마, 아내 시타의 순결을 의심하다

라마야나(3)-여든 번째 이야기

〈라마야나〉는 아름다운 여인 시타 때문에 비롯한 전쟁을 그린 서사시이지만, 그것이 다만 치열한 전쟁 과정을 흥미 위주로 서술한 것이었다면 세계인의 가슴을 크게 울리지는 못했을 것이다. 라마가 라바나와 싸워 막상 승리를 거두자 그는 비로소 세간의 눈이 의식되었다. 납치되어 있는 동안 시타가 순결을 유지했을지, 무엇보다 그것이 가장 신경 쓰였던 것이다. 사랑도 그런 사회적 평판과 명예 앞에서는 흔들릴 수밖에 없었다. 어쨌든 사람들의 경악에도 불구하고 라마는 시타의 순결에 의혹의 눈길을 보냈고, 분노한 시타는 서슴없이 시련의 제의를 자청하여 순결을 입증한다. 마치 『주홍글씨』나 『테스』를 비롯하여 많은 근대소설을 연상시키는 주제 의식이 〈라마야나〉의 이 부분에서 오히려 쓰라린 빛을 발한다. 전쟁이 자기 개인이 아니라 사회적 정의를 위한 것이었다고, 그래서 공적인 방식으로 시타의 순결이 검증되어야 한다고 둘러대는 라마의 궁색한 변명을 들어보는 것도 21세기 독자들에게는 매우 '즐거운' 일이다.

80 라마는 아내 시타를 납치한 랑카 섬의 악마 라바나를 엄청난 격전 끝에 물리쳤다. 라마는 라바나의 아우였지만 자신을 도와 싸운 비비샤나를 랑카의 새로운 왕으로 옹립한 뒤 충성스러운 원숭이 장군 하누만을 시켜 아내 시타를 불렀다. 치열했던 전쟁의 불씨가 되었던 아내를 이제야 만나려는 것이었다. 하누만은 기쁜 마음으로 시타를 찾아가 승리의 소식을 전했다. 시타는 아주 기뻐했다. 그리하여 몸치장하고 길을 나섰다. 수많은 사람들과 라마 편에 서서 함께 싸운 원숭이 부대원들이 시타를 보기 위해 몰려들었다. 과연 소문대로 시타는 세상 누구에 견줄 수 없을 만큼 아름다웠다. 사람들은 라바나가

그 아름다움에 홀려 라마와 전쟁을 불사했던 것도 이해할 만하다고 말했다. 호위병들이 안전을 위해 원숭이 부대원들이 몰려드는 것을 제지하자 라마가 소리쳤다. 그들은 시타를 구하기 위해 목숨을 아끼지 않고 싸운 용사들이기 때문에 얼마든지 시타를 볼 권리가 있다고 했다. 라마는 시타더러 가마에서 내려 얼굴을 보여줄 것을 요구했다. 시타는 많은 사람들 앞에 나서는 게 낯설고 어색했지만 라마의 요구에 응했다. 군중 속에서 찬사가 이어졌지만, 일부에서는 라바나가 저렇게 아름다운 시타를 오랫동안 데리고 있으면서 아무 일도 없었는지 의심하며 수군거리는 목소리도 흘러나왔다.

예상과 달리 라마는 매우 냉정했다. 그는 가까이 다가온 시타에게 얼음장처럼 차가운 목소리로 말했다.

"그동안 고생이 많았소. 이제 당신은 자유의 몸이니 가고 싶은 데로 가시오."

이게 무슨 말인가. 시타 본인은 물론이고, 아우 락슈마나와 곁에 있던 하누만, 수그리바, 잠바반 등 동료들도 당황하여 어쩔 줄을 몰랐다. 시타는 혼절하였다가 잠시 후 시종들의 도움을 받아 가까스로 일어났다. 라마는 수많은 부대원들이 시타 개인을 위해서 싸운 게 아니라, 정의를 위해 싸운 것이라고 강조했다.

엄청난 충격을 받은 시타는 가까스로 입을 열었다.

"나는 당신의 의심을 살 만한 일을 한 적이 없습니다. 나를 믿지 못하는 당신이 진정 내가 아는 라마 그 분이 맞는지 알고 싶습니다. 살아 있다는 사실이 수치스럽고 후회스럽습니다."

시타는 락슈마나에게 불을 피워줄 것을 강력히 요구했다. 그것만

이 자신의 결백을 증명할 유일한 길이라고 생각했던 것이다. 주변의 모든 이들이 안타까움으로 발을 동동 굴렀지만 어쩔 수 없었다. 잠시 후 불길이 치솟자, 시타는 그 활활 타오르는 화염 속으로 서슴없이 뛰어들었다.

하늘에서 그 광경을 지켜보던 신들이 내려와서 시타를 건져냈다. 시타는 순결하기 때문에 전혀 불에 타지 않았던 것이다. 창조의 신 브라흐마가 라마에게 자초지종을 설명했다. 라마는 유지보존의 신 비슈누의 화신이고, 시타는 그 비슈누의 아내 락슈미의 환생이라는 것이었다.

라마는 눈물을 흘리며 시타를 안았다. 그러면서 시련을 겪은 것도 개인적인 일이 아니라 평화를 위한 하늘의 뜻이었음을 이해해달라고 말했다. 시타는 시타대로 잠시나마 라마를 오해한 것이 부끄럽다고 용서를 구했다. 이제 그들은 완전히 부부로 돌아왔다.

아요디아로 돌아간 라마는 한동안 평화를 누렸다. 그러나 그런 평화와 행복이 평생 이어지지는 않았으니, 사람들은 다시 시타의 정절을 의심하기 시작했다. 이에 라마는 임신한 시타를 숲으로 내쫓았다. 시타는 숲에서 쌍둥이 아들을 낳았다. 그들이 성장하자 시타는 두 아들을 라마에게 보냈다. 라마는 그제야 자신의 잘못을 뉘우치고 시타를 다시 왕비로 받아들이기로 결심했다. 그래도 백성들은 시타의 정절을 의심했다. 라마는 다시 사람들 앞에서 결백을 주장하도록 요청했다. 시타는 이를 받아들일 수 없었다. 그리하여 자신을 낳아 준 땅에게 쉴 곳을 요청했고, 땅이 갈라지면서 나타난 가슴 속으로 들어갔다.

〈라마야나〉의 이 장면은 〈마하바라타〉에서 드라우파디가 모욕을 받는 장면과 짝을 이루어 현대 페미니즘 문학사에서 굉장한 논란을 불러일으켰다.

인도에서는 1987년에서 1988년까지 78회에 걸쳐 〈라마야나〉를 텔레비전 드라마로 만들어 방영했다. 이때 인도인들은 거의 종교적인 신앙심으로 이 드라마에 몰입했다고 한다. 그 후 이 드라마가 궁극적으로 힌두교 근본주의를 강화하는 데 정략적으로 이용되었다는 견해가 나왔다. 그중에서 특히 여성의 지위에 관한 것이 가장 중요한 논점이었는데, 드라마 전편에 걸쳐 주인공 시타는 오직 남편만을 위해 사는 순종적인 다르마의 구현자로서 그려졌다. 시타는 아예 남편보다 위대한 신은 없다는 식으로 생각하며, 자신은 "라마의 그림자일 뿐 자신의 존재 같은 것은 없다"라고도 말한다. 무엇보다 이 드라마 〈라마야나〉의 문제점은 바로 그 시타가 겪는 '불의 시련'과 관련이 있다. 드라마에서는 그것이 정절을 시험하는 게 아니라 진짜 시타를 찾아오는 의식에 지나지 않는다. 무슨 말인가. 라마는 이미 시타가 납치될 것을 알았기 때문에 진짜 시타를 불의 신 아그니에게 미리 맡겨 두었다는 것이다. 따라서 납치된 것은 가짜 시타로서 환영에 지나지 않았다. 결국 시타는 애초부터 정절을 의심받을 만한 상황 근처에도 가지 않았다는 것이다. 이렇게 하여 힌두교 근본주의자들은 시타를 신성한 빠띠브라따(이상적 힌디 여성의 규범)의 전형으로서 완벽하게(?) 보호할 수 있었다.[72] 라마가 시타를 진정으로 사랑했지만, 왕으로서 어쩔 수 없이 사회적 질서와 규범을 세울 수밖에 없어서 그리했다는 설도 있다. 그러나 오늘날 페미니즘의 입장에서 보면 이런 주장은 설득력이 약할 수밖에 없다.[73] 페미니스트들은 다양한 장르에서 이 문제를 거론하고 넘어갔다.

니나 페일리가 연출한 애니메이션 〈블루스를 부르는 시타〉는 제13회 안시국제애니메이션영화제 장편부문 대상 수상작이다. 〈라마야나〉를 재해석한 작품으로 세 명의 유쾌한 그림자 인형이 등장해 고대의 비극과 현대의 희극을 동시에 들려준다. 감독은 5년간 독학으로 만든 영화를 무료로 공개했다.[74] 니나 페일리 감독은 세 해설자가 주거니 받거니 들려주는 이야기를 통해 〈라마야나〉 이야기 속 시타를 그려낸다. 때로는 탄트라 미술 스타일로, 때로는 인도 전통 그림자극 스타일로, 때로는 미국 애니메이션 스타일로 펼쳐지는 이야기 속에서 시타는 과거와 현대를 오가며 여성이 받는 희생과 고통의 화신이 되어, 기다리고, 울고, 참고, 맞서고, 버림받고, 스스로 일어서서 그 상처의 치유까지 이끌어낸다.[75]

1997년 서울여성영화제 뉴커런트 부문 초청작이며, 다수의 영화제에서 수상한 경력이 있는 디파 메타 감독의 영화 〈파이어〉는 말 그대로 시타의 이른바 '불의 시련'을 현대적 관점에서 형상화한 작품이다. 무엇보다 영화 개봉 첫날 힌두교 보수파 그룹에 속한 사람들이 몽둥이로 영화관을 부수어 화제가 되었다. 두 여성 주인공의 이름이 라다와 시타인데, 라다는 비슈누의 여덟 번째 화신인 크리슈나의 애인이고, 시타는 일곱 번째 화신인 라마의 아내이다. 여성의 희생과 헌신만을 요구하는 삭막한 가정 안에서 라다와 시타는 서로 마음을 열고 가까워진다. 안에서는 시타를 장작 취급하면서 바깥에 나가서는 욕정을 마음껏 풀고 다니는 바람둥이 남편 자틴에게서 상처를 받은 시타나, 종교를 앞세워 금욕을 강요하는 남편 아쇼크 때문에 사람이면 마땅히 누려야할 즐거움을 억압당한 라다는 서로를 위로하며 몸과 마음을 다해 사랑하게 되는 것이다.[76] 영화는 이 두 여인의 동성애를 통해 고전에 대한 전혀 다른 차원에서의 재해석을 과감히 시도한다.

인도의 다양한 〈라마야나〉 전승과
인도 바깥 아시아의 여러 〈라마야나〉 들

〈라마야나〉는 발미키의 판본뿐만 아니라 인도 전역에 다양한 판본으로 존재한다. 언어만 놓고 보더라도 인도 전 지역에서 타밀어, 말라얄람어, 칸나다어, 텔루구어, 아셈어, 벵골어, 오리아어, 카슈미르어, 펀자브어, 마니푸리어, 마라티어, 콩칸어, 산탈어 등 거의 모든 주요 언어로 쓰인 〈라마야나〉의 상이한 판본들이 발견된다. 또한 인도 어느 지방을 가든 라마와 시타가 살았거나 바나바사(숲 속에서 보낸 십사 년의 기간) 동안 그들이 머물렀을 것으로 믿어지는 성지들, 라마의 발자국이 찍힌 바위들을 발견할 수 있다고 한다. 인도 전역에 걸쳐 수천 년 동안 〈라마야나〉의 신화와 전설이 대중을 어떻게 매혹시켰는지 쉽게 알 수 있다.[77]

〈라마야나〉는 불교도와 자이나교도, 또한 무슬림 사이에서도 각기 다른 판본으로 전해지고 있다. 예를 들어 불교에서는 〈라마야나〉 중 『자타카』 형식으로 몇 가지를 수용한다. 팔리어로 쓰인 『다사라타 자타카』의 경우, 시타가 납치된다든지, 하누만이 등장하여 라바나와 싸운다든지 하는 핵심 내용은 배제되어 있다. 기본적으로 대결 구도 대신 부왕 다사라타의 죽음에 대한 소식을 듣고 인생무상을 느끼지만 평정심을 찾으려 애쓰는 수련 과정에 초점을 맞춘다.[78] 그러나 라오스나 태국과 같이 불교 국가에서는 전체 플롯을 그대로 유지하되 힌두교의 요소를 불교적 요소들로 대체하고 있는 게 확연하다. 물론 말레이시아에서는 이슬람교의 영향이 두드러진다.

이처럼 〈라마야나〉 전통은 인도 국경을 넘어 아시아 전체에 넓게 퍼져 갔다. 즉 방글라데시, 네팔, 미얀마, 스리랑카, 인도네시아, 말레이시아, 태국, 라오스, 캄보디아, 베트남, 몽골, 티베트, 중국, 일본, 필리핀 등.

가장 관련이 적을 것 같은 한국 또한 〈라마야나〉 이야기와 관련이 아주 없지는 않다. 『삼국유사』에 따르면, 고대 금관가야 왕국의 수로왕의 부인은 서기 48년 7월 27일에 아유타국(阿踰陀國)이라 불리는 먼 지방으로부터 배를 타고 여행해온 공주였다. 이 낯선 지방의 이름이 바로 라마의 고향 아요디아라는 설이 있다. 현재 그곳은 인도 우타르 프라데시 주에 속하는데, 일부 학자들은 태국의 아유타야 설을 주장하기도 한다. 어쨌거나 공주의 한국 이름은 허황옥(許黃玉)으로 그녀는 처음부터 자신이 수로왕과 짝이 되기 위해 찾아왔음을 밝힌다. 그리하여 김수로왕과 결혼한 허황옥은 금관가야 왕조의 첫째 왕비로서, 한국의 김해 김씨 가문과 그녀의 성을 따르는 허씨 혈통의 선조가 되었다. 그의 후손들이 지금 천만 명에 이르는 김해 김씨 가문과 김해 허씨 가문을 이루고 있는 셈이다.

이렇게 말하면 한국에서도 〈라마야나〉의 인기가 굉장할 것 같은데, 솔직히 한국 땅에는 〈라마야나〉가 무엇인지 아는 사람의 수가 민망할 만큼 아주 적은 게 현실이다.

아리아인의 라마야나에 대한 새로운 해석

타밀의 라마야나

발미키 〈라마야나〉는 기본적으로 인도아대륙의 북부에 몰려와 터를 잡은 아리안(아리아) 인종의 민족적 의식과 종교관을 반영하고 있다. 인도아대륙의 선주민인 드라비다 인종으로서 남부 지방에 주로 살던 타밀 민족이 이를 그대로 받아들이기는 어려웠을 것이다. 실제로 타밀어 판본 〈라마야나〉에서는 예를 들어 악귀의 우두머리 라바나에 대해 전혀 다른 해석이 시도되기도 한다.

조동일은 이렇게 설명한다.

라마는 아리아 민족의 지도자이고, 라브나(라바나)는 선주민의 우두머리다. 라브나가 시타를 감금하고 지금의 스리랑카라고 생각되는 곳으로 납치해 갔으므로 라마가 거기까지 가야 했다. 남쪽은 선주민의 영역이니 마왕의 나라라고 하느라고 남쪽의 거리를 최대한 확대해서 말하려고 멀리 스리랑카까지 갔다고 했다. 타밀 민족은 선주민이고, 남쪽에 산다.[79]

아리안 인의 〈라마야나〉에서 졸지에 악귀의 민족처럼 그려진 타밀인은 이에 대해 분연히 맞서야 했다. 20세기 초 타밀 출신 작가로서 철저한 드라비다주의자였던 푸르나링감 필라이는 아리아인의 이런 인식에 대해 강력한 이의를 제기했다. 그는 자신의 저서 『랑카의 대왕 라바나』(1928)에서 라바나가 매우 이지적이고 용감했으며, 『베다』를 알고 있었으며 악기 연주에도 능한 개화된 지도자였다고 서술했다. 시타를 납치한 것도 타밀족의 정당한 전쟁 규칙에 따른 행위였으며, 시타가 동의하지 않으면 손끝 하나 대지 않았다고 말한다. 라바나에 대한 이런 식의 재평가는 상대적으로 라마에 대한 저평가로 이어진다. 위기가 닥쳤을 때 라마는 허둥지둥대며 제대로 대처할 방도를 찾지 못하는 무능한 지도자였을 따름이다. 특히 라바나의 동생 비비샤나에 대해서는 제왕이 되고 싶은 욕심에 조국과 형을 버린 배반자라고 폄훼한다.[80] 푸르나링감 필라이의 이런 해석은 한때 꽤 큰 반향을 불러일으켰지만, 오늘날에는 거의 잊혀진 '한바탕 소동'인 양 취급되기도 한다.

어쨌거나 타밀인들의 재해석은 여러 방식으로 전개되었다. 그들은 아리안의 일방적인 우위를 나타내는 〈라마야나〉를 받아들이는 대신 다른 형태의 서사시를 창작하는 데에도 공을 기울였다. 특히 인도 북부에서 〈라마야나〉가 문헌으로 정착된 이후 더 이상의 새로운 창작이 이루어지지 않는 무렵에 그들은 〈칠라파티카람〉[81]을 비롯한 전혀 새로운 형태의 타밀 서사시, 말하자면 〈라마야나〉의 주류 가치에 도전하는 타밀 서사시들을 창작하기 시작한다. 결국 아리안의 지배계급이 〈마하바라타〉와 〈라마야나〉를 자랑하면서 다른 민족이나 다른 계급 위에 군림할 때, 타밀 민족은 상층 하층 계급이 서로 힘을 모아

서사시를 계속 발전시킨 결과, 오늘날에도 서사시가 고전으로 화석화되지 않은 드문 사례를 보여주게 된다. 이 때문에 조동일은 세계문학사를 기술하려는 자신의 원대한 계획에서 타밀문학사에 대해서 각별한 애정을 표시한 바 있다.[82]

물론 타밀어로 쓴 〈라마야나〉가 모두 이런 인식에 기반한 것은 아니다. 인도에서 널리 알려진 캄반의 〈라마야나〉는 그가 비록 타밀 출신이긴 하지만 오히려 발미키 〈라마야나〉를 누구보다도 충실히 좇고 있기 때문이다. 인도 영문 소설의 아버지 R. K. 나라얀은 이 캄반의 판본을 기초로 유려한 자기 식의 〈라마야나〉 판본을 완성했다.[83] 인도의 국민작가라고 할 나라얀의 〈라마야나〉는, 비록 분량은 적지만, 아름답고 정감어린 문체로 라마의 모험과 사랑을 잘 그려냈다는 평가를 받는다.

레암케르: 원숭이 장군과 인어 공주의 사랑이야기
캄보디아의 라마야나-여든한 번째 이야기

〈라마야나〉의 캄보디아 판본은 〈레암케르〉, 혹은 〈라마케르티〉라고 불린다. 때로는 등장인물의 이름을 따서 〈프레아 레암(라마) 프레아 레악(락슈마나)〉이라고 불리기도 한다. 6세기에 한 브라만이 〈라마야나〉〈마하바라타〉 그리고 다른 책들을 사원에 기증했다는 사실을 기술한 비문이 존재하는 것으로 보아 서사 자체는 꽤 일찍부터 캄보디아에 들어왔음을 짐작할 수 있다.[84] 그 뒤 10세기 이후 건립된 앙코르와트 유적에는 이미 힌두교와 불교 양식이 융합된 형태로 〈라마야나〉의 서사시 내용이 무수한 부조와 조각으로 반영되었다. 이어 태국의 침략을 받은 이후에는 16세기에서 18세기에 걸쳐 태국의 〈라마끼엔〉과 토착적인 민중 서사에 뿌리를 두고 재구성되기에 이른다. 그 후 주로 구전과 미술, 무용 등의 장르를 통해 전승되어 오늘날에도 여전히 대중적 사랑을 받고 있다. 인도의 원본과 크게 다른 점도 눈에 띄는데, 특히 네앙 세다(시타)가 잡혀간 랑카 섬 진공을 앞두고 다리를 놓는 과정에서 벌어진 원숭이 장군 하누만과 인어 공주 네앙 마차의 사랑 이야기는 인도의 발미키 〈라마야나〉에는 없지만 캄보디아인들이 가장 좋아하는 장면 중 하나다.

81 크롱 레압(라바나)이 네앙 세다(시타)를 납치해 간 사실을 알아낸 프레아 레암은 원숭이 군대와 함께 바다 건너 랑카 섬으로 진격하려 했다. 그러나 하누만의 지휘 아래 다리를 놓으려 아무리 애써도 돌은 자꾸 바다 속으로 사라지고 말았다. 하누만은 바닷속 평화를 깨뜨린다는 이유에서 엄청나게 많은 인어들이 다리 공사를 방해한다는 사실을 알아냈다. 분기탱천한 하누만은 당장 바닷속으로 뛰어들어가 벌을 주려고 했다. 그러나 정작 인어 공주 네앙 마차를 본 순간 넋을 잃었다. 그리하여 뜻하지 않게 사랑에 빠졌다. 라바나의 딸로서 원숭이 군대의 랑카 섬 진격을 막으라는 명령을 받았던 네앙 마차도 하누만을 사랑하여 결국 그의 다리 건설을 도와주었다. 이제 프레아 레암의 군대는 그 다리를 건너 랑카 섬으로 진격하고, 머리가 열이나 달린 크롱 레압과 일대 결전을 벌이게 된다.

캄보디아에서 〈레암케르〉는 특히 그림자 인형극 스벡 톰[85]과 가면극 라콘 콜, 궁중 무용 등을 통해 활발하게 전승되어 왔다. 전통적으로 스벡 톰 공연은 밤에 논이나 탑 주위 등 노천 공간에서 이루어지는데, 양쪽 높은 대나무 칸막이 사이에 흰 천으로 막을 설치하고 그 뒤에 횃불이나 프로젝터를 배치하여 인형의 실루엣이 막에 투영되도록 한다. 실연자들은 정확하고 특정한 춤 디딤새를 통해 인형에 생기를 불어넣는다. 악단의 반주와 설창자의 해설이 수반된다. 스벡 톰 전체 공연에는 여러 날 밤이 걸리며 약 백육십 개의 인형들이 사용된다고 한다.

〈레암케르〉는 점성술과 연관되기도 한다. 개인이나 집단이 반드시 풀어야 할 심각한 문제에 부딪쳤을 때, 그들은 사원에 가서 비기(秘記), 즉 '캄비(kambi)'의 자문을 구할 수도 있는 것이다. 스님은 야자수 잎에 적힌 비기(여기서는 〈레암케르〉)들을 보관소 밖으로 가져와서 점을 치는데, 다음과 같이 전조가 되는 몇 가지 중요한 에피소드들이 있다.[86]

성공의 전조=스바얌바라(결혼 경연)에서 젊은 라마의 승리

불행의 전조=랍(라바나)에 의한 시타의 납치

희망의 전조=자타유(라마를 돕는 괴조)의 에피소드

희망의 전조=비비켁(비비샤나, 랍의 동생)이 람의 진영에 합류하는 에피소드

행운의 전조=전투에서 어떤 마귀의 죽음, 특히 그것이 인드라지트(랍의 동생)일 경우

오늘날에는 특히 〈레암케르〉의 교육적 가치가 크게 인정받고 있는데, 예를 들어 당시 관료제 체제가 어떻게 작동되었으며 가족 성원들 간의 관계는 어떠했는지 등에 대해서도 알 수 있는 좋은 자료로 활용되기 때문이다.

와양으로 훨씬 풍요로워진 라마야나

인도네시아의 라마야나-여든두 번째 이야기

〈라마야나〉 서사시는 8~9세기경 인도네시아에 유입되었다. 처음에는 옛 자바어로 씌어져 전승되었는데, 그것을 〈카카윈(끄까윈) 라마야나〉라고 한다.[87] 〈카카윈 라마야나〉는 주로 불교가 수마트라 섬과 동서 자바 섬에 굳건히 뿌리를 내리고 있던 무렵에 힌두교를 부활시키려는 의도 하에 사용되었다. 이때 그림자 인형극, 즉 와양이 대단히 큰 역할을 한다. 그 후 인도네시아에서는 축제를 비롯한 각종 문화 행사에 와양을 통한 〈라마야나〉 공연이 매우 활발하게 이루어졌다. 그 결과 오늘날까지도 인도네시아 전역에서 〈라마야나〉는 인도 본토 못지않은 인기를 누리며 사람들의 생활 속에 깊이 스며들고 있다. 예를 들어 아이가 태어났을 때 치르는 모초뿟이라는 의식이 있는데, 원래 힌두교의 종교의식이었다. 그러나 인도네시아인들은 힌두교인이건 아니건 대개 이 의식을 받아들여 결가부좌한 채 〈라마야나〉의 일부 구절을 축송한다. 당연히 아이가 사내라면 장차 라마처럼 위대한 인물이 되고 여자라면 시타처럼 되라는 의미를 지닌다.

앞서도 언급한 1927년 라빈드라나트 타고르의 동남아 여행은 발리를 거쳐 이제 자바에 이르렀다. 그는 이미 흥분 상태였다. 발리에서 며칠 머무르는 동안 "이 나라가 〈라마야나〉와 〈마하바라타〉의 이야기에서 깊은 영향을 받았다"는 것을 알았기 때문이다. 자바에서는 인드라지트와 하누만의 싸움을 그린 무용극을 보았다. 자신이 방문한 한 왕가의 저택에는 주인이 무슬림인데도 불구하고 벽면에 〈라마야나〉를 그린 그림이 걸려 있었다고 편지를 보낸다. 그만큼 인도네시아는 타고르에게 엄청난 놀라움을 던져주는데, 타고르의 입에서는 기어이 이런 탄성이 터져 나온다.

"인도가 잊어버린 땅에 왔다!"[88]

이제 그 땅의 〈라마야나〉를 만나보자.[89]

82 로까빨라를 다스리던 왕의 이름은 다나라자였다. 그는 랑까뿌라(랑카 섬)의 공주 데위 수께시와 결혼하고자 했다. 그런데 그의 아버지 바가완 위스라와가 아들을 도와주러 청혼자들이 참석하는 경연 대회에 대신 참석했다가 우승했다. 바가완은 공주의 아름다움에 홀려 아들 대신 자기가 결혼해버렸다. 둘 사이에서 두 사내아이가 태어났는데, 형은 라와나(라바나) 혹은 다사무까라고 불렸으며, 동생은 꿈바까르나(쿰바카르나)였다.

태어날 때부터 둘 다 덩치가 크고 힘이 좋았지만 형은 성질이 나빴고 동생은 착했다. 그 뒤 태어난 동생은 여자였고 얼굴이 큰 사르빠께나까(수르파나카)였다. 넷째이자 막내는 위비사나(비비샤나)로 성격이 좋았다.

장남인 라와나가 아버지 뒤를 이어 왕이 되었다. 그는 이웃나라를 침략해 정복했고, 나중에는 하늘까지 정복하고자 했다. 위스누(비슈누)는 이런 악행을 저지시키기 위해 스스로 아요디아의 왕자 라마위자야(라마)로 현신했다.

　아요디아의 다사라따 왕은 나라를 잘 다스렸다. 그에게는 까우살라, 까이깨이, 수미뜨라의 세 왕비가 있었다. 라마는 그중 첫째 부인 까우살라의 아이로 태어났다. 까이깨이의 아이는 바라따, 수미뜨라의 아이는 쌍둥이(락사마나와 사뜨루가나)였다.

　이후 전개 과정은 인도판 〈라마야나〉와 크게 다르지 않다.

　사르빠께나까가 숲에서 라마를 보고 홀딱 반하면서부터 일이 커지기 시작했다. 그 결과 악귀 왕 라와나가 시따를 납치해서 랑까뿌라로 날아갔다. 라마는 아내의 행방을 찾는 과정에서 빤까와띠 숲에서 원숭이 왕 수그리바와 원숭이 장군 하누만, 잠바반을 만났다. 그들은 힘을 합쳐 사방을 돌아다니며 시따의 행방을 찾았으나 실패했다. 그렇게 세월은 흐르고 흘러 어느덧 십이 년,[90] 마지막으로 수그리바는 남쪽에 있는 랑까뿌라에 시따가 있을지 모른다고 생각하여 하누만을 보냈다. 하누만은 어렵게 시따를 찾아내서 라마 왕자의 반지를 전달했다. 그리고 돌아 나오는 길에 아름다운 정원을 쑥대밭으로 만들었다. 이에 랑카푸라의 왕자 인드라지뜨가 분개해서 그를 활로 쏘아 잡았다. 그가 하누만을 죽이려 하자 그의 동생 위비사나가 나서서 말렸다. 위비사나는 하누만이 적일망정 왕의 사자이기 때문에 죽여서는 안 된다고 말했다. 그 소리를 들은 라와나는 화가 나서 위비사나를 추방했다. 그런 다음 하누만을 장작더미에 놓고 불태웠다. 하지만 하누만은 멀쩡하게 살아나서 달아났다. 그 과정에서 꼬리에 붙은 불로 온 왕궁을 다 태워버렸다.

돌아온 하누만은 라마에게 시따의 소재를 알렸다.

이제 라마는 군대를 랑까뿌라로 진격시키려 했다. 그런데 거대한 바다가 앞을 가로막았다. 도무지 건널 방안이 없었다. 파도가 너무 거칠었다. 그래서 라마는 바다를 향해 활을 쏘기 시작했다. 그러자 온갖 종류의 물고기들, 새우, 게, 거북 따위 바다 생물들이 고통을 호소하며 물 위로 떠올랐다. 라마가 쏜 화살 때문에 바다가 부글부글 끓었던 것이다. 그러자 갑자기 바다가 환해지면서 바다의 신 바루나가 나타났다. 그는 라마에게 바다를 잠잠하게 해달라고 호소했다. 라마는 그에 대한 조건으로 자신들을 랑카 섬까지 건너가게 해달라고 부탁했다. 그들은 합의했다.

그 후 라마 일행은 다리를 놓을 수 있었다.

그들은 랑까뿌라로 진격해서 결국 라와나 일행을 처치할 수 있었다.[91]

이처럼 인도네시아에 전승된 〈라마야나〉는 그 내용과 플롯이 기본적으로 인도판과 유사하다. 하지만 판본에 따라서는 다른 부분들도 적지 않다.

특히 시따가 머리가 열에, 귀가 스물, 눈이 스물, 이가 삼백이십 개인 악귀 라와나의 딸이라는 유력한 판본도 있다. 라와나는 여신의 딸이자 자기 아내인 까눈, 즉 데위 따리가 임신 칠 개월이 되었을 때, 점술가가 그 아이가 딸로 태어나면 장차 아버지인 라와나의 아내가 될 거라고 말하는 예언을 듣는다. 라와나는 길길이 뛰면서 당장 까눈을 죽이려 하다가 겨우 참는다. 시간이 흘러 출산이 임박했을 때, 마침 라와나는 외출 중이었고 까눈은 곧 딸을 낳는다. 라와나의 동생이며 성정이 착한 위비사나는 아이를 훔쳐서 바구니에 담아 강물에 띄워 보낸다. 살 운명이라면 신들이 지켜 줄 것이라 믿으면서. 그 아기가 만띨리국의 따나까 왕에게 발견되어 공주로 자라나고 나중에 라마의 부인이 되는 것이다.[92]

와양으로 전승되는 〈라마야나〉 중에는 아리안족의 처지에서 쓴 발미키판 〈라마야나〉와 비교해서 상당히 다른 시각을 드러내는 것도 있다. 예를 들어 라바나(라와나)의 동생이며 거인으로 유명한 쿰바카르나의 경우, 앞에서도 살폈지만 그의 캐릭터가 차지하는 위치는 대개 악귀 라바나의 동생, 천하장사에 탐욕스러운 식탐가, 한번 잠에 빠지면 여섯 달이나 잠을 자는 잠꾸러기 등으로 규정되기 마련이다. 실제로 아리아인의 주도하에 서술된 인도판 〈라마야나〉의 경우 '이민족'인 쿰바카르나를 이런 식으로 규정함으로써 장차 라마 군대의 승리가 빛을 발할 수 있다는 인식이 없지 않았을 것이다.

그러나 인도네시아판 〈라마야나〉는 꿈바까르나가 상상을 초월하는 우악스러운 장사라는 점만 부각시키지는 않는다. 어떤 판본에서 그는 랑까 제국에서는 보기 드문 중세 기사와 같은 캐릭터로 등장하는데, 잠에서 깨어나 싸우러 가기 직전 무소불위의 권력자인 형(라와나)에게 직언을 서슴지 않는다. 그는 시따를 돌려보내라고 형을 설득하려다가 실패한다. 라바나는 충고를 따르는 대신 동생의 두 아들이 싸우다가 죽었다는 말을 전해 준다. 그 순간 꿈바까르나는 여섯 달

전에 먹은 것까지 몽땅 토해내고 만다. 그가 쏟아낸 토사물이 강을 이룬다.

그는 분연히 일어나 싸움터로 향한다. 그가 내세운 명분은 이러하다.

"이 알렝카(랑까)를 차지한, 원숭이 군대가 호위하는 이방의 왕 밑에서 사치스럽게 사느니보다 싸우다 죽겠다. 좋든 싫든 여기는 내 조국이다."[93]

그는 외모는 험악했지만 심장은 순결한 크샤트리아의 그것이었다. 마침내 왕을 위해서가 아니라 조국을 위해서, 그의 백성과 조상들을 위해서, 그리고 자기 가족을 위해서 전장으로 나아간다. 죽음이 기다리는 전장으로. 그래서 그는 무지막지한 악귀가 아니라 '진정한 민족주의자'로서 죽는 것이다.

시타의 시련에 대해서도 발미키의 판본과 확연히 달라지는 부분이 있다.[94] 라마와 시따가 아요디아로 돌아왔을 때, 하루는 궁전 밖에서 두 여인이 크게 다툼을 벌였다. 한 남자의 두 부인인 그들은 왕궁에 불려 들어와서 이렇게 털어놓았다.

"남편이 저를 의심해요. 하지만 저는 병든 부모님을 방문했을 뿐입니다. 친정이 멀어 그날 밤을 거기서 보내고 왔는데, 남편은 저를 의심했어요. 그러면서 자기는 라와나 대왕의 황금우리 속에 갇혀서 십이 년을 보낸 여자를 아내로 둔 라마왕이 아니라고 말했습니다."

깜짝 놀란 라마는 그들에게 시따가 이미 불의 시련을 받지 않았느냐고 묻자, 그들은 이렇게 또 대답했다.

"그랬습죠. 하지만 전하, 우리뿐만 아니라 이 나라 백성 누구도 그 현장을 목격하지 못했습니다. 락시마나 전하는 가족이십니다. 나아가 원숭이들의 증언을 어떻게 믿을 수 있겠냐고 말하는 사람들도 많습니다."

충격을 받은 라마는 다시 한 번 '치사한' 결정을 내렸다. 아우를 시켜 시따를 갠지스 강가에 유기하라고 명령을 내렸다. 죽든 살든 자연의 뜻에 맡기라는 것이었다.

앞서 타고르가 자바에서 본 〈라마야나〉 무용극은 1960년대 이후 〈센드라따리 라마야나〉라고 해서 거대한 발레 무용극으로 발전했다. 특히 족자카르타의 쁘람바난에서는 해마다 6월부터 10월까지 열대의 달빛 아래 라라 종그랑 사원을 배경막으로 하는 야외무대에서 오백여 명의 노련한 무용수들이 화려한 군무를 펼친다.[95]

타고르는 자바와 발리를 감격어린 눈으로 목격하고 나서 이렇게 말했다.

"보이는 것은 모두 인도의 것이나 다시 보면 인도는 없다."

이 말은 진짜 인도가 없어서 섭섭하다는 뜻이 아니라 오히려 자바와 발리의 문화적 독창성을 높게 평가한 찬사였다.[96] 〈라마야나〉는 타고르가 인정한 그 독창성의 가장 큰 근거였을 것이다.

방글라데시의 찬드라바티 라마야나
여성의 목소리로 재구성한 라마야나-여든세 번째 이야기

인도아대륙 벵골 지방에서는 기본적으로 발미키의 〈라마야나〉를 따르되 당연히 지역의 에토스를 살려 벵골어로 번역한 크리티바사의 〈라마야나〉가 대표적인 〈라마야나〉로 전승되어 왔다. 이것은 문헌뿐만 아니라 구전을 통해서도 생명력을 유지해 왔는데, 그 구전 형식은 민요, 전통극, 춤 등을 망라한다. 특히 그런 장르들을 결합한 〈라마야나 간〉이나 〈락시미르 간〉 등 제의적 형식에 기반을 둔 전통극들이 지금까지도 공연되고 있다. 예를 들어 〈라마야나 간〉의 경우 힌두교인 일곱 명으로 구성된 극단이 부유한 힌두교도 집안의 행사 같은 데 초청을 받아서 공연을 하지만, 무슬림 공동체에서도 공연이 이루어진다. 주로 〈크리티바사 라마야나〉를 하루에 한 에피소드씩 밤중에 약 다섯 시간에 걸쳐 공연해 나간다.[97] 그러나 같은 벵골 지방이라도 방글라데시의 미만싱 지역에서는 16세기 이래 찬드라바티가 벵골어로 재구성한 〈라마야나〉가 유력하게 전승되었으며, 오늘날에도 강력하게 영향력을 미치고 있다. 이 〈찬드라바티 라마야나〉는 단지 벵골 지역의 토속적인 에토스만을 부가한 차원을 넘어서서 〈크리티바사 라마야나〉와도 또 다른 중요한 특징을 내비친다.

무엇보다 찬드라바티의 판본은 텔루구어로 〈라마야나〉를 재구성한 몰라의 판본과 더불어 인도아대륙 내에서 지역 언어로, 여성이 직접 다시 창작한 최초의 판본 중 하나인 것이다. 수드라 계급 출신의 몰라는 브라만 계급 남성들의 전유물이었던 라마야나를 시로 다시 쓰는 작업에 감히 도전했고, 결국 고전적 〈라마야나〉를 충실히 재현하는 데 성공했다. 그것 자체로 굉장한 도전이었다. 반면, 찬드라바티 판본은 발미키를 충실히 좇은 몰라 판본에 비해 특히 여성의 입장을 강화하고 그 시선에서 라마를 비판한다는 게 가장 큰 특징이다.[98] 사실 라마는 철저히 가부장적인 브라만 계급 힌두교 남성의 이상형

156

으로 축조되었고, 시타는 그에 알맞은 여성상으로 축조되어 왔다. 시대와 지역에 따라 부분적으로 변화가 있었지만, 이러한 관점은 오늘날까지도 크게 바뀌지 않은 채 유지되어 왔다. 실제로 절대다수의 힌두교 남성들이 〈마하바라타〉의 드라우파디와 같은 여성보다는 시타를 이상적인 여성으로 간주한다는 보고도 있다.[99]

그런데 찬드라바티의 관점은 사실 시골의 평범한 아낙네들의 그것과 크게 다르지 않다. 연구자들이 조사한 결과 여러 지역에서, 그리고 오늘날의 방글라데시가 된 벵골의 한 시골마을에서 평범한 여성들이 그 문헌 서사시를 받아들여 자기들의 노래로 재구성하여 부른다는 사실이 밝혀졌다. 그들은 신화화된 시타의 자리에 자기들이 스스로 표현하고 싶은 매일매일의 문제점을 당당히 말하는 페르소나를 부여했다. 그런 과정 속에서 브라만의 시각이 지배적이던 〈라마야나〉는 어느덧 시들해졌다. 나아가 라마는 거칠고 동정심도 없고 의지도 박약한 남편으로 전락했다. 창자들은 노골적으로 라마에게 대놓고 퉁을 주기도 한다.

"라마여, 당신은 돌았군요."[100]

이는 여성들의 노래가 정전(正典) 바깥에 있기 때문에 가능한 일이었다. 스피박의 서발턴 개념이 다시금 떠오르는 지점이다. 물론 여성의 입장에서 노래를 하더라도 시타가 혁명가는 아니다. 그녀는 여전히 고통 받는 인물이지만, 다만 이제는 자기 목소리로 그 고통과 부당함과 외로움과 슬픔에 대해 노래를 하는 점이 다르다.

〈라마야나〉는 벵골어로는 15세기에 처음 작곡되었다. 찬드라바티는 17세기에 자신의 판본을 완성했다. 민요곡인 〈찬드라바티 라마야나〉는 오늘날에도 방글라데시 미만싱 지역에서 결혼식 축제 기간에 즐겨 불린다.

83 서사는 크게 세 부분으로 나눠진다.

라바나는 하늘을 정복하고 나서, 인간 세상과 지하 세계를 정복했다. 그의 정실 부인 만도다리는 남편이 다른 여자들하고 노닥거리고 노는 꼴을 알고 마음의 상처를 입었다. 열 달 후 그녀는 알을 낳았다. 점성술사는 알에서 여자아이가 태어나서 장차 랑카를 파괴할 거라고 예언했다. 화가 난 라바나는 그 아이를 황금바구니에 넣어 바다에 버렸다.

마틸라의 가난한 어부가 그 바구니를 발견했다. 어느 날 어부의 아내는 그 바구니에서 여자아이가 나오면서 자기가 공주라고 하는 꿈을 꾸었다. 그녀는 그 바구니를 여왕에게 가져다줬다. 여왕이 사례를 하려고 하자 그녀는 거부하면서 그저 나중에 공주가 나오면 자기 이름을 따서 이름이나 지어주면 좋겠다고 했다. 그리하여 나중에 진짜 알에서 나온 여자 아기에게 왕비는 '사타'라는 이름을 따서 '시타'라는 이름을 붙였다.

그 무렵 아요디아는 다사라타 왕이 지배하고 있었다. 그는 세 왕비를 두고 있었는데, 어느 날 고행자가 찾아와서 첫째 카우살야에게 과일을 주며 이것을 먹으면 아이를 갖게 될 거라고 말했다. 마음이 착한 카우살야는 두 왕비와 함께 과일을 나누어 먹었다. 그 후 세 명의 왕비는 각기 아들을 낳았다. 첫째는 라마찬드라, 둘째 카이케이는 바라타, 셋째 수미트라는 락슈마나와 사트루그나를 낳았다. 그런데 둘째 부인은 씨까지 먹었기 때문에 성질이 나쁜 쿠쿠야라는 이름의 딸도 낳았다.

라바나는 숲 속에서 황금사슴을 통해 시타를 납치하는 데 성공했다. 그녀는 극도의 상실감 속에서 하루하루 살아갔다. 드디어 라마찬드라가 하누만을 앞세워 랑카 섬으로 건나가 그녀를 구해냈다.

특히 이 부분은 대중적인 〈바라마시〉라는 민요 형식으로 구송된다.

이제 라마찬드라와 시타는 다시 행복을 되찾았다. 두 사람은 주사위 놀이를 했다. 라마는 그녀가 원하는 것을 해주겠다고 약속했다. 시타는 한때 자신들이 살았던 숲 속의 망명지를 방문하고 싶다고 말했다. 시타가 임신한 지 다섯 달 되던 때 성질이 못된 쿠쿠야가 찾아와서 라바나가 도대체 어떻게 생겼는지 그림을 그려 달라고 끈질기게 졸라댔다. 시타가 아무리 자신은 한 번도 라바나를 정면으로 본 적이 없다고 말해도 막무가내였다. 어쩔 수 없이 부채에다 그림을 그리기 시작했는데 워낙 스트레스를 받아서 그런지 그리다가 말고 부채를 가슴에 안은 채 꾸벅꾸벅 졸기 시작했다. 쿠쿠야는 의기양양하게 사촌 오빠 라마찬드라에게 달려가 고자질을 했다.

이튿날, 라마는 락슈마나에게 시타가 숲을 방문하길 원하니까 거기로 데리고 가서 성자 발미키(지은이)의 오두막에 내버려 두라고 명령했다. 그리하여 시타의 망명생활이 시작됐다. 처음에 시타는 경악했다가 이내 유배를 받아들였는데, 그것은 라마의 의사를 수용했다기보다, 자기 때문에 랑카가 초토화되었으며 수없이 많은 여자들이 남편을 잃고 과부가 된 데 대한 자책감 때문이었다. 시타는 거기서 라바와 쿠사라는 쌍둥이 아들을 낳았다.

시타가 없는 아요디아에서는 불운이 이어졌다. 성자는 희생제를 치르라고 하는데, 정실 부인이 없이는 불가능하기 때문에 시타를 데려오라고 했다. 그러나 라마는 망설이고 주저한다. 마침내 그는 '불의 시련'을 거친다는 조건으로 시타의 귀환을 승낙했다.

한편 라마의 군대가 라바나를 쳐부순 지 십이 년, 이제 하루하루 즐겁게 노래하며 지내던 하누만은 모처럼 아요디아를 방문하기로 했다. 하누만이 길을 가던 도중 발미키 은신처 근처에서 아주 향기로운 냄새가 나는 과일을 발견했다. 그 과일을 따먹으려다가 하누만은 시타의 쌍둥이 아들이 놓은 덫에 걸려 잡혔다. 천하무적 하누만도 꼼짝할 수 없는 기술이었다. 그건 라마가 아니면 불가능했다. 과연 쌍둥이는 하누만을 붙잡아 의기양양하게 거처로 돌아갔다. 어머니 시타가 뒤늦게 알고 하누만을 풀어주었다. 하누만은 시타가 유배 중이라는 사실에 크게 혼란스러워했다.

이제 락슈마나가 시타를 찾아와 라마의 의사를 전했다. 시타는 고민 끝에 수락하지만 '불의 시련'을 통과한다는 조건에는 반대한다고 의사를 밝혔다. 아요디아에서는 이미 장작더미를 쌓아두고 준비가 끝나 있었다. 그러나 아무도 불을 붙이려 하지 않았다. 그러자 쿠쿠야가 나서서 불을 붙이는데, 그만 자기 머리에 불이 붙고 말았다. 시타는 쿠쿠야를 구해주었다. 아무도 나서지 않자 라마가 직접 불을 붙였다. 시타는 라마를 슬쩍 노려보았다. 그 후 성큼 불 속으로 들어갔다. 갑자기 아요디아 전체가 흔들렸다. 이어 땅이 갈라지면서 거기서 목소리가 들렸다.

"시타여, 어머니 품으로 돌아오라. 라마찬드라는 자기 왕국에서 자기 신하들하고 행복하게 지내라고 놔두라."

시타는 순식간에 땅속으로 사라졌다.[101]

〈찬드라바티 라마야나〉에서는 발미키 판본에서 당연히 전투나 남성적 영웅성, 그리하여 공적인 영역에 맞춰지던 강조점이 사적인 영역으로 옮겨 간다. 그리하여 그것은 여성들의 삶에 투영된, 배신당한 한 여인의 운명에 관한 이야기로서 재해석된다. 찬드라바티는 자신의 〈라마야나〉 서막에서 자신과 가족들이 처해 있는 극도의 궁핍한 생활 조건에 대해 절절하게 묘사하고 있다. 그녀는 어린 시절부터 단짝이던 남자 친구 조이찬드라와 결혼까지 생각하고 있었으나 나중에 배반당하고 그 충격에서 쉽게 벗어나지 못했다고 한다. 그녀는 그후 결혼을 하지 않고 독신으로 평생을 지냈으며, 아버지의 조언을 받아들여 〈라마야나〉를 창작하는 데 전념했다.

그때 찬드라는 아버지에게 결혼하지 않기로 했다는 자신의 결심을 말씀드렸다.

"저는 시바 신에게 제 자신을 의탁하겠어요. 평생토록 그분을 경배하겠어요. 오, 아버지. 불쌍한 딸을 자애롭게 봐주세요. 이런 결정을 내린 걸 용서해 주세요."

아버지는 슬픈 목소리로 그녀의 결정을 허락하면서 명령했다.

"네 생을 시바 신께 의탁하거라. 네가 가는 길을 막지 않겠다. 한 가지 임무를 주겠으니, 벵골어로 〈라마야나〉를 쓰도록 하거라."[102]

나중에 조이찬드라가 다시 그녀를 찾았지만, 그녀는 결코 그를 받아들이지 않았다.[103] 이런 경험이 당연히 그녀의 〈라마야나〉에 반영되었던 것이다.

다사라타 자타카 혹은 의도적 외면?
스리랑카의 라마야나-여든네 번째 이야기

스리랑카의 경우를 살필 때 앞서 본 타밀의 경험을 주목할 필요가 있다. 둘 다 아리안 인종이 아니기 때문이다. 그러나 타밀의 사례를 그대로 스리랑카 섬에 대입하는 것은 좀 더 신중한 검토를 요한다. 스리랑카와 인도 사이에는 바다가 가로놓여 있다. 그런데 미국 나사에서 촬영한 위성사진을 보면 두 나라 사이 그 바다에 약 삼십 킬로미터 길이의 '다리'가 놓여 있는 게 분명히 확인된다. 과학자들은 그것이 약 백칠십만 년 전 두 나라가 붙어 있었다는 증거라고 생각하는 반면, 호사가들은 곧바로 〈라마야나〉 스토리를 거기에 끌어 붙였다. 어쩌면 그들은 흔히 '아담의 다리'라고 불리고 있는 그 다리에 라마 왕자와 함께 바다를 건넌 한 원숭이 장군의 이름을 붙여 주고 싶어 하는지도 모른다.

스리랑카의 민족 구성에서 타밀족은 십팔 퍼센트를 차지하고 있는데, 이들은 인구의 약 칠십사 퍼센트를 차지하는 주류 신할리즈족과 여러 면에서 상이한 면모를 보이고 있다. 신할리즈족은 불교를 믿으며 당연히 신할리즈어를 사용하고, 타밀족은 인도아대륙의 형제들과 마찬가지로 힌두교를 숭상하고 타밀어를 사용한다. 따라서 이런 인구 구성을 무시한 채 스리랑카를 한 묶음으로 해석하는 것은 자칫 실수를 저지르기 쉽다. 〈라마야나〉에 대해서도 마찬가지다. 〈라마야나〉는 바다를 건너가서도 민족, 계급, 종교 등에 따라 당연히 전승에 있어서 차이를 드러낸다.

1939년 언어학자 쿠마라퉁가 무니다싸는 소설가 W. A. 실바에게 〈라마야나〉를 신할리즈어로 번역하라고 간곡히 요청한다. 실바는 그 요청을 받아들여 작업을 시작하는데 무려 십칠 년이나 매달렸다. 그러나 그는 천칠백 장이나 손으로 쓴 원고가 책으로 출판되어 나오는 것을 끝내 보지 못한 채 눈을 감았다. 발미키 〈라마야나〉의 신할리즈어 번역본은 1957년 축약본으로 첫선을 보인다. 그러나 대부분 불교도인 스리랑카 신할리즈인들에게 〈라마야나〉는 그다지 매력적인 독서물이 아니었다. 아예 〈라마야나〉를 읽지 못하게 하는 승려들도 있었다.

팔리어로 쓰인 『다사라타 자타카』는 부처의 전생을 다룬 『자타카』중에서도 독특한 위치를 차지하고 있다. 무엇보다도 이것은 인도의 대서사시 〈라마야나〉의 원형을 이루고 있다는 점에서 의의를 찾을 수 있다.[104] 이 『다사라타 자타카』에서 가장 두드러진 특징은 시타가 라마의 아내가 아니라 누이로 나온다는 사실이다. 그리고 〈라마야나〉의 후반부, 즉 라마가 랑카 섬으로 원정을 떠나는 것과 같은 이야기는 나타나지 않는다. 라마가 추방된 내력이라든지 숲 속 생활, 바라타와의 만남, 그리고 라마의 귀환이 역사서처럼 아주 간결하게 서술되고 있을 뿐이다. 다만, 바라타의 질문에 대한 라마의 대답은 상대적으로 장황하게 서술되어, 이것이 부처님의 가르침을 전파하는 『자타카』임을 분명하게 해주고 있다. 예컨대 바라타가 아버지 다사라타의 죽음을 알렸지만, 라마는 통곡하지 않는다. 그 이유를 라마는 바라타에게 "아무리 크게 울부짖더라도 지킬 수 없는 것이라면, 지혜로운 현자는 어찌 그것으로 괴로워할까" 하며 제행무상(諸行無常)의 교의를 설파한다.

84 옛날 베나레스 왕국을 다스리던 다사라타라는 왕이 있었다. 그는 왕비에게서 두 아들과 딸 하나를 낳았는데, 장남은 라마 판디타, 차남은 락슈마나였다. 외동딸의 이름은 시타였다. 세월이 흘러 왕비가 죽어 왕은 왕궁의 조언자들의 의견을 따라 새 왕비를 맞이했다. 왕은 그녀를 총애했고, 그 결과 바라타라는 이름의 왕자를 보았다.

왕은 새 왕비에게 보답을 주고자 해서 그녀가 무엇을 바라는지 물었다. 그녀는 자기 아들에게 왕위를 물려달라고 요구했다. 왕은 노발대발해서 소리쳤다.

"내게 다른 두 아들이 있다는 걸 몰라서 하는 소리냐? 아니면 그 애들을 죽이고서라도 왕위를 네 자식한테 물려주려고 하는 거냐?"

왕은 새 왕비가 다른 두 왕자를 위협할지도 모른다는 이유에서 두 왕자에게 외국으로 탈출하거나 숲으로 들어가라고 충고했다. 왕의 점성술사들은 왕이 붕어하기까지 십이 년이 더 남아 있다고 예언했다. 그래서 왕은 두 아들에게 그때 돌아오라고 말했다. 왕자들은 충고를 받아들여 작별을 고했다. 시타 공주도 오빠들과 히말라야 산맥으로 떠났다.

구 년이 지난 후, 슬픔에 겨워하던 다사라타 왕이 죽었다. 새 왕비는 자기 아들을 왕위에 올리려고 시도했다. 대신들이 이에 반대하여 상속자는 망명 중에 있으니 그들 남매를 불러와야 한다고 말했다. 그들은 라마 판디타를 찾아서 길을 떠났다. 바라타가 모든 왕권의 표장들을 가지고 그 은거지까지 동행했다. 바라타는 남매들에게 왕이 승하했음을 알렸다. 라마 왕자는 묵묵히 들을 뿐 울지 않았다. 그런 다음 입을 열었다.

"동생들은 너무 어려서 이 소식을 들으면 혼절을 할지도 모른다. 이런 상황에서 울음을 터뜨리는 것은 현자로서 적절한 태도가 아니다."

라마 왕자는 바라타에게 두 동생을 데리고 돌아가라고 부탁했다. 그러나 바라타는 라마 판디타더러 왕위에 오르라고 요청했다. 라마 판디타는 아버지가 십이 년 후에 돌아오라고 했기 때문에 그렇게 하는 것이 도리라고 대답했다. 지금은 구 년밖에 안 되었기 때문에 지금 돌아가면 불효를 저지르는 것이라고 했다. 바라타가 거듭 요청하자, 라마 판디타는 자기 신발 두 짝을 임시 기간 동안 왕권의 상징으로 주는 데 동의했다. 라마 판디타 왕자는 약속을 지켜 십이 년 후에 돌아가서 왕위에 올랐다. 그는 오래도록 나라를 평화롭게 다스렸다.[105]

1980년대에 접어들어 내전이 치열한 가운데 신할리즈 민족주의자들 사이에서 타밀 반군을 지원한다는 이유를 내걸어 인도를 제국주의로 규정하는 움직임이 일었다. 이때 각광을 받은 헬라하울라 운동은 애초 20세기 초반 앞서 언급한 바로 그 저명한 언어학자이자 문법학자인 쿠마라퉁가 무니다싸가 제창한 언어개혁운동으로, 산스크리트 전통을 가급적 배제하고 순수한 신할리즈어에 기반한 신할리즈 민족주의를 강화하는 데 초점을 두고 있었다.[106] 물론 헬라하울라 운동 자체는 순수한 언어민족주의운동의 측면이 강했지만, 훗날 이런 해석을 더욱 극단적으로 밀고 나가서 라바나를 민족주의자로, 라마를 악당으로 역전시키는 해석도 등장한다. 이 경우 비비샤나는 민족을 팔아먹은 배반자가 된다. 이렇게 된다면, 랑카(스리랑카)는 아리아인들이 만들어 유포한 지배적 역사 인식에 도전하는 새로운 역사담론의 중심지로 부상한다. 이런 인식은 공식적으로 채택되지는 않지만, 정치적 격변기, 특히 인도와 스리랑카 사이에 정치적 이해관계가 충돌할 때 수면 위로 부상하곤 한다.

1983년 이후 수십 년 간 지속되어 온 스리랑카 내전은 2009년 타밀 반군이 항복함으로써 종결되었다. 그 이후 스리랑카의 타밀족은 신할리즈족이 중심이 되어 실시하는 동화정책을 수용할 수밖에 없는 처지가 되었다. 예를 들어 과거의 타밀 반군들은 일정한 수용 교육 동안 신할리즈어를 익혀야 했다. 그렇지만 민족적 차이가 하루아침에 쉽게 해결되기는 어렵다. 예를 들어 타밀족은 불교도인 신할리즈족에 비해 〈라마야나〉를 상대적으로 적극적으로 받아들일 수밖에 없을 것이다. 이들이 〈라마야나〉 전설과 연관시킨 지명도 상당히 많다. 그 대부분의 장소는 많은 주민들이 19세기 초 영국에 의해 도입된 커피와 차 플랜테이션에 종사하는 스리랑카 중부 고원지대에 자리 잡고 있다. 고원 지대의 대부분은 그 지역을 뒤덮고 있던 식물들을 치우고 상업용 플랜테이션에 적합하게 개량되었다. 이 목적을 위해서 영국 식민 당국은 더 많은 고용 노동자들이 필요했다. 가장 싼 노동력은 이웃한 남인도에서 수입해오는 노동력이었는데, 이들은 대개 신실한 힌두교 신봉자들이었다. 〈라마야나〉와 관련해서도 그들은 자기네의 믿음에 충실한 일련의 이야기를 창조했다. 예를 들어 저수지(베바), 폭포(엘라), 연못(포쿠나) 등이 라바나가 납치해 온 시타와 연결되어 시타 베바, 시타 엘라, 시타 포쿠나, 시타 엘리야 등의 '유적지'로 재구성되었다. 물론 역사적 증거는 없지만, 그들에게 필요한 것은 믿음이지 증거가 아니었다.[107]

물론 〈라마야나〉가 실제 역사를 반영했다면서 애써 역사성을 따지는 이들도 적지 않은데, 인도아대륙의 단다카 숲이나 아요디아 왕국의 정확한 위치를 끈질기게 파헤치는 작업도 이에 속한다.

이상 우리는 캄보디아, 인도네시아, 방글라데시, 스리랑카 등을 예로 들어 동남아시아 각국에 〈라마야나〉가 어떻게 전승되었는지 살펴보았다. 이들 나라뿐만 아니라 버마, 라오스, 태국, 말레이시아 등의 라마야나 전승을 함께 살펴보더라도 우리의 결론은 크게 달라지지 않는다. 즉, 〈라마야나〉는 이미 오래 전에 동남아 각국에 전파되어 그곳의 생활과 종교, 문화 속에 깊이 뿌리를 내리고 자기들만의 독특한 판본으로 모습을 갖추어왔다는 것. 그런데 그 전승 과정에서 힌두교-아리아인-브라만 카스트-남성의 이상이 가장 폭넓게 반영된 발미키 판본 〈라마야나〉가 그대로 수용되는 경우가 생각만큼 많지 않다는 사실은 중요하다. 오히려 비주류 판본들이 관심 있게 받아들여지는 경우도 많다. 인도 내에서도 자이나교라든지 벵골어 버전, 그리고 카슈미르어 버전 등은 힌두교 주류와 다른 입장을 반영하고 있고, 이런 판본들이 발미키 판본 못지않은 비중으로 동남아에 전파되어 나간 것으로 보인다.[108] 무엇보다도 판본마다 라바나의 위상과 시타의 태도가 조금씩 차이가 나는데, 이는 민족, 젠더, 종교, 계급, 장르 그리고 당연한 말이지만 집필자-전승자-수용자에 따라 입장이 다르기 때문이다.

물론 어떤 경우라도 〈라마야나〉가 껴안고 있는 놀라운 상상력만큼은 전혀 손상받지 않고 있다.

새로운 영웅 이야기

코끼리를 타고 대중국 항쟁을 이끈 베트남의 두 여성 영웅

쯩 자매-여든다섯 번째 이야기

이처럼 인간 사회에서는 한 가지 사건을 두고 전혀 상반되는 관점을 보이는 경우가 왕왕 있게 마련이다. 한쪽의 이익이 다른 쪽에게는 그만큼의 불이익이 될 수도 있기 때문이다.

베트남 고대사에서 〈쯩 자매 이야기〉는 중국에게는 반역이지만 베트남에게는 독립 투쟁이 되는 전설 같은 실화를 배경으로 한다. 쯩 자매는 우리의 유관순처럼 베트남인이라면 다 아는 독립 항쟁의 여성 영웅이다. 그들을 기리는 사당과 박물관, 그들의 이름을 딴 거리들이 베트남 전역에 있다.

1930년대에 근 십 년 동안 하노이 소재 프랑스 극동학원(혹은 원동
박고원)에서 연구원으로 일했던 조선인 학자 김영건의 존재는 최근
우리 학계에서도 관심을 모은 바 있다. 그는 우리나라의 동남아사 연
구에 관한 한 주춧돌을 쌓은 인물로 인정받을 만한 성과를 남겼다.
그가 당시 잡지에 쓴 「안남 증측(徵側) 여왕의 전설」을 여기에 소개한
다.[109] 자료로서 가치를 고려하여 가능한 한 원문을 그대로 옮기고자
했음을 밝힌다.

85 서력 기원전 207년부터 기원전 112년까지 안남에 있어서는
조씨(趙氏)가 왕 노릇을 했다. 그러나 중국의 한나라 무제의 원정(元
鼎) 6년(곧 서력 기원전 112년)에 한나라에 의하여 조씨는 망했다. 그때
부터 증측 여왕이 나서기까지 일백오십 년 동안이나 안남은 첫 번째
로 중국에 속한 땅이 됐었다.

이때에 안남은 교지(交阯 또는 趾)라고 불렀다. 그러나 교지는 반드
시 안남만을 가리킨 이름이 아닌 그 뜻이 퍽 넓었다. 그것은 한나라
의 무제가 교지에 아홉 고을[郡]을 두었다는 것을 살피면 알 수 있다.
이 아홉 고을들은 남해(南海)군, 창오(蒼梧)군, 울림(鬱林)군, 합포(合
浦)군, 주애(珠崖)군, 담이(儋耳)군, 교지군, 구진(九眞)군, 그리고 일남
(日南)군을 말함이었다. 그 속에서 남해, 창오, 울림, 합포, 주애, 그리
고 담이의 여섯 고을은 지금의 양광(兩廣), 즉 광동과 광서의 영남(嶺
南) 땅에 있었던 듯하다. 그러므로 안남을 오(吳)라고도 부르고, 월
(越)이라고도 부른다 함은 그 까닭이 이에 있는 것 같다. 그리고 지금
의 동경(東京: 통킹)에는 교지와 구진의 두 골들이 있었으니 락(駱)이

라고 부르던 곳이 이곳이 아닌가 한다. 지금의 안남에는 일남군이 있었다.

한나라의 무제는 교지에 자사(刺史)를 두고 골들에는 태수를 두기로 했다. 그래서 그의 원정 7년(곧 서력 기원전 111년)에 처음으로 이곳에 태수로 보낸 것이 석재(石載)였다.

물론 안남에 있어서의 한나라의 다스림이 가혹했던 것만은 사실일 것이다. 한나라 사람들도 안남에 이민한 것은 겨우 죄수와 같은 사람들이 있었을 뿐이었다. 그러나 안남 사람들도 아직 원시의 형태를 벗어나지는 못하고 있었다. 그들은 옷이 없어 헝겊을 몸에 감고 그곳에 구멍을 뚫은 뒤에 그리로 목을 내밀었다 한다. 그리고 머리에 터럭을 얹고 있었다. 그들은 겨우 풀을 태워 밭을 만들고 아직 소로 그것을 갈 줄은 몰랐다. 그래서 농사보다도 사냥에 힘을 썼다. 그리고 그들에게는 결혼이라고 하는 법이 없었다. 계집이나 사내가 맘대로 만나기도 하고 헤어지기도 했다.

그들은 홍하와 같이 자연에 힘입은 곳에 부락들을 이루고 지냈다. 그래서 교지 군에는 구만 이천사백마흔 집에 칠십사만 육천이백서른일곱 사람들이 있었다 한다. 다른 고을에도 십 만 호씩은 됐었다. 그리고 그들의 추장은 락장(駱將)이라고 했다.

한나라의 태수들 가운데에도 임연(任延)과 같은 어진 사람도 있기는 했었다. 그는 될 수 있는 대로 중국의 본을 떠서 농사도 짓고 결혼도 하도록 했다. 사내는 스무 살부터 쉰한 살까지, 계집은 열다섯부터 마흔 살까지 되는 사람들을 모아 한꺼번에 이천여 명이나 결혼을 시켜 준 일도 있었다. 그리고 어려운 사람들에게는 구실도 나누어 주었다. 그러나 다른 태수들은 다스림이 몹시 가혹했던 것 같다. 더욱이 구진군의 태수 중에는 종들과 짐승들을 팔아 재물을 긁어모으다가 마침내 좋지 못하게 된 사람도 있다.

이리하여 중국의 한나라에는 광무 황제가 임금이 되기에 이르렀다. 임연이 가고 그의 뒤에 교주군의 태수로 온 것이 소정(蘇定)이었다. 그가 온 지 다섯 해 동안에 안남 사람들의 울분은 터지고 말았다. 그 통에 일어난 것이 증측이라고 하는 여왕이었다.

소정이 교주군의 태수로 오기는 광무 황제의 건무 10년(곧 서력 34년)일이었다.

그때에 봉주(峯州)의 미랭(麋冷)현에는 웅(雄)씨라고 하는 락장이 있었다. 곧 지금의 복안(福安)성 안랑(安朗)현이라고 하는 곳이다. 이 락장의 웅씨에게는 두 딸이 있었으니, 큰딸은 측(側)이라 부르고, 작은딸은 이(貳)라 불렀다.

어려서부터 그들이 다 나기는 잘났던 모양이다. 그러자 측은 먼저 시색(詩索)이라는 사람에게로 시집을 가게 됐다. 시색은 안남의 웅왕(雄王)이라고 하던 임금의 집안으로, 주연(朱鳶)에서 벼슬을 지내고 있었다. 지금으로 치면 영안(永安)성 영상(永祥)부라고 하는 곳이다. 물론 까닭이야 많았겠지만 어쨌든 시색의 세력이 자라는 것이 소정의 마음에 안 들었던 것만은 사실이다. 그래서 소정은 군사를 몰아 주연을 치고 시색을 잡아 죽였다.

그래서 측은 그의 남편의 원수를 갚고자 스스로 칼을 잡고 나선 것이다. 그것이 건무 15년(즉 서력 39년)으로 안남이 한나라의 땅이 된 지 백오십 년 되던 해의 일이었다.

측이 나서니까 동생인 이도 형과 같이 나섰다. 그뿐만 아니라 이때까지 한나라의 다스림 밑에서 가혹한 꼴을 당하던 교지의 백성들도 같이 그들을 좇아 일어났다. 그래서 보름 동안에 교지군을 비롯하여 일남군, 구진군, 그리고 합포군에서 그의 밑으로 모여온 군사들과 장사들이 십만에 이르렀다. 측의 군사와 소정의 군사는 싸움을 열었다. 그러나 소정은 측을 당하지 못하고 남해군으로 달아났다. 그리고 마침내 한나라로 달아났다. 그의 뒤를 좇아 측은 영남의 쉰여섯 성(또는 예순다섯 성들이라고도 한다)을 정복했다.

그리고 측은 성을 증(徵)이라고 하야 증측이라고 불렀다. 증측은 스스로 안남의 왕이 되었다. 세상에서는 그를 증왕(徵王)이라고 부르고 건무 16년(곧 서력 40년)을 증여왕의 원년이라고 이른다. 그러나 증측이 왕위를 부지한 것은 겨우 삼 년에 지나지 못했다. 하기야 역사에는 겨우 백날 밖에 임금의 자리를 차지 못한 사람들도 있지만, 더욱이 증측 여왕의 끝은 가없다.

그 이듬해 한나라의 광무 황제는 유명한 복파장군의 마원(馬援)을 교지에 보내 그를 치게 했다. 마원은 삼만 이천이 넘는 큰 군사를 끌고 바다로 하여 낭박(浪泊)에 이르렀다. 그곳에 이르기까지 장기(瘴氣)로 말미암아 한나라 군사들도 퍽 고생을 했다. 그리하여 증여왕의 3년, 건무 18년(곧 서력 42년)에 마원의 군사와 증측의 군사는 하내(河內)의 낭박에서 싸움을 열었다. 지금 하내에 있는 서호가 그곳이다. 그리고 산서(山西)와 북녕(北寧)에서도 싸웠다.

그러나 증측도 마원의 앞에는 어찌 할 수가 없었다. 싸움마다 그에게는 도무지 이롭지 못했다. 할 수 없이 그는 금계(禁溪)로 달아났다.

지금으로 치면 산서성의 영상부다. 그리고 다시 복록(福祿)현의 갈문사(喝門社)로 달아났다. 지금으로 치면 산서의 복수(福祿)현이다.

그러나 그곳의 갈강(喝江)에 이르러, 증측은 마침내 그의 운명이 다한 것을 깨닫고 물속에 몸을 스스로 던졌다. 그리고 동생 이도 형의 뒤를 따랐다. 그것은 마치 중국의 순임금을 따라 소상강(瀟湘江)에 몸을 스스로 던졌던 아황(娥皇)과 여영(女英)의 일을 생각나게 한다. 그리고 "소상하사등한회…… 불승청원각비래"라는 전기(錢起)의 글[110]을 생각나게 한다. 그들이 물속에 몸을 스스로 던진 뒤에 그들의 몸은 다 돌사람으로 화하여 물위에 떴다고 한다.

어찌했든 이와 같이 하여 증측의 짧은 한때는 끝나고 만 것이다.

억울한 죽음을 오히려 풍요로 바꾼 쌀의 여신

데위 스리-여든여섯 번째 이야기

쫑 자매는 오늘날 베트남 어느 도시에서든 쉽게 만나는 이름이 되었다. 모든 도시가 그들의 충정을 기려 거리에 이름을 붙였다. 하이바 쫑 거리가 그것이다. 베트남어로 '하이'는 둘이고, '바'는 자매이다. 비록 그들이 뜻을 다 펴지는 못했지만, 쫑 자매는 두 번의 밀레니엄을 지나는 긴 세월 동안에도 베트남 사람들의 마음속에서 조금도 변하지 않은 절대적 우상으로서 자리를 유지했다.

인도네시아에서 쌀농사가 시작된 이래 쌀의 여신 데위 스리 역시 줄곧 그런 위치를 고수했다. 특히 발리와 자바 섬, 순다 지방에서 데위 스리는 가장 존경받는 여신이다. 그녀는 주식인 쌀을 가져다준 생명의 여신으로 추앙받는데, 전통적인 자바인의 집에서는 그녀를 모시는 제단을 집안에 설치한다. 제단은 뱀 문양을 복잡하게 새겨서 장식하는데 그렇게 하면 집안에 풍요와 행복을 가져다준다고 믿기 때문이다. 자바에서는 뱀이 집안에 들어와도 쫓아내지 않는다. 발리와 순다 지방에서도 데위 스리를 위한 특별한 축제가 거행된다. 야자 잎이나 진흙, 나무 등으로 조각을 만들어 논이나 집 안에 두고 풍작을 비는 기도를 드리기도 한다.

데위 스리는 워낙 인도네시아인들의 삶에서 차지하는 비중이 크기 때문에 지역에 따라 아주 다양한 내용으로 전승이 이루어지고 있다. 여기서는 가장 상징적이고 대표적인 판본 하나만을 따라가기로 한다.

86 옛날 신들의 왕 바타라 구루가 모든 남신과 여신들에게 새로운 궁전을 지으라고 명령했다. 이 명령을 따르지 않으면 게으른 것으로 간주해 팔다리를 잃을 것이라고 했다. 뱀의 신 안타는 걱정이 이만저만이 아니었다. 그는 애초에 팔다리가 없으니까 일을 제대로 해낼 수 있을 것 같지가 않았다. 그는 바타라 구루의 동생 바타라 나다라를 찾아가 자문을 구했다. 하지만 그도 크게 도와줄 방도가 없었다. 결국 그는 자신의 운명을 저주하며 서럽게 울기 시작했다.

그때 지상에서는 놀라운 일이 일어났다. 안타가 흘린 눈물 세 방울이 땅에 떨어졌는데 그 자리에서 아주 아름답게 빛나는 알 세 개로 변했던 것이다. 그것들은 마치 황홀하게 반짝거리는 진주 같았다. 바타라 나다라는 그것들을 바타라 구루에게 갖다 주고 사정을 잘 설명

인도네시아 발리의 데위 스리 나무조각상.

하라고 조언했다.

안타는 입으로 그 세 개의 보물을 물고 바타라 구루를 향해 나아갔다. 도중에 한 마리 독수리가 나타나서 그에게 무어라 질문을 던졌지만, 그는 입에 알을 물고 있어서 대답할 수가 없었다. 하지만 독수리는 그런 사정까지 헤아릴 짐승이 아니었다. 그는 안타가 매우 건방지다고 판단해서 사정없이 공격을 개시했다. 그 바람에 알 한 개가 떨어져 부서졌다. 독수리는 다시 공격했고, 또 하나의 알이 떨어져 깨져 버렸다. 그 두 개의 알은 지상으로 떨어져서 쌍둥이 멧돼지 깔라부앗과 부둑 바수가 되었다.

안타는 남은 한 알을 입에 문 채 가까스로 독수리의 공격을 벗어날 수 있었다. 그는 드디어 자기 눈물방울로 이루어진 그 알을 바타라 구루에게 바칠 수 있었다. 바타라 구루는 매우 흡족해하면서 그것이 부화할 때까지 품고 있으라고 부탁했다. 그렇게 한 결과, 놀랍게도 그 알에서는 아주 아름다운 여자아이가 태어났다. 안타는 그 여자아이를 바타라 구루 부부에게 바쳤다. 그 아이의 이름은 냐이 포하씨 상향 아스리였다. 그녀는 아주 아름다운 처녀로 자라났다. 모든 신들이 그녀에게 반해 접근했다. 심지어 그녀의 양아버지 바타라 구루마저도 그녀의 아름다움에 정신을 잃을 지경이었다. 그때부터 다른 신들은 감히 접근할 엄두를 내지 못했다. 신들은 이러다가 혹시 천국의 평화가 깨질 것을 우려해 고개를 맞대고 묘안을 짜냈다.

답은 하나 밖에 없었다.

그녀가 존재하는 한 분란은 피할 수 없었다. 바타라 구루가 욕심을 품고 있는 한 그녀를 정숙한 상태로 보호하는 일도 불가능했다. 신들은 독약을 먹여서 그녀를 살해했고, 시체는 멀리 떨어진 비밀의 장소에 묻었다. 하지만 그녀에게는 아무런 잘못도 없었기 때문에 기적이 일어났다. 그녀의 무덤에서 여러 종류의 식물들이 자라났는데, 인간에게 영원토록 도움을 줄 것들이었다. 그녀의 머리에서는 코코넛이 열렸고, 코와 입과 귀에서는 갖가지 향신료들과 채소가 열렸다. 머리카락은 온갖 풀과 화초가 되었고, 가슴에서는 여러 가지 과일이 열렸다. 팔과 손에서는 티크나무를 포함해 여러 종류의 나무들이 자라났다. 그녀의 성기에서는 사탕수수가 열렸다. 허벅지에서는 여러 종류의 대나무가, 다리에서는 덩이줄기들이 열매를 맺었다. 그리고 마지막에 그녀의 배꼽에서 파디라고 부르는 아주 유용한 식물이 탄생했다. 그것이 바로 사람들이 주식으로 삼게 되는 쌀이었다.

그때부터 자바 사람들은 그녀를 자비로운 쌀의 여신 데위 스리로 받들며 경의를 표하기 시작했다.

말레이시아 출신의 작가 라니 마니카가 쓴 장편소설『쌀의 여신』은 바로 이 데위 스리를 상징의 한복판에 놓고 이야기를 전개한다. 작가는 실론(스리랑카) 섬에서 태어난 락슈미가 불과 열네 살의 나이에 중매쟁이에게 속아 먼 나라 가난뱅이에게 시집을 가면서부터 감당해야 하는 고통의 역사를 치열하게, 때로 불편한 정도로 우울하게 추적한다. 그런 가운데서도 그녀는 아이들을 여섯이나 낳아 기르면서 억척스럽게 현실을 개척하지만, 일제의 침략으로 인간의 시간은 졸지에 야만의 시간으로 바뀐다. 남편은 아무런 이유 없이 끌려가 상상하기 힘들 정도의 고문을 당하다가 가까스로 죽음의 구렁텅이에서 기어나온다. 그러나 그들 부부는 곧 일본군 장교의 야수 같은 탐욕에 가장 아름다운 딸 모히니를 잃는 등 차마 넘기 힘든 현실의 벽을 온몸으로 실감한다. 그러나 그녀와 그녀의 자식들은, 특히 여자들은, 대를 이어 살아가는 동안 쌀의 여신이 가르쳐 준 교훈이 바로 질긴 생명력이라는 사실을 자연스레 깨닫게 된다.

"삼촌, 배 좀 흔들어 봐요." 내가 부탁하면 곧바로 삼촌의 뱃살 전체가 요동쳤어. 그걸 보면 깔깔 웃지 않을 수 없었지.

"쉿." 삼촌이 위스키 병을 쿠션 밑으로 쑥 밀어 넣으면서 주의를 줬어.

"그러다 쌀의 여신이 깰라."

"누구요?"

"누구긴. 생명을 주시는 신이지. 발리에서는 볏단으로 만든 인형 속에 쌀의 여신이 살거든. 그 여신은 가정의 곡물 창고 안에 있는 나무 옥좌에 앉아서 여신 덕분에 풍작을 한 쌀을 지켜 주지. 워낙 신성한 분이라서 죄를 지은 사람들은 그 여신 앞에 나설 수도 없는 데다, 그 여신의 입상에서 쌀 한 톨도 가져갈 수 없단다."

세브니즈 삼촌은 손가락 하나를 들어 내 눈앞에서 까딱까딱 흔들어 보였어. 술에 꽤 취한 것 같았지.

"우리집 쌀의 여신은 네 할머니야. 그 양반은 꿈을 움켜쥐고 있는 신이지. 유심히 지켜보렴. 그러면 너도 알게 될 테니까. 그 양반은 크든 작든 또는 네 것이든 내 것이든 우리의 모든 희망과 꿈을 그 억센 손에 단단히 쥐고 나무 옥좌에 앉아 있어."[111]

그 할머니가 바로 "귀신도 산 사람처럼 이승을 활보하고 다니던" 시절인 1916년 실론에서 태어나 "수천 킬로미터나 떨어진, 새둥지를 훔치던 도둑들의 땅" 말라야로 시집을 간 락슈미였다.

비슈누의 네 번째 아바타: 돌기둥에서 튀어나와 악귀를 처치하다
나라심하-여든일곱 번째 이야기

〈쌀의 여신〉 이야기를 통해서, 그리고 동명의 소설 『쌀의 여신』을 통해서도 알 수 있듯이, 신화는 처음 생겨났을 때부터 수천 년이 지난 오늘날까지도 인간의 삶에 큰 영향력을 행사하고 있다. 말하자면 신화는 문명의 자부심이자 상상력의 보물 창고라고 할 수 있다.

앞서 『개미』의 작가 베르나르 베르베르가 자신이 쓴 『상대적이며 절대적인 지식의 백과사전』에서 인도를 "모든 에너지를 흡수해 버리는 나라"라고 한 말을 기억하리라. 그만큼 인도는 섣부른 예단이나 상상을 초월하는 깊이와 넓이를 지니고 있다는 말이겠다. 특히 힌두교 신화는 그런 인도의 자부심과 상상력에 관한 한 마르지 않는 원천이다.

힌두교 신화의 삼대 주신 중 하나인 비슈누는 생명의 유지를 담당하는 신으로 열 차례 모습을 바꾸어 세상에 나타난다. 그렇게 화신한 것을 '아바타'라고 한다. '아바타'(avatar)를 원래부터 영어인 양 알고 있는 사람이 많은데, 실은 이렇게 인도신화에서 신의 화신을 가리켰던 말이다. 〈라마야나〉의 주인공 라마와 〈마하바라타〉에서 아르주

나의 전차수로 나오는 크리슈나도 이 아바타에 들어간다. 심지어 석가모니 붓다도 비슈누의 아홉 번째 아바타로 등장한다. 어쨌거나 위대한 신의 아바타라면 마땅히 의로운 일을 해야 할 텐데 실은 꼭 그렇지만은 않아서, 신화를 눈으로만 접하는 이들에게는 훨씬 큰 흥밋거리를 제공하기도 한다. 그 대표적인 아바타가 이름도 끔찍하게 '도끼를 든 라마'로 알려진 여섯 번째 아바타 파라수라마이다. 그는 크샤트리아 계급의 왕이 아버지를 죽인 사실을 알고 난 뒤 복수를 위해 이 세상의 모든 크샤트리아 계급을 몰살시키려 한다.

비슈누의 네 번째 화신 나라심하 이야기도 꽤 흥미롭다. 그는 매우 절묘한 방식으로 악귀를 처치한다.

87 악귀 히란야크샤는 비슈누의 세 번째 화신인 멧돼지 바라하에게 죽임을 당했다. 그러자 그의 쌍둥이 형 히란야카시푸가 복수를 꿈꾸며 창조주 브라흐마의 신통력을 얻고자 수년간 치열한 고행에 들어갔다. 그 고행이 어찌나 치열한지 지상에는 대혼란이 벌어졌다. 온통 불이 붙었기 때문이다. 그러자 신들이 브라흐마에게 가서 하소연을 했고, 브라흐마가 이를 받아들여 히란야카시푸의 소원을 하나 들어주어 달래기로 한다. 히란야카시푸는 이렇게 요청했다.

"오, 제가 사람이든 짐승이든, 악마든 선신이든 그들에게 의해서 죽지 않게 해 주소서. 안에서든 밖에서든 죽지 않게 해 주소서. 낮에든 밤에든 죽지 않게 해 주소서. 땅에서든 하늘에서든 죽지 않게 해 주소서. 인간이 만든 살아 있거나 죽어 있거나 그 어떤 무기로도 죽지 않게 해 주소서."

결국 악귀 히란야카시푸는 신, 인간, 짐승 어느 것에도 살해되지 않을 가공할 힘을 갖게 된다. 그런데 그는 자기 아들 프라흘라다가 비슈누를 숭배한다고 하자 증오심을 감추지 못했다. 독사나 거대한 코끼리를 보내 죽이려고도 했다. 그러고도 실패하자 마침내 자기가 직접 죽이려고 나섰다. 어느 날 히란야카시푸는 아들을 불러 놓고 "만약 너의 신이 어디든지 있다면 이 돌기둥에도 그 신이 있느냐?"라며 돌기둥을 발로 차고 광분했다. 프라흘라다는 "비슈누는 어디에나 계십니다. 당연히 이 방의 기둥에도 계십니다"라고 대답했다. 히란야카시푸는 프라흘라다를 죽일 듯이 달려들었다. 생명의 위협을 느낀 프라흘라다가 비슈누에게 도와 달라고 빌었다. 그러자 비슈누가 돌기둥에서 튀어나왔다. 그는 절반은 사람 절반은 사자인 육신으로 환생했는데, 이것이 나라심하였다. 마침 낮도 아니고 밤도 아닌 황혼녘이었다. 그는 안도 아니고 바깥도 아닌 문지방에서, 하늘도 아니고 땅도 아닌 자기 무릎에 악귀 히란야카시푸를 잡아 놓고, 살아 있는 것도 아니고 죽어 있는 것도 아닌 손톱으로 내장을 끄집어내어 죽였다.

곱슬곱슬한 갈기 머리카락의 나라심하는 사자 모양의 얼굴에 몸은 사람의 모습이지만 목이 굵고, 어깨가 넓으며, 배와 허리가 가늘며, 날카롭고 굽은 이빨을 가졌다. 나라심하는 민간에서 문지방을 지키며 잡귀나 사악한 것들이 집 안으로 들어오지 못하게 하는 상징물로 건물과 시설 앞을 지키게 된다.

일설에 따르면 죽은 악귀 히란야카시푸가 훗날 환생한 것이 바로 라바나라는 것이니,[112] 그 '악귀성'이 얼마나 대단할지 짐작이 간다.

이 신화는 신들의 주도권이 브라흐마에서 비슈누로 넘어가는 과정을 반영한다. 브라흐마에게 빌어 신통력을 지니게 된 히란야카시푸가 비슈누의 화신에게 처참하게 당하기 때문이다. 물론 그런 과정을 주도한 것은 당연히 인간이다. 사회적인 주도권을 장악한 계급이 자신들이 시도한 변혁을 정당화하기 위해 새로운 신화를 창조하는 일은 크게 드문 일이 아니었다. 앞서 언급한, '도끼를 든 라마'로 알려진 여섯 번째 아바타 파라수라마는 아바타 중에서도 가장 잔인하다. 그는 크샤트리아 계급의 씨를 말리기로 작정한 뒤 도끼를 마구 휘두른다. 그때부터 파라수라마가 온다는 소리만 들려도 크샤트리아들은 공포에 벌벌 떨었다. 피 냄새가 가실 날이 없었다. 그가 다가가기도 전에 마을은 텅 비어 버렸다. 너무도 끔찍한 현장에 해도 달도 고개를 돌릴 지경이었다. 브라만 계급이 이토록 잔인한 신격을 만든 이유 역시 카스트 제도의 근본 질서가 무너지는 것을 방지하기 위해서라는 주장도 제기된다. 파라수라마를 일러 '브라마크샤트리아', 즉 '브라만의 전사'라고 부르는 것도 이런 배경 때문이다.

어쨌거나 비슈누의 네 번째 화신 나라심하는 마치 수수께끼를 풀듯 절묘한 방식으로 히란야카시푸를 처치하는데, 애초 그런 여백을 남겨 둔 채 소원을 빈 히란야카시푸가 어리석은 것인지 아니면 신들이 너무 교묘한 것인지 굳이 따질 일은 아니겠다.

이어지는 이야기

운명의 날 어김없이 찾아온 독거미

부라나 탑의 전설-여든여덟 번째 이야기

힌두교 신앙은 상당 부분 숙명론으로 기우는 것처럼 보인다. 특히 브라흐마, 비슈누, 시바에 의해서 우주가 창조, 유지, 해체의 과정을 끝없이 반복한다는 순환적 시간관이나 살아 있는 하나의 유기체인 우주에서 누구나 지켜야 할 행동과 규범을 뜻하는 다르마가 그런 숙명론을 강화한다. 물론 이와 관련된 업과 윤회의 사상은 비단 힌두교뿐만 아니라 자이나교와 불교, 그리고 인도에서 발현한 거의 모든 종교, 철학 사상들이 수용하고 있는 가장 중요한 개념이라 할 수 있다.[113]

어쨌거나 운명은 의지를 넘어선다. 때로 신들조차 그런 운명과 윤회의 사슬을 끊어버리지 못해 어찌할 바를 모르는데, 이는 동서양의 신을 가리지 않는다. 아킬레우스의 어머니 테티스는 어떤 인간보다 강력한 모습으로 태어난 자기 아들이지만 결국 죽을 운명이라는 사실을 알고서는 스틱스 강으로 간다. 독이 흐르는 강물에 어린 아킬레우스를 적셔 오히려 불사의 능력을 주려는 의도였다. 그러나 테티스는 어린 아들이 격류에 휩쓸려 갈까 봐 걱정이 되어 발뒤꿈치를 붙잡은 채 강물에 담근다. 결국 아이는 그 부분만 빼고 불사의 능력을 지니게 되는 바, 인구에 회자되는 저 유명한 '아킬레스 건'이 바로 여기서 비롯한다. 트로이 전쟁에서 적들은 바로 이 영웅의 운명을 정확히 읽고 대처했다. 독이 묻은 화살들은 어김없이 아킬레우스의 발뒤꿈치를 향했던 것. 운명은 때로 이런 식으로 신의 의지조차 뛰어넘는다.

동서양의 문명이 교차하는 중앙아시아의 초원에 바야흐로 그런 운명의 희생자가 되기 위해 한 소녀가 태어난다.

88 왕은 그 딸을 무척 사랑했다.

어느 날 점쟁이가 예언하기를 딸이 열여섯 살이 되는 생일날 독거미에 물려 죽는다는 것이었다. 왕은 걱정이 된 나머지 높은 탑을 쌓고 사방을 훤히 내다볼 수 있도록 하여 적을 감시하게 만들었다. 왕은 딸을 그 안에 기거하게 하고 매일같이 하인들을 시켜 밥을 나르게 하였다. 물론 하인들은 머리끝에서 발끝까지 철저한 검사를 통과해야 했다.

그렇게 해서 열여섯 살이 되는 생일날, 왕은 매우 기뻤다. 점쟁이의 예언이 틀렸다고 판단했기 때문이었다. 그는 딸의 생일을 축하하기 위해 직접 포도와 와인을 들고 딸을 찾아가 키스를 했다. 그러나 그 즉시 딸은 죽고 말았다. 알고 보니 왕이 가져온 선물에 독거미가 숨어 있었던 것이다.

부라나 탑은 키르기스스탄 북부 추이 계곡에 있는 거대한 미나레트로서, 수도 비슈케크로부터 약 팔십 킬로미터 동쪽에 자리 잡고 있다. 9세기에 건설된 유물인데 좁고 가파른 계단을 통해 꼭대기까지 올라갈 수 있다. 원래 높이는 사십오 미터였으나 15세기에 지진으로 인해 무너져 현재는 이십오 미터에 머물고 있다. 1970년에 개축했다.

지금 우리가 보는 탑은 꼭대기가 떨어져 나간 것인데, 이야기꾼들이 그 좋은 기회를 놓칠 리 없지 않은가. 그들은 입을 모아 이런 전설을 추가했다.

"왕은 슬픔에 겨워 탑을 마구 흔들었지요. 그리하여 지금 우리가 보듯이 탑의 꼭대기가 떨어져 나간 것이라오."

영웅 이야기 2

세상에서 가장 긴 영웅 서사시

마나스-여든아홉 번째 이야기

유목 생활을 하는 키르기스인들은 예부터 몽골 부족 집단의 하나인 칼미크나 역사적으로 견원지간이었던 중국과 수많은 전투를 치르고 갈등을 빚어 왔다. 따라서 삼십 개가 넘는 키르기스 서사시들은 대부분 그런 갈등에서 두드러진 활약을 한 영웅들과 관련을 맺는다. 그것은 동시에 중앙아시아 초원의 역사와 사회생활, 전통과 관습, 신앙과 가치관, 그리고 물질문명에 관해 풍부하고 가치 있는 정보를 담아낸다. 이 때문에 서사시 〈마나스〉가 "키르기스 정신의 정점"이자 "키르기스 문화의 백과사전"이라 불리는 것이 하나도 이상한 일은 아니다. 예컨대 한 탁월한 마나스 구송자는 모두 오백서른두 개의 지명

과 백열세 개의 민족집단(부족)의 이름을 기억하고 구송했다.[114]

오늘날 키르기스인들은 자신들의 서사시 〈마나스〉에 대해 대단한 자부심을 지니고 있다. 무엇보다도 〈마나스〉는 1991년 소련 붕괴 이후 키르기스 국가 건설 과정에서 중차대한 역할을 수행했다. 그것은 키르기스인들을 하나로 묶어 내는 구심점이었다. 소비에트 체제를 거쳐 오는 동안에도 〈마나스〉에 대한 집단적 기억은 조금도 훼손당하지 않았던 것이다. 1995년에 키르기스는 유네스코의 후원 아래, 자신들이 바로 그 전설적 영웅의 출생지라고 믿는 북부의 한 지방 탈라스[115]에서 '서사시 〈마나스〉 1000주년 기념의 해'를 자축했다. 물론 이는 공인할 수 있는 정확한 햇수로서 밀레니엄은 아니다. 〈마나스〉는 대개 9세기에서 10세기까지 사이에 형성되었으리라 추정할 따름이다. 길이로 볼 때 〈마나스〉는 잘 알려진 세계의 모든 서사시들을 뛰어넘는다. 키르기스인들은 오십만 행에 이르는 가장 긴 〈마나스〉 판본의 경우 『일리아드』와 『오디세이』를 합친 것보다 스무 배나 길며, 인도의 서사시 〈마하바라타〉보다도 두 배 반이나 길다고 주장한다.

조동일은 튀르크(돌궐) 민족 계열의 서사시들 중에서도 "키르기스의 서사시 〈마나스〉는 분량이 대단하고, 내용이 다채로우며, 민족의 삶과 깊이 연관되어 있어, 세계 서사시 일반론을 전개할 때 반드시 살펴야 할 아주 소중한 작품"이라고 했다.[116] 특히 외적을 물리치고 민족국가를 재건하는 위대한 과업을 수행한 영웅을 칭송한 점에서는 몽골과 티베트의 〈장가르〉 〈게사르〉 등과도 상통한다.

서사시 〈마나스〉는 대개 삼대에 걸친 영웅들, 즉 마나스와 그의 아들 세메테이, 그리고 손자 세이테크의 전기 삼부작인데, 사실 그것으로 〈마나스〉가 종결되는 것도 아니다. 중국 신장위구르자치주에 사는 키르기스인 마나스치이자 역사가인 주숩 마마이는 케네님, 세이트, 아쉴바차-베크바차, 솜빌레크, 치기테이 등을 더해 모두 팔대에 걸친 영웅들의 일대기를 구송한 바 있다. 1940년에는 연속 일주일 〈마나스〉를 공연하기도 했다. 그의 구송 판본은 1984년부터 1995년까지 총 8부 18권의 책으로 출판되었다.[117] 이를 포함하여 〈마나스〉는 현재 약 육십여 개의 판본으로 전승되고 있다.

89 키르기스스탄판 〈마나스〉 삼부작은 다음과 같은 에피소드들로 구성되어 있다.

제1부 마나스
마나스의 출생과 어린 시절
마나스의 첫 번째 영웅적 행동
카니케이와 결혼하다
중국에 대항하는 군사 행동
마나스의 죽음과 무너지는 업적들

제2부 세메테이
카니케이가 세메테이를 데리고 부하라로 달아나다
세메테이의 어린 시절과 영웅적 행동들
세메테이, 탈라스로 돌아오다

키르기스 민족은 알루케 칸이 이끄는 중국 군대에 쫓겨 정처 없이 떠돌고 있었다. 그들은 자기들에게 적대적인 칼미크인들의 영역에서 근근히 살아갔다. 자킵은 수많은 가축을 거느린 부자였지만 마흔아홉 나이가 되도록 아이가 없었다. 어느 날 그의 첫 번째 아내 치이르다는 사자를 낳는 꿈을 꾸었다. 자킵도 성소에 가서 지성으로 기도를 했다. 부부는 마침내 아들을 얻게 되는데, 그 기쁨은 이루 말할 수 없었다. 사마르칸트, 타슈켄트, 카슈가르 등지에서 축하 사절이 몰려들었다. 메카에서 온 손님이 마나스라는 이름을 제안했다. 자킵은 마나스의 M은 칼, N은 백성, S는 정의, 그리고 A는 알라를 의미하는 것이라고 해석했다. 마나스는 또래 중에서 힘이 월등했고, 장난도 아주 심했다. 순례자들을 놀리고, 병사들과 싸우고, 어떤 때는 벌컥벌컥 술도 마셨다. 말썽이란 말썽은 혼자 다 부리는 것 같았다. 보다 못한 자킵은 마나스를 양치기 밑으로 보냈다. 열심히 일을 하다 보면 행여 마음을 다잡을까 싶어서였다. 그러나 마나스는 일은커녕 사십 명이나 되는 동무들을 모아 이끌면서 양을 잡아먹고 자기들끼리 잔치를 벌이는 등 오히려 말썽만 늘어갔다. 하지만 열두 살에 이미 그는 훌륭한 궁사가 되었고, 열세 살 무렵에는 창을 들고 직접 전투에 뛰어들기도 했다. 열네 살 때에는 적의 마을을 기습하여 가축을 훔쳐 오기도 했다. 그러는 가운데 그의 이름은 이미 초원에 널리 퍼졌다.

마나스의 첫 번째 영웅적 업적은 이런 식으로 묘사된다. 칼미크의 전사 코츠쿠가 칠백 명의 병력으로 쳐들어왔으나 마나스에게 죽임을 당하는 장면의 일부분이다.

"나는 우글거리는 키타이 놈들과
기꺼이 한판 겨루리라."
창을 비껴들고, 그는 그들 한복판으로 돌진한다
기꺼이 죽으리라, 죽음이 그의 길이려니
"내 목숨을 바치겠노라" 외치며, 힘을 모아
깃발을 나른다
일가붙이들을 위해서
그는 "개떼"들과의 전투에 뛰어들며 외치노니,
"내 저놈들을 깡그리 도륙하리라!"
"나는 내 말들과 함께 돌아오리라."

"키타이 놈들이 약탈해 간 그 말들을!"

키르기스스탄의 수도 비슈케크에 있는 마나스 동상.

그는 은으로 만든 갑옷을 입었노라

당신들, 그런 마나스를 보았는가

그는 하얀 호랑이처럼 기어간다

그는 은으로 만든 갑옷을 입었다

그리고 토루차르에 올라탔다

그의 두 눈은 불꽃처럼 타오르고

피를 갈망하고 있었다

그의 앞니는 문짝처럼 컸다

어떤 사람의 이와도 달랐으니,

멀리서 봐도 하얗게 빛났다

그는 분노에 가득 차서

그의 몸뚱이 각 부분은

마치 성난 사자의 그것 같았다

이 "친애하는 이"는 분노를 터뜨렸다

말 위에 올라탄

그의 풍채와 몸매는

아주 크고 장엄했다

마치 한 사람이 아니라 천 사람 같았다

그는 인간 셰이크에게 호위를 받는 한 마리 표범이었다[118]

칼미크와 중국은 그가 더 자라기 전에 싹을 자르고자 했다. 그러나 그들의 시도는 번번이 실패했다. 마나스의 곁에서 언제나 사십 명의 전사들이 든든히 지켜 주었기 때문이다.[119] 키르기스 민족은 다시 결합하여 적들과 맞서 싸우기로 결정했고, 마침내 나이 열다섯 살의 마나스를 탈라스 강 일대를 다스리는 칸으로 추대했다. 마나스는 알타이로부터 조상들의 땅 톈산 산맥으로 키르기스 민족을 이끌고 대이동을 개시했다. 그 과정은 끝없는 고난의 행군이었다. 사방에 온통 적들이었다. 그들은 시도 때도 없이 전투를 치러 내야 했다. 하지만 그때마다 마나스는 노련한 전략가인 동료 코소이와 바카이의 도움을 받아 승리를 이끌어냈다.

마나스는 부하라 칸의 딸 카니케이와 결혼했다. 원래 그의 아버지 자킵이 마나스의 짝을 찾아 여행하던 중 카니케이를 발견하고 칸에게 청혼했지만 거절당했다. 뒤늦게 소식을 들은 마나스는 전쟁을 선포하고 도시를 향해 진격했다. 부하라의 칸은 결국 딸을 내놓을 수밖에 없었다. 마나스는 그 지역의 결혼 관습을 지키지 않았다. 카니케이는 칼을 들고 그를 유르트 밖으로 쫓아내기도 했다. 그만큼 그녀는 아주 당찬 여자였다.

마나스의 영도 하에서 키르기스 민족은 추 강으로부터 이스쿨 호수에 이르는 영토에서 적들을 몰아내는 데 성공했다. 하지만 그 과정 중 마나스는 한 전투에서 심각한 부상을 입고 숨진다. 그의 시체는 탈라스로 옮겨졌고, 카니케이는 그를 위해 사당을 지어 주었다.

마나스 사후 그의 아우들이 권력을 장악했다. 그들은 사리사욕만 채우고 백성들을 괴롭혔다. 나아가 그들은 마나스와 관련된 인물들, 예를 들어 마나스의 충직한 동료였던 바카이를 노예로 만들었다. 카니케이는 아들 세메테이를 데리고 가난한 유목민으로 변장한 채 부

하라로 달아났다. 세메테이는 삼촌의 손에 자라났다. 그 역시 힘과
지략이 출중했다. 그는 열네 살이 될 때까지 아버지에 대해서는 아무
것도 모르고 자랐다. 아버지의 동료였던 사리 타즈가 그에게 영웅이
었던 아버지에 대해 이야기를 들려주었다. 세메테이는 탈라스로 돌
아와서 그의 삼촌들과 일전을 거듭하며 백성들을 압제로부터 해방
시켰다.

마나스의 옛 친구 아쿤 칸의 딸 아이추레크는 세메테이와 이미 정
혼한 사이였다. 적들이 그들을 포위하자 아이추레크는 백조로 변해
날아올라 보호자를 찾았다. 세메테이는 처가 집안을 구하기 위해 군
대를 이끌었다. 그 결과 한동안 평화가 유지될 수 있었다. 그렇지만
그는 아버지의 죽음을 잊을 수 없었다. 그는 원수를 갚기 위해 다시
군대를 모아 베이징을 향해 진격했다. 그들은 갖은 난관을 겪었지만
무사히 임무를 완수하고 탈라스로 돌아왔다. 하지만 이제 다시 새로
운 적 키아즈 칸과 맞서 무수한 싸움을 벌여야 했다. 어느 전투에서
세메테이는 적과 내통한 배반자의 손에 살해당했다. 그 배반자가 권
력을 장악하고 아이추레크를 첩으로 삼았다.

아이추레크는 고향으로 돌아갈 수 있었는데, 거기서 세메테이의
아들을 낳았다. 키아즈 칸이 그 아들을 죽이려 했지만, 그녀는 가까
스로 아들의 목숨을 구할 수 있었다. 아들 세이테크는 양치기들 손에
길러졌다. 그는 나중에 아버지와 할아버지에 대해 이야기를 듣고 나
서 동료를 규합해 나갔다. 그 동료 중에는 절친한 친구 쿨초로도 있
었는데, 그는 소아마비였지만 무기를 다루는 데 능숙한 전사였다. 세
메테이의 동료가 마법에 능해 그의 다리를 치료해 주었다. 그들은 탈

라스를 향해 진격했고 백성들은 그의 반란에 기꺼이 동조했다. 세이테크는 다시금 키르기스 민족의 평화를 이끌어 냈다.

마나스가 역사상 실존했던 인물인지 아니면 전설상의 영웅인지를 두고 논란이 많다. 어떤 학자들은 그가 13세기 몽골의 지배자 칭기즈 칸의 원형일 수 있다고 하는데, 키르기스가 위구르인들을 몰아내고 독립국가를 수립하던 9세기 때의 역사적 사건들과 관련 짓는 이들도 있다. 그러나 현재까지 연구 결과로 보면 그를 실존 인물로 단정 지을 확정적 증거는 없다. 어쨌거나 키르기스인들에게 마나스는 절대적 영웅이다. 그는 출생부터 특별했고 비범한 어린 시절을 보냈다. 나아가 옛 키르기스의 부족들과 그들의 강역을 외적으로부터 해방시켰다. 키르기스는 예부터 동서의 문명이 교차하고 러시아, 페르시아, 터키, 아랍, 중국 등과 같은 강대국들 사이에 끼어 있는 지리적 조건 때문에 민족의 독립을 확보하는 일이 그만큼 힘들고 중요했다. 마나스는 그런 막대한 임무를 수행한 영웅이었다. 그가 주로 싸운 대상은 카라 키타이와 칼미크 등이다. 칼미크는 내륙 아시아로 이동한 몽골인의 한 분파로서 불교를 믿는다. 이슬람교를 받아들인 키르기스인들과는 견원지간일 수밖에 없었다. 어쨌든 마나스는 이들과의 싸움을 통해 흩어진 모든 부족들을 결집시켜 오늘날 키르기스스탄의 영토인 알라타우 산맥의 고향에 나라를 세운 인물이다. 그럼에도 불구하고 그는 대부분의 다른 영웅 서사시의 주인공들과 달리 패배하는 영웅이다. 따라서 그의 원수를 갚고 그가 못다 이룬 과업을 이을 또 다른 영웅의 존재가 필요했는데, 아들 세메네이, 그리고 손자 세이테크가 마나스의 뒤를 잇는다.

키르기스스탄에는 서사시 〈마나스〉를 노래하는 전통이 여전히 살아 있다. 국가에서도 어린 연수생들을 길러내는 데 공을 들이고 있다. 중앙아시아의 다른 서사시와 달리 〈마나스〉는 악기 반주 없이 구송되는 유일한 서사시이다. 〈마나스〉를 구송하는 이들을 '마나스치'라고 부른다. 이들은 자신만의 독특한 구송 스타일, 목소리, 멜로디를 유지한다. 많은 아마추어 마나스치들이 순전히 외워서 〈마나스〉의 일부분을 낭송하는 데 반해, 진짜 마나스치라면 즉흥적으로 공연하는 데 천부적인 재능이 있어야 한다. 옛날에는 그런 진짜 마나스치들이 많이 있었다고 하는데, 오늘날에도 키르기스 사람들 사이에서는 그들의 이름이 여전히 입에 오르내리고 있다. 위대한 마나스치들은 화폐에도 등장한다. 위대한 마나스치들 중 마지막 인물들인 사진바이 오로즈박 울루(1867~1930)와 사야크바이 카랄라 울루(사야크바이 카랄라예프, 1894~1971)가 그들이다. 예컨대 키르기스스탄에서 '20세기의 호머'에 비견되는 사야크바이 카랄라 울루는 삼부작 〈마나스〉의 가장 긴 판본을 녹음한 바 있다. 언젠가는 한꺼번에 몇 날 며칠 밤을 구송하기도 했다. 그의 〈마나스〉 공연은 교향악 오케스트라에 견줄 수 있었다고 한다.

나는 다시 비가 억수같이 쏟아지는 마당으로 돌아갔다. 그리고 내 두 눈을 의심했다. 단 한 사람도, 나무 위의 아이들까지도 자리를 떠나지 않았다. 집단농장 의장과 당 지도자는 흠뻑 젖은 채로 그대로 자리에 앉아 있었다. 무엇보다도 나는 마나스치 그 사람 때문에 놀랐다. 사야크바이 카랄라예프는 그대로 말 위에 앉아 있었고 그의 활력과 힘은 두 배로 늘어나 있었다. 천둥과 번개 그리고 빗속에서 그는 천국에서 온 성스러운 음송자로 서사시 〈마나스〉의 역사와 드라마, 비극을 낭송하고 있었다. 그의 목소리는 힘이 있었고 비의 천둥과 운이 맞았다. 키르기스어는 천국에서 천국으로 흘러들어 갔다.[120]

키르기스스탄이 낳은 세계적인 작가 친기즈 아이뜨마또프는 자신의 젊은 날 어느 오후를 송두리째 빼앗아간 위대한 마나스치가 토해 내던 〈마나스〉를 이렇듯 생생하게 기억하고 있었다.

키르기스스탄의 수도 비슈케크의 국제공항 이름도 마나스이다. 그 나라에 입국하는 순간부터 마나스와 함께 하게 되는 것이다. 키르기스스탄이 〈마나스〉를 이토록 자랑스럽게 여기고 아끼는 것은 당연한 일이겠지만, 놀랍게도 그것을 인류무형문화유산으로 공식화한 것은 키르기스스탄이 아니라 중국이다. 중국은 2009년 〈마나스〉를 유네스코 인류무형문화유산으로 등재했다. 서남공정과 서북공정, 그리고 동북공정을 통해 타민족의 민족문화를 쓸어 담으려는 중국의 행보는 〈마나스〉마저 '중국 삼대 서사시'[121] 중 하나로 만들어 버린 것이다.

중국 서부의 신장지역에 주로 거주하고 있는 중국의 소수민족인 키르기스족은, 영웅 '마나스'의 후손으로서 자부심을 가지고 있다. 이들의 대표적 구술 전통 중 하나인 〈마나스〉 서사시는 그의 일생과 자손을 찬양하는 내용을 담고 있으며, 키르기스족의 역사에 대한 기록이자 그들의 전통과 믿음의 표현이다. (중략) 중국의 키르기스족을 비롯하여 중앙아시아의 키르기스스탄, 카자흐스탄, 타지키스탄에서는 〈마나스〉를 문화 정체성의 상징이자 대중 오락으로, 또한 역사를 보전하고 후세들에게 지식을 전수하며 행운을 부르는 중요한 문화 양식으로 여긴다. 이 서사시는 중국 삼대 서사시 중의 하나로서 걸출한 예술작품인 동시에 키르기스 사람들의 구술문화를 집대성했다고 평가할 수 있다.[122]여기서 말하는 '중국의 키르기스족'이 민족국가로서 키르기스스탄의 '국민'들과 엄연히 다르다는 사실을 확인하는 순간, 어쩐지 비릿해지는 가슴을 숨기기는 어렵다.

타지키스탄의 대하 영웅 서사시[123]
구르굴리-아흔 번째 이야기

튀르크족의 민족 서사시 〈쾨로글루(쾨로울루)〉는 〈코르쿠트〉(혹은 〈현인 코르쿠트의 서〉)와 더불어 수세기 동안 캅카스, 이란 북부, 중앙아시아, 심지어 일부 유럽 국가의 튀르크어를 사용하는 민족들 사이에 널리 전파되었다. 〈쾨로글루〉는 또한 아르메니아, 타지키스탄, 아프가니스탄, 쿠르드족, 중앙아시아의 아랍인들처럼 튀르크어를 사용하지 않는 인구의 전통문화에도 영향을 주었다. 예를 들어 타지크인들이 자랑하는 대서사시 〈구르굴리〉는 이 〈쾨로글루〉의 타지크어 버전이다.

〈구르굴리〉는 한편에서 페르시아의 서사시 전통, 다른 한편에서 중앙아시아 튀르크족의 민족 서사시와 모두 관련을 맺고 있다. 하지만 타지크의 일부 민속학자들은 타지크 버전 〈구르굴리〉가 튀르크에서 유래되었다는 발상을 거부하고, 그것이 옛 타지크 민담, 전설, 신화 따위에서 독자적으로 유래했다고 생각한다. 타지크 버전이 튀르크의 〈쾨로글루〉보다 더 오래되었다고 주장하는 것이다. 그렇지만 〈구르굴리〉는 튀르크족의 〈쾨로글루〉의 영향을 받았던 게 분명하다.

대강의 줄거리는 다음과 같다.

90 어느 날, 주술사로부터 투르크멘족의 우두머리 아흐마트의 누이 힐롤에 대해 알게 된 파디샤(대왕) 라이한-아랍은 주술사에게 그녀의 그림을 그려 오도록 시켰다. 주술사가 그려 온 그림을 본 라이한-아랍은 강제로 힐롤을 아내로 맞이하려 했다. 이 사실을 알게 된 힐롤은 도망치다 결국 황야에서 지쳐 죽어 버린다. 아흐마트는 힐롤의 몸을 묘지에 장사 지내 주었다. 그런데 우연히 이 묘지에서 아이를 발견하게 되고, 아흐마트는 이 아이의 이름을 구르굴리라 부르기로 했다.

구르굴리는 강하고 아름다운 용사로 자랐다. 어느 날, 사냥을 떠났다가 흐르는 물이 있는 마흔 개의 샘을 발견한 구르굴리는 아주 높다란 집을 짓고 무장한 뒤 투르크멘족을 이끌고 와 참불-마스탄을 세웠다.

한편, 훈하르라는 파디샤가 세상에 살았다. 훈하르에게는 구르지라는 이름의 용사가 있었는데, 그의 명성은 온 세계에 파다했다. 또한 훈하르에게는 유명한 푸주한 카림도 있었다. 어느 날 카림은 테케-투르크멘 출신의 대상인 쿤구르바이에게 양을 사러 갔다. 쿤구르바이에게는 굴로임이라는 여동생이 있었는데 아주 아름다웠다. 카림은 굴로임을 납치해 훈하르의 나라로 데리고 간 뒤, 사 온 양은 훈하르에게 바치고 자신은 굴로임과 결혼했다. 카림과 굴로임 사이에서 아들이 태어났는데, 그를 아바스라 불렀다. 아바스의 외모는 매우 수려해 밝은 달을 닮았고, 그의 몸통은 유연한 버드나무 가지 같았다.

어느 날 구르굴리는 꿈을 꾸었다. 꿈에서 파디샤 훈하르도 보았고 용사 아바스도 보았다. 구르굴리는 훈하르의 부하인 구르지한과 맞서 싸우기 위해 참불을 떠났다. 구르지한과 맞대결을 벌인 구르굴리는 구르지한의 목을 베고, 자신은 쿤구르바이 행세를 하며 양들을 시장으로 몰았다. 쿤구르바이로 위장한 구르굴리는 카림을 보자 흐느껴 울기 시작했다. 이 모습을 본 카림은 위장이라는 것을 전혀 눈치채지 못하고 우는 이유를 물었다. 구르굴리는 자신이 마치 쿤구르바이인 양, 여동생의 아들인 아바스한을 데려가고 싶다고 요청했다. 카림은 구르굴리가 몰고 온 양 떼를 받는 대신 아바스한을 보내 주었다. 구르굴리와 아바스는 굴로임을 찾아갔다. 그 자리에서 구르굴리의 말이 뛰어오자 구르굴리는 눈 깜짝할 새 말에 뛰어 올라타고 그 앞에 아바스를 태웠다. 그런 다음 자신이 구르굴리라는 것을 밝히고 아바스를 참불로 데려갔다

나중에 아바스는 자신의 어머니를 보러 갔다가 훈하르에게 잡히게 되었다. 훈하르는 아바스를 교수형에 처하려 했다. 이때 구루굴리가 말을 달려 도착했다. 교수대를 산산이 부수고 아바스를 구했다. 훈하르는 광야로 도망갔다. 구르굴리는 훈하르의 도시를 파괴한 뒤 아바

스를 참불로 다시 데리고 와 그가 데리고 있던 마흔 명의 기사보다 높은 직책을 주고 바람 같은 날개를 가진 말을 비롯한 많은 선물을 주었다. 그리고 아바스를 자신의 아들로 삼았다.

아바스는 참불의 용맹스런 무사로 이름을 날렸다. 어느 날 아바스는 자신의 날개 달린 말을 타고 밖으로 나갔다. 그는 사막을 지나다 슬피 울고 있는 늙은 여인을 발견했다. 아바스가 왜 울고 있는지 묻자, 여인은 아들이 그리워 울고 있다고 대답했다. 그러면서 아들에 대해 이야기를 들려주었다.

그들의 우두머리 라이한-아랍은 비열하게 백성들을 박해했다. 백성들은 하루하루를 힘겹게 보내야만 했고 때로 그의 손에 의해 죽는 백성들도 많았다. 늙은 여인의 아들 벡토시쿨이 라이한-아랍을 찾아가자 그는 자신의 딸 후를리코를 주겠다고 거짓말을 했다. 물론 라이한-아랍의 딸인 후를리코도 그 말이 벡토시쿨을 잡으려는 아버지의 계략임을 눈치채고 있었다. 그래도 후를리코는 아버지와 약속한 대로 벡토시쿨이 먹을 차에 최면 성분이 있는 약초를 넣었다. 라이한-아랍은 의식을 잃은 벡토시쿨을 감옥에 가두었다.

늙은 여인의 말을 들은 아바스는 벡토시쿨을 구해 주기로 했다. 자신의 날개 달린 말을 타고 질주하던 아바스는 벡토시쿨이 결박되어 있던 교수대를 칼로 내리쳐 부수었다. 라이한-아랍은 아바스에게 철퇴를 날렸지만 아바스를 죽일 수는 없었다. 결국 싸움 끝에 라이한-아랍은 죽고, 압제에 시달리던 백성들은 해방의 기쁨을 맛보게 되었다. 아바스는 벡토시쿨을 친구로 삼았고, 백성들은 아바스한을 축복했다.

이처럼 아바스는 세상을 돌아다니며 영웅들과 결투를 벌이기도 하고, 때로는 포악한 지배자로부터 백성을 해방시키는 등 많은 모험을 했다. 이 와중에 아흐마트의 계략 때문에 아버지인 구르굴리와 오해가 생겨 추방을 당하기도 했다. 또한 강력한 적인 파디샤 키시바리스탄에 의해 참불이 점령당하고, 구르굴리와 아바스 또한 죽을 위기에 처하기도 했다. 그러나 아바스와 구르굴리는 그때마다 자신들의 힘과 의지, 그리고 주변 사람들의 도움으로 어려움을 헤쳐 나갔다. 그들은 결국 참불을 새롭게 재건하고 흩어졌던 백성들을 모아 예전의 위상과 영예를 되찾았다.[124]

캅카스의 모든 버전에서 쾨로글루는 가장 중요한 영웅으로 그의 기량에 필적할 만한 인물은 아무도 없다. 쾨로글루는 이상화된 강도단의 두목이다. 그는 참리벨에 사는 한 민중 집단을 거느리고 슈퍼맨처럼 싸우며 칸이나 술탄의 아들과 딸을 납치한다. 반면 타지크인 구르굴리는 출생부터 신이하고[125], 처음부터 고대 신화 속 영웅의 이미지를 지닌 인물이다. 타지크 버전에서 그는 마유로 양육되고, 대신 모유를 자기의 어린 말에게 먹인다. 이 모티프는 구르굴리의 이미지와 중앙아시아의 왕성한 토템 신앙이 서로 연결되어 있음을 의미하는 것이라 볼 수 있다. 구르굴리는 어머니 계통으로 튀르크인의 혈통을 지녔으나, 영웅이자 지배자로서는 전통적인 페르시아 왕의 이미지 또한 보여 준다. 그는 때때로 순진하고 남을 잘 믿으며 쉽게 속아 넘어가기도 한다. 그는 다른 사람들에게 복수하지 않는다. 그는 아흐마드 칸과 유수프 칸의 죄를 여러 차례 용서한다.

〈구르굴리〉서사시의 타지크 버전은 운문 형태로 작곡되어 있으며, 대중적인 민속악기 덤브라(2줄 짜리 현악기)를 가지고 공연한다. 타지키스탄이 아직 독립국가로서 면모를 지니기 전인 1970년에서 1980년 사이, 〈구르굴리〉연주자들은 사람들 사이에서 대단한 명성을 얻었고 각종 축하연에서는 〈구르굴리〉공연이 빠지지 않았다. 연주자들은 구르굴리혼, 구리굴리사로, 하피스 등으로 불렸다. 그들은 이십 분에서 삼십 분의 휴식을 가질 뿐, 서너 시간에서 일고여덟 시간씩 연주를 계속했다. 그러나 이제 그런 전통은 도시를 중심으로 빠르게 사라지고 있다. 다른 나라 젊은이들과 마찬가지로 타지키스탄의 젊은이들도 더 이상 전통에 대해 크게 관심을 기울이지 않기 때문이다.

전통이 소멸하는 것은 안타까운 일이다. 그렇다고 억지 전통을 '발명'할 수는 없는 일. 결국 살아남을 전통만 살아남을 것이다.

북방 아시아 초원의 영웅 게세르 칸의 대서사시

게세르-아흔한 번째 이야기

유목민들은 국가 장치에 대항해서 전쟁 기계를 발명했다. 역사가 유목을 이해한 적이 없으며 책이 바깥을 이해한 적도 없다.[126]

〈게세르〉(혹은 〈게사르〉)는 티베트와 몽골 민족 사이에서 예로부터 전해 오는 영웅 서사시로 〈장가르〉, 〈마나스〉와 함께 중앙아시아 삼대 서사시로 꼽힌다. 〈게세르〉는 전승의 범위가 넓어 남쪽 갠지스 강 유역에서 북쪽 바이칼 호까지 퍼져 있는데, 이 중에서도 특히 몽골의 〈게세르 칸 서사시〉는 몽골(외몽골), 러시아의 부리야트자치공화국 (부리야트 몽골) 및 칼미크인이 거주하는 지역, 현재 중국의 내몽골자 치구(내몽골)와 랴오닝, 지린, 헤이룽장, 칭하이, 간쑤, 신장 등 몽골인 의 집거 지역에 두루 전해지고 있다.[127] 이 〈게세르〉는 〈몽골비사〉, 〈장가르〉와 함께 몽골의 전통문학을 대표한다.[128]

초원의 영웅 게세르가 악당 초통과 망고스를 무찌르고 세상을 구 하는 이야기가 중심축이다. 이야기는 영웅 게세르 칸이 혼란한 인간 세상을 구원하기 위해 하늘로부터 현신해 태어나는 것으로부터 시 작하며, 그 후 성장하면서 초인적인 능력으로 온갖 시련을 이겨내는 상황이 그려진다. 그렇다고 해도 게세르 칸 이야기는 사뭇 비장한 분 위기가 지배적인 다른 많은 영웅 서사시들과는 크게 다른데, 무엇보 다 게세르가 심술궂고 장난기 많으며 적을 조롱하는 등 마치 악동 같 은 모습으로 등장하기 때문이다. 나아가 초원의 전사라기보다는 마 법사 같은 면모가 훨씬 강하다. 이런 점에서 〈게세르〉는 〈마나스〉나 〈알파미시〉와 확실히 다르다. 중앙아시아 스텝 지역의 독특하고 신 비로운 세계관, 유목민족 특유의 관념세계가 엿보이는 이 〈게세르〉는 인류 공동의 문화유산으로도 뜻깊은 작품이다. 동시에 문학적으로도 내용 전개가 흥미롭고, 곳곳에 배치된 판타지적 요소들이 오늘날 디 지털시대의 독자들에게도 충분한 즐거움을 선사할 것이다. 아시아 서 사의 상상력을 보여 주는 대표적인 작품이라 해도 무리가 없다.

〈게세르〉 판본은 매우 많지만, 여기에서는 전적으로 몽골 판본에

기대기로 한다.[129]

91 옛날 옛적에 석가모니 부처가 코르모스타 하늘님에게 말하길, 인간 세상이 혼돈에 빠질 때 그의 세 아들 가운데 한 명을 인간 세상에 내려 보내 칸이 되도록 하라 일렀다. 그리하여 코르모스타 하늘님의 막내아들 우일레 부투게르치가 도사라는 나라의 셍룬과 그의 아내 아모르질라 사이에서 태어났다. 아모르질라는 태어날 때부터 범상치 않은 외모를 갖고 태어난 조로(게세르의 어린 시절 이름)를 악마라 여기며 죽이려 하지만 셍룬이 만류하자 다시 키우기로 마음을 바꾸었다.

"어머니!
내가 오른쪽 눈을 흘겨 뜬 것은 매가 아귀를 노려봄입니다.
왼쪽 눈을 부릅뜬 것은 내가 이승과 저승을 고루 봄입니다.
오른손을 휘두르는 것은 반항하는 자 모두를 확실하게 위협함입니다.
왼손을 부르쥔 것은 모든 자를 지배하여 움켜쥠입니다.
오른발을 위로 올린 것은 믿음을 창대케 함입니다.
왼발을 쭉 뻗은 것은 그 악독한 이단자를 굴복시켜 짓밟음입니다.
마흔다섯 개의 조개처럼 하얀 이를 악물고 태어난 것은
마구니와 아귀의 위협을 완벽하게 삼켜 버림입니다."[130]

조로는 어릴 때부터 기묘한 신통력을 부리며 아버지 셍룬과 삼촌 초통을 골린다. 특히 초통은 조로를 시기하여 매번 죽이려고 하지만

한 번도 조로를 이기지 못했다. '종달새 목구멍'이라는 지역에서 일곱 악귀를 죽이고, '사랑스러운 여름'으로 가서 유목을 하던 조로는 자신의 이복형제 중 한 명이며 충직한 우정을 발휘하는 자사 시키르에게 아내를 얻어 주기도 했다. 또 명궁 셋, 장사 셋을 모두 이기면 되는 로그모 고와의 남편 선발 대회에서 승리해 그녀를 아내로 맞이했다. 용왕의 딸 아조 메르겐을 또 다른 아내로 삼기도 했다.

한 다리로 산 정상을 디뎠다.
한 다리로 바닷가를 밟았다.
큰 장사를 천 리 밖으로 던져버렸다.
중간 장사를 삼천 리 밖으로 던져버렸다.
작은 장사를 삼천 리 밖으로 던져버렸다.
모든 사람이 조로를 바라보며 눈을 떼지 않았다.
세 명의 명궁이 활을 쏘았다.
그들의 화살이 오정에 내려왔다.
조로도 쏘았다.
조로가 쏜 화살은 오정이 되도록 내려오지 않았다.
저녁이 되어 캄캄해졌다.[131]

어느 날 게세르의 누이인 이르잠소 다리 오담이 게세르에게 북쪽 지방에 있는 망고스의 화신인 검은 얼룩 호랑이를 물리치라 말했다. 이에 게세르는 자사 시키르와 삼십 용사를 불러들였다. 용사 중에서 진짜 용사들이 과연 누구인지 시험하기 위해 게세르는 스스로 호랑이 아가리에 들어갔다. 결국 남은 자는 자사와 사람 독수리 쇼미르, 바담아리의 아들 쇼요르자 세 명뿐이었다. 호랑이 먹을 자르고 입안에서 나온 게세르는 호랑이 가죽으로 삼십 벌의 갑옷을 맞춰 입고 길을 떠났다.

중국의 구메 칸은 자신의 배우자인 카톤이 죽자 무리하게 애도를 강요했다. 이에 칸의 신하들이 게세르 칸을 찾아갔다. 일곱 장인의 머리를 보물 대신 받은 게세르는 곧 뒤따라가겠다고 했다. 한편 그는 자신의 어머니 납세 쿠르제 할머니에게 찾아가 보물을 몰래 빼돌려 내려온 뒤, 미처 챙기지 못한 네 가지 보배도 꾀를 부려 얻어 냈다. 이제 중국 구메 칸에게 간 게세르는 그를 설득해 카톤의 장례를 치르고자 하는데, 여의치 않자 그가 잠든 틈을 타 시신을 훔치고 죽은 개를 대신 넣었다. 이를 알게 된 구메 칸이 분노하여 게세르를 죽이고자 뱀 구덩이에 던지거나, 개미지옥에 갖다 버리거나, 이, 벌, 맹수 등이 우굴거리는 갖가지 지옥에 던졌다. 하지만 그때마다 게세르는 보물을 이용해 손쉽게 처리하고 오히려 즐기는 모습마저 보였다. 구메 칸의 딸 구네 고와를 세 번째 아내로 삼고 삼 년을 성에서 살던 게세르는 이윽고 로그모 고와가 있는 집으로 귀향했다.

초통은 게세르의 네 번째 아내인 투멘 지르갈랑을 취하기 위해 갖가지 묘수를 부리나 번번이 실패했다. 그러던 중 저주의 동굴에서 묘책을 알게 된 초통은 피, 요구르트, 코로자 등 세 가지 액체를 가지고 망고스와 게세르 사이에 오해를 일으켜 서로 아프게 하고, 세상에 돌림병이 퍼지게 했다. 로그모 고와와 초통은 게세르가 아픈 것을 투멘 지르갈랑 탓으로 돌리고 게세르의 이름으로 그녀를 내쫓았다. 혼자

길을 떠난 투멘 지르갈랑은 머리가 열두 개 달린 망고스에게 잡히게
되었다. 망고스가 투멘 지르갈랑을 취하자 게세르의 병이 낫고 돌림
병이 사라졌다. 이 사실을 모르는 게세르는 자신의 아내가 망고스에
게 떠났다는 초통의 말에 분노하며 망고스를 처단하기 위해 출정했
다. 게세르는 망고스의 화신인 황수 괴수를 세 누나와 조류말의 도움
으로 물리치고, 악귀의 땅과 살인 바위, 망고스의 갖가지 색깔 나라
를 지나며 적들(화신)을 죽인다. 망고스의 성에서 드디어 투멘 지르
갈랑과 재회한 게세르는 망고스의 약점을 알아내고 성을 드나들 수
있는 두개의 금반지를 얻은 그녀의 도움으로 망고스의 모든 씨와 뿌
리를 끊어 냈다.

　시라이골의 차간 게르투 칸이 태자에게 아름다운 아내를 얻어 주
기 위해 세상 칸들의 딸들을 알아보던 중 로그모 고와의 아름다움을
알게 되었다. 세 명 칸의 수호신들이 황새로 변신해 염탐을 하니, 로
그모 고와와 삼십 용사, 자사 시키르만 있을 뿐, 게세르는 아직 돌아
오지 않은 채였다. 시라이골의 세 칸은 군대를 모아 출정했다. 자사
와 쇼미르, 난총 셋이 그들에 대항해 싸워 나라와 로그모를 지켰다.
하지만 초통이 세 칸과 내통해 결국 로그모 고와가 잡혀갔다. 복수를
꿈꾸던 삼십 용사와 자사마저도 죽임을 당했다. 로그모 고와는 신통
력으로 자사의 화살에 글을 써 망고스 성에 있는 게세르에게 닿게 했
다. 분노한 게세르가 화살을 쏘니 차간 게르투 칸의 카톤이 맞았다.
게세르가 살아 있음에 기쁨을 감추지 못한 로그모는 그 화살에 아홉
달을 기다리겠노라, 그때에도 돌아오지 않으면 차간 레르투 칸의 아
내가 될 수밖에 없다는 편지를 써서 보냈다. 하지만 투멘 지르갈랑이

모든 것을 잊게 만드는 '박'이라는 음식을 게세르에게 먹여 게세르는 아홉 해 동안이나 기억을 잊고 살게 되었다. 그러다 누나의 분신인 학에 의해 기억을 되찾게 되자 망고스의 영혼을 자루에 넣고 투멘 지르갈랑과 함께 고향으로 향했다. 게세르는 자신이 죽기를 바라며 아버지 셍룬을 마름으로 부리고 있던 초통을 목숨만 겨우 부지할 정도로 혹독하게 응징했다.

게세르는 시라이골의 세 칸에게 복수를 시도했다. 길을 가던 중, 상체는 새이고 하체는 매인 사람이 자신의 이름을 불러 누구인지 확인하였더니 바로 자사 시키르였다. 둘은 재회하고 게세르는 그의 복수를 위해 다시금 각오를 다졌다. 늙은 거지 라마로 변한 게세르는 세 칸 중 하나인 시만 비로자의 딸 초임손 고아의 도움을 받아 다시 올지바이 소년으로 변해 시라이골의 여러 장수를 죽였다. 하지만 이미 변절한 로그모 고와가 게세르가 맞는지 아닌지를 확인하려 들었다. 게세르는 차례로 세 칸을 죽이고, 시만 비로자의 심장을 자사에게 먹여 승천하게 했다. 그리고 로그모 고와의 다리와 팔을 부러뜨리지만 결국 그녀의 공을 인정하여 본래의 몸을 맞춰서 다시 태어나게 했다. 둘은 자신의 땅인 놀롬 평원에서 행복하게 살았다.

모든 적을 평정한 게세르는 어머니 게르세 아모르질라를 찾고자 했다. 그러나 아는 사람이 없었다. 게세르는 염라대왕에게 가서 어머니의 행방을 묻지만, 문지기들조차 모른다고 답했다. 게세르는 자신의 어머니를 지옥으로 떨어뜨린 염라대왕을 꾸짖고 어머니의 영혼을 하늘로 모셨다. 하지만 어머니가 지옥에 떨어지게 된 것은 게세르가 태어날 때 악마인지 부처인지 몰랐기 때문이었다. 이를 깨닫게 된 게세르는 염라대왕에게 사죄했다. 그리고 로그모 고와를 어느 가난한 거지에게 주고, 자기는 놀롬 평원에서 나머지 생을 영위했다.

서사의 주인공 게세르는 엄청난 신통력의 소유자로 천상과 천하를 오가며 온갖 모험을 수행한다. 그 모험은 기본적으로 불법(佛法)을 유린하는 혼란한 세상을 평정하는 데 있다. 아울러 중국의 천자와도 맞서 몽골 민족의 자주적 의지를 천명한다.

카토는 몽골 서사시가 구전을 염두에 두고 다양한 꾸밈말로 청중을 사로잡고, 수사법의 다양한 방식을 두루 사용한다고 밝힌다. 특히 영웅의 능력을 형상화하기 위해 과장법을 즐겨 사용하는데 예를 들어 숫자도 과장이 심하다.

천 마리 거세마의 행운을 가진
만 마리 거세마의 특성을 갖춘
일흔여덟 머리 타래를 가진
날렵한 가라말

"검은 찻잎을/십만 백만 번 저어서"와 같은 표현도 흔히 사용된다.[132]

한편 〈게세르〉는 단지 서사시로서 문학적 예술적 기능만 담당했던 게 아니다. 몽골인들에게 게세르 칸은 일찍부터 민간 신앙의 대상으로서, 그는 전쟁의 신인 동시에 나쁜 기후와 질병으로부터 사람과 가축을 지켜 주는 수호신으로서도 숭앙되었다.

당신에게 깨끗한 공물을 바칩니다

　　저의 두려운 삶을 지지하고 돕는 당신

　　당신에게 깨끗한 공물을 바칩니다

　　당신은 내 몸의 갑옷입니다[133]

　사람들은 질병이 들고 위험이 닥치거나 가축이 병에 걸리면 라마
들을 시켜서 그 서사시 일부를 암송하게 했다. 서사시 문헌은 매우
귀중하게 취급되었으며, 게세르 칸의 노여움을 사지 않도록 그것을
언제나 '깨끗한' 곳의 평평한 자리에 보관했다.[134] 오늘날에도 이런 관
습이 이어져 〈게세르〉 전문 구연자 게세르치는 아무 때나 〈게세르〉
를 부르지 않으며, 만일 이를 어겼을 때 병을 얻기도 한다.[135] 이런 사
례들은 〈게세르〉가 그 속에서 영웅신화의 요소들이 희석되고 단순
한 이야깃거리로 전락해 버린 한갓 옛날이야기로서가 아니라, 신과
인간을 이어 주는 소통의 매개체로서 기능해 왔고 여전히 일정 부분
그렇게 기능하고 있음을 보여 준다.

　　천공에 계신 신들 전이라네

　　여러 개의 불등(佛燈)에 불을 붙여

　　아바이 게세르 복드님의

　　십삼세계를 말한다네

　　아-오-두웅-성주(聖主)님!

　　아-오-두웅-성주님!

　　(중략)

궤짝을 뒤지게 되었다네

열세 개 화살촉을 꺼내어

시방의 게세르 복드님의

십삼 세계를 말하게 되었다네

아-오-두웅-성주님!

아-오-두웅-성주님![136]

게세르치가 〈게세르〉를 구연하기 전에 이런 '하일라흐'라는 사설
을 낭송하는 것은 〈게세르〉가 갖고 있는 제의성을 입증한다. 궤짝에
서 화살촉을 꺼내듯 조심스럽게 구연을 한다는 말인데, 〈게세르〉를
노래하는 행위 자체가 가장 용맹한 게세르를 내세워 인간 세상의 적
들을 퇴치하는 행위라고 굳게 믿는 것이다.

〈게세르 칸 서사시〉는 1716년 베이징 목판본 이래 여러 차례 인쇄
본과 필사본으로도 만들어져 민간에 널리 유포되었다.

우리나라에는 별도로 바이칼 지역 부리야트인들에게 전해내려 오
는 〈아바이 게세르 신화〉를 번역하여 산문 형식으로 재구성한 책이
나와 있다. 이 바이칼 판본 게세르의 한글 번역본은 우리가 살펴본
몽골 판본 〈게세르〉 못지 않게 서술이 체계적이다. 재미 또한 결코
뒤지지 않는다.[137]

한 가지 의문이 인다. 몽골이나 티베트 그리고 키르기스스탄 같은
데서는 구전 영웅 서사시가 활발하게 창작되고 전승되었는데 반해,
중국 대륙의 한족에게는 이렇다 할 서사시 작품이 없는 이유는 무엇
일까. 이에 대해 가장 흔한 대답은 중국 한족의 경우 기록문학이 일

찍부터 구비문학을 압도했기 때문이라는 것이다.[138] 그러나 조동일은 여기에 덧붙여 "민족의 영웅을 기리는 서사시가 구전되고 재창조되기 위해서는 민족을 수호해야 할 역사적 시련이 필요했는데, 그런 조건이 한족에게는 마련되지 않고 여러 소수민족에게는 절실했던 점도 고려할 필요"가 있다고 말한다.[139] 초원의 영웅 게세르의 황홀하고 현란한 일생을 목격한 지금, 이 말은 오히려 슬프게 들린다.

대를 이어 민족을 지키는 필리핀의 민족영웅 이야기
아규-아흔두 번째 이야기

몽골과 티베트가 북방 아시아 서사시를 대표한다면, 필리핀은 서사시에 관한 한 남방 아시아에서 독보적인 위치를 차지한다. 이를 조동일은 필리핀의 독특한 역사지리학적 특성에서 기인한다고 해석한다. 즉, 필리핀은 수천 개의 섬나라로 이루어진 탓에 민족국가의 형성이 더딜 수밖에 없었고, 그런 상태로 중세 왕국을 거치지 않고 유럽의 식민지가 되었다가 뒤늦게 통일 독립국가를 형성했다. 이런 점이 오히려 구비 전승에 유리한 조건으로 작용했다는 말이다.

필리핀의 기록문학은 식민지가 된 다음 서반아어(스페인어)를 사용하게 되면서 시작되었으며, 식민지 통치자가 바뀌자 서반아어 문학 대신에 영어 문학을 했다. 자기 언어를 사용해서 민족문학을 이루고자 하는 노력이 지금도 성사되지 못해 진통을 겪는다. 바로 그런 불리한 조건이 있기 때문에 기록문학 이전 구비 서사시의 풍부한 유산을 간직하고 있다. 필리핀 사람들이 구비 서사시를 대단하게 여기고 거듭 자랑하는 것은 당연한 일이다.[140]

〈아규〉는 필리핀의 구비 서사시들 중에서도 가장 정통적인 영웅 서사시 계열에 속한다. 〈아규〉는 일리아노(마노보) 부족의 서사시로 부키돈 등 민다나오 섬 원주민들에게 가장 잘 알려진 영웅의 업적을 찬양한 것이다. 〈아규〉는 파흐마라(탄원)로 시작하여 과거 회상, 센게두록(독립적 에피소드) 등 세 부분으로 구성된 서사시로서, 서사시의 영웅이 자기네 땅 날란당간에서 추방된 사람들을 이끌고 토지 착취자나 억압자들이 없는 유토피아를 향해 간다는 내용을 골자로 삼는다. 현재까지 다섯 종의 판본이 채록되었는데, 그중 여기에 소개하는 마뉴엘의 판본은 총 1,279행으로, 주인공 아규의 일생을 일곱 개의 에피소드로 추적하고 있다.[141]

92 아유만에 반락, 아규, 쿠야수 삼형제가 살았다. 그들 일리아노 부족은 밀랍을 채취해서 모로족과 물물교환을 하며 생계를 유지했다. 어느 날 밀랍 때문에 다투다가 쿠야수가 창으로 모로 다투(추장)를 찔러 죽였다.

그에 대한 보복으로 당연히 모로족이 쳐들어오리라 예상한 아규는 일리아노 산속으로 들어가 망루를 세우고 싸움 준비를 했다. 이윽고 모로족이 쳐들어오자, 그들과 싸워 대승을 거두었다.

아규가 자기 부족을 이끌고 다른 곳으로 이동하는데, 피나마툰 산에 정착하고 산다와 산으로 사냥을 다녔다. 로노가 빈 야자수 줄기에서 꿀벌 집을 발견했다. 아규가 멧돼지를 잡아와서 나눠 먹는데, 아규는 몸이 아파서 아유만에 남은 반락의 아내 뭉간을 생각했다. 하지만 반락은 이미 그녀를 버렸기 때문에 고기를 갖다 주기를 거부했다. 로노가 대신 그녀를 찾아갔더니 그녀는 이미 완치되어 아름다운 여인이 되어 있었다. 그제서야 반락이 가려고 하고 아규는 그런 반락을 나무랐다.

아규는 부족을 이끌고 다시 아유만으로 돌아오지만, 뭉간은 보이지 않았다. 하늘나라로 올라간 것이었다. 그들은 티걍당까지 가서 거기에 정착했다.

적들이 침략해 오고, 아규네 부족은 큰 패배를 당했다. 아규의 막내는 아직 소년인데도 불구하고 단신으로 맞서 싸우겠다고 자원하여 나흘만에 승리를 거두었다. 침략자의 다투(우두머리)가 자기 딸과 결혼하기를 제안하지만, 막내 타나갸우는 아직 어리다는 이유로 그 제안을 물리쳤다.

타나갸우는 바클라욘에 갔다. 그곳 다투의 딸 파니구안이 만일 자기네 나라를 지켜 주면 결혼하겠다고 하자, 타나갸우는 오히려 결혼하지 않겠다고 말하면 나라를 지켜 주겠다고 약속했다. 타나갸우가 고향으로 돌아갈 때 파니구안이 따라왔다. 아규는 젊은 처녀가 따라온 사실에 놀라지만, 곧 그들을 결혼시켰다.

타나갸우가 바다를 건너온 침략자들을 성공적으로 물리쳤다. 침략자가 타나갸우를 초청하지만 타나갸우는 침략자더러 부끄러움을 알아야 한다고 말했다. 분기탱천한 침략자의 아들이 나와 황금봉으로 싸움을 청했으나 타나갸우가 이겼다. 그리하여 다시 평화가 찾아왔다.

실제 구송은 다음과 같은 식으로 이루어진다.

  태초의 땅
  시님불란의 교차점
  아유만의 입구에서
  그들이 세운 첫 번째 나라가
  번성했으니

  거기 다투가 있었는데
  그가 그들의 위대한 지도자였는데
  그가 빚을 졌다
  모로에서 물건이 왔다
  마힌다나우에서 산 물건들
  그 값을 지불해야 하는데
  백 개의 값어치
  아니, 천 개의 값어치
  그런데 다 지불하지 않았고
  반도 지불하지 않았고
  심지어 사 분의 일도 지불하지 않았다
  (중략)

  그래서 다투는 미쳤다
  위대한 지도자는 화가 났다

필리핀에서는 민다나오 섬 지역 라나오 호수 근방에 거주하는 마라나오 부족의 고전 대서사시 〈다랑겐〉이 2005년 유네스코에 의해 인류무형문화유산으로 등재되었다. 무려 칠만이천 구절로 이루어진 〈다랑겐〉은 마라나오 부족의 역사와 영웅을 추앙하는 내용을 담고 있다. 뿐만 아니라 상징, 은유, 풍자 등의 방법을 통해 삶과 죽음, 사랑, 정치, 사회윤리적 행위의 기준 등에 대한 내용도 두루 수록하고 있다. '노래로 이야기하다'라는 뜻을 지닌 〈다랑겐〉은 입에서 입으로 전해져 내려왔지만 일부는 아랍어 기반의 고대 언어로 쓰여 대물림되기도 했다. 하지만 오늘날에는 주민들 스스로 필리핀 주류 사회의 생활양식을 따라가려는 경향 때문에 그 생존 여부가 점점 불확실해지고 있다.[142]

그래도 다음과 같은 사람들이 있어 필리핀의 오래된 구전 전통은 그 생명력을 쉽게 소실하지 않을 것이다.

열 살 때 나는 노래를 꿈꾸기 시작했다. 노래는 내 뱃속 간에 들어와서 거기 머물렀다. 나는 루나이(달)가 어떻게 왔는지 땅이 어떻게 생겨났는지 배웠다. 나는 또한 여러 하늘에 대해서도 공부했다. 내 꿈 덕분에, 내 영혼의 여행 덕분에, 나는 노래하는 사람으로서 널리 또 멀리 알려졌다. 나는 내 노래를 지키려고 말썽을 일으키고 싶지는 않다. 내 뱃속 간에 이 노래를 간직해 두는 게 물질적인 것보다 훨씬 가치가 있다. 노래는 내게 세계를 보여 주었다. 나는 이제 그걸 이야기로 풀어낼 것이다. 죽기 전에 말이다. 슬펐던 때를 생각한다. 나는 젊어서 결혼을 위해 여러 번 약혼을 해야 했다. 나는 이 남자에게서 저 남자에게로 넘겨졌다. 마치 물건을 바꾸듯 말이다. 얼마나 수치스러운지! 그래도 나는 스스로 일어설 수 있었다. 나는 죽지 않았다. 나는 가난하다. 아주 가난하다. 그러나 내 노래가 나를 지켜 준다. 나는 부자들에게 말한다. 나는 내 노래를 팔지 않는다. 나는 그걸 함 부로 줘버리지도 않는다. 내가 바라는 건 나를 알아 달라는 것뿐이다.[143]

번갯불을 타고 하늘을 나는 필리핀 마누부 민족의 영웅

투왕-아흔세 번째 이야기

20세기 들어와 채록된 수많은 필리핀 구비서사시 중에서 〈투왕〉은 일반적인 영웅 서사시와는 다른 양상으로 전승되어 흥미를 끈다.

〈투왕〉은 1956년 중부 민다나오 섬의 마누부족에서 민속학자 마뉴엘이 현지 조사를 통해 찾아낸 마누부족의 토속적인 서사시이다.[144] 그는 이 이름으로 된 일련의 구비 서사시들을 1939년에 죽은 위대한 소리꾼 이눅의 제자들로부터 직접 채록했는데, 그 스스로 밝히듯 〈하늘나라 처녀〉와 〈투왕이 결혼식에 가다〉 두 편의 노래가 가장 유명하다. 〈하늘나라 처녀〉(1,417행)는 투왕이 거절하는데도 끈질기게 따라붙은 구혼자로부터 처녀를 보호하기 위해 시도하는 모험에 관한 이야기이다. 〈투왕이 결혼식에 가다〉는 투왕이 결혼식에 갔다가 이상하게 일이 꼬여 신부 모노원의 처녀가 신랑 대신에 투왕을 원한다고 말함으로써 일종의 삼각관계 사랑에 연루된 때를 이야기한다. 결투가 벌어진 끝에 투왕이 승리해서 신랑의 목숨을 지켜 주는 피리를 박살낸다.

두 편은 같은 주인공을 내세우고 있지만 전혀 별개의 서사구조를 지닌다.

93 1. 하늘나라의 처녀

투왕은 반지에 그림을 새기고 쇠사슬을 주조하는 대장장이였다. 그는 바투이에 온다는 한 처녀를 찾아서 여행을 하기로 했다. 투왕의 여동생은 그 여행을 두려워했다.

그러나 투왕은 곧 방패와 창을 들고 여행을 떠났다. 그는 자기를 피낭가융간으로 데려다 줄 번개를 불렀다. 거기에 도착하자마자 투왕은 뭇여자들의 선망의 대상이 되었다. 투왕은 팡가부카드 청년의 집을 방문했다. 두 사람은 즉시 여행을 시작하여 바투이의 집에 도착했다. 투왕은 하늘 처녀 가까이에 드러누웠다. 그리고 곧 잠이 들어 코를 곯았다. 그 처녀는 비밀을 털어놓으면서, 투왕의 빳빳한 머리카락을 하나 뽑았다. 그들이 서로 자기소개를 한 다음에 처녀는 자기 이야기를 들려주기 시작했다. 그녀는 자기에게 구혼하는 팡구마농 청년에게서 어떻게 벗어났는지 이야기했다. 하늘 처녀가 그를 거부하자, 팡구마농 청년은 그녀의 마을을 불사르고 부숴 버렸다. 그녀가 가는 곳마다 쫓아와서 그곳이 어디든 다 불살라 버렸다. 그래서 그녀는 땅세계(지구)에 피난을 와야 했다고 말했다.

그녀가 이야기를 마치기 무섭게 팡구마농 청년이 나타났다. 그 청년은 듣던 바대로 다시 불을 뿜어 바투이 사람들을 죽였다. 집 안에 있는 사람들까지 죽이기 시작했다. 팡가부카드의 청년이 마지막으로 도살당했다. 곧이어 그는 아무 관계도 없는 투왕까지 죽이려고 덤

벼들었다.

> 팡구마농 청년이 가까이 와서
> 오른쪽에서 투왕의 허리를 잡아챘다
> 그리고는 다리를 후려치기 시작했다
> 그러나 그는 예삿놈이었다
> 그걸로 그의 끝장이 되리라
> 반대로, 투왕이 잡아챘다
> 팡구마농의 젊은 놈을
> 공격하기 시작했다
> 커다란 바위에다 내쳤다
> 몸뚱아리가 거기에 내팽개쳐지자
> 곧바로 가루가 되었다[145]

두 전사는 창, 방패, 칼을 들고 마당에서 싸웠다. 백중지세였다. 방패가 너덜너덜해졌고, 창끝은 부러졌다. 팡구마농 청년은 폭이 넓은 쇠막대를 불러내 그것을 투왕에게 던졌다. 불꽃이 일었으나 투왕은 오른손을 들어 그 불꽃을 막았다. 이번에는 투왕이 황금타래를 불러냈다. 그런 다음 불꽃을 타게 할 바람을 불러일으켰고, 그것으로 팡구마농 청년을 집어삼켰다. 그는 손 한번 제대로 못 쓰고 죽어 버렸다.

투왕은 침으로 사람들을 살렸다. 그런 다음 처녀를 어깨에 얹은 채 번개를 불러 타고 쿠아맘에 있는 자기네 나라로 돌아갔다. 투왕의 누이들이 그들을 반갑게 맞이했고 빈랑 잎을 주었다. 닷새를 쉰 후에,

다른 나그네가 투왕의 꽃을 죽이고 나서 그에게 도전했다. 투왕은 다시 싸웠고 침략자는 졌다. 투왕은 사람들을 모아 천상의 나라 중 하나인 카투산으로 데려갔다. 갈 때 그들은 공중선(空中船)을 타고 갔다. 투왕은 자기 누이들과 처녀를 어깨에 얹은 채 죽음이 없는 카투산까지 공중선 뒤를 따라갔다.

2. 투왕 결혼식에 참석하다

투왕이 바람 편에 모나원 처녀의 결혼식에 참석하라는 전갈을 받았다. 아줌마는 무언가 말썽이 생길 거 같다고 예언했지만 투왕은 가기로 결심했다. 그는 번개를 일으킬 수 있는 심장 모양의 바구니를 메고, 여신들이 만들어 준 옷을 입고, 머리 수건을 둘렀다. 손에는 크고 작은 칼을 들고, 방패와 창을 들었다. 그런 다음 번갯불에 올라타고 여행을 시작했다. 카우카왕관 초원에 도착해서 잠시 휴식을 취하던 그는 새 한 마리가 깍깍대는 소리를 들었다. 그는 그 새를 잡으려고 했는데, 때마침 단검으로 만든 창을 들고 나타난 군구탄을 보았다. 군구탄은 꿈 때문에 투왕이 오는지 알았다고 말했다. 군구탄은 투왕과 함께 어깨를 흔들며 결혼식이 열리는 하늘로 날아갔다.

식장에 들어간 투왕은 황금의자에 앉았다. 군구탄은 대들보에 걸터앉았다. 멀리서 찬송가가 울려 퍼지고, 나무에서 꽃이 피고, 신랑 파나양간의 청년이 도착했음을 알리는 음악이 나왔다. 다른 청년들도 도착했다. 리와농, 동트는 태양, 사카드나 등등. 사카드나는 백 송이 꽃을 가지고 온 신랑이었다. 그는 건방지게 집주인에게 집 좀 깨끗이 하라고 요청했다. 그 말은 쓸데없는 손님들을 치우라는 뜻이었다. 투왕은 집에는 붉은 나뭇잎(영웅)이 있을 뿐이라고 맞받았다.

결혼식 서막이 시작되었다. 사바칸(신랑의 친척들이 갖고 온 음식)이 제공되었다. 마지막으로 두 개의 사바칸이 남았는데, 하나는 열 개의 돌기와 아홉 개의 보조 반지들로 이루어진 옛날 징만큼 가치가 있는 것이었다. 신랑은 그 가치를 채워 줄 수 없다고 고백했다. 그러자 투왕이 대신 보상해줌으로써 신랑을 당황스러운 곤경으로부터 구해 주었다. 그는 마법숨을 사용하여 더 오래된 옛날 징을 만들어 주었다. 마지막 사바칸은 황금기타와 황금피리만으로 보상받을 수 있는데, 투왕이 다시 그것을 만족시켜 주었다. 이제 신부가 자기 방에서 나와 빈랑 잎을 나눠 주었다. 그녀는 모든 손님의 입에 빈랑 잎이 고루 돌아가게 했다. 빈랑 잎 상자가 투왕에게서 멈추자, 그는 마지막 빈랑 잎을 털어 냈다. 그러자 신부는 투왕 곁에 앉기로 마음을 먹었다.

처녀는 빈랑 잎 상자가 돌아가는 걸 보았다

이 청년에서 저 청년으로

모든 이들에게 같은 일이 일어났다

모두가 잎을 씹었다

(중략)

상자가 돌고 돌아 투왕에게 왔다

그러더니 거기서 멈추었다

투왕은 그 사실을 알아차리자마자

그걸 치우려고 했다

갈 길을 더 가시오

난 당신의 신랑이 아니오

투왕이 이렇게 말했다[146]

사카드나 청년의 얼굴이 붉으락푸르락해졌다. 곧바로 싸움이 시작되었다. 그는 마당으로 가더니 투왕더러 내려오라고 말했다. 신부는 투왕의 머리 모양을 매만지고 빗어 주었다. 그동안 군구탄은 신랑의 패거리들과 싸워 몇 놈을 거꾸러뜨렸다. 이제 고작 여섯 놈이 남았다. 나무들이 뽑혀 나갔다. 적은 투왕을 바위에 힘껏 내던졌는데 바위가 오히려 가루가 되었다. 투왕은 지하 세계로 내려갔다. 거기서 그는 지하 세계의 수호자로부터 적을 물리칠 수 있는 비밀에 대해 들었다. 바깥으로 나온 그는 신랑이 자신의 목숨을 유지하는 황금피리를 불러냈다.

뚜하와가 이렇게 말하는 소리를

투왕은 들었다

저 젊은 놈은 죽지도 않는다

생명을 지키는 황금피리 때문이다

만담간의 뿌딸리로 만든 피리[147]

투왕이 그 황금피리를 박살내자 신랑의 수명은 끝났다. 투왕은 군구탄을 앞세우고 신부와 함께 쿠아만으로 돌아왔다.

앞서 살핀 〈아규〉는 〈투왕〉에 비해 상대적으로 민족의식이 강한

편이다. 반면 〈투왕〉은 민족의 정체성과 독립에 대해서는 큰 비중을 두지 않는다. 대신 투왕이라는 개인의 사적인 서사에 관심을 기울이고 있다.

거듭 말하지만 필리핀은 서사시의 나라라고 할 만큼 풍부한 서사시의 전통을 확보하고 있다. 그 대부분은 구비 서사시이다. 이는 어쩌면 조동일의 분석처럼 그동안 필리핀이 근대적 문명화의 도정에서 상대적으로 뒤처졌다가 서구에 의한 기나긴 식민지 지배를 받은 역사적 경험과 반비례하는지도 모른다. 이는 역사에서 무엇이 진정한 승리이고 패배인지 단선적으로 파악하지 말아야 한다는 교훈과 연결될 것이다. 그래서 조동일은 결국 "어느 지역에 살고 있는 어떤 집단, 어느 민족이라도 인류는 서로 대등하고 문화 창조에서 각기 소중한 구실을 한다는 것을 구비 서사시를 통해 가장 명확하게 입증할 수 있다"[148] 라고 말하는 것이다. 역사와 문자가 곧 문명의 전부인 것은 아니다. 신화와 서사시, 그리고 구전 전통 역시 인류 문명의 귀중한 유산이다. 문자로 정착된 역사가 때로 소홀히 할 수밖에 없는 빈 공간을 설화는 자기만의 독특한 상상력으로써 충분히 메워 주는 것이다.

적어도 이야기의 세계에서는 어느 나라 어느 민족이나 다 중심인 것이다. 이 말은 중심 같은 것은 어디에도 없다는 뜻인지도 모른다.

신과 성자 이야기

힌두교의 주류 신 시바조차 두려워 한 토착 신 이야기

마나사 망갈-아흔네 번째 이야기

> 중심이 없는 다양체에서는 장군이 없는 해결책을 찾을 수 있다.
> 따라서 n은 언제나 n-1이다.[149]

지상과 지하, 하늘과 땅, 삶과 죽음을 마구잡이로 오가는 투왕의 현란한 여행은 어쩌면 그만큼 '다른 세계'에 대한 공포를 반영하는 것일지도 모른다. 방글라데시의 서사시 〈마나사 망갈〉도 이야기가 전개되는 무대가 지상으로 국한되어 있지 않으며, 특히 삶과 죽음의 대립에 대해서 〈투왕〉과 마찬가지로 나름의 해결책을 제시한다.

〈마나사 망갈〉은 망갈 카브야(13세기~18세기에 벵골어로 쓴 일단의 힌두교 경전) 중에서도 가장 오래된 것으로, 뱀의 여신 마나사가 어떻게 시바에 대한 숭배를 자기에 대한 숭배로 돌려놓게 되는가 하는 점과 관련이 있다. '망갈'은 일종의 찬가를 말한다. 마나사는 비아리안계 여신으로서 그녀에 대한 숭배는 특히 벵골 지역에서 꽤 오랜 전통을 지닌다. 사람들은 보통 뱀에 물리는 것을 예방하거나 치료할 때, 풍요와 다산을 기원할 때 마나사를 찾는다. 인도의 대서사시 〈마하바라타〉에도 마나사의 결혼 이야기가 나온다. 그러나 〈마나사 망갈〉의 마나사는 인도 문학의 그런 주류 전통과는 아무런 관련이 없다.

이처럼 특히 〈마나사 망갈〉에 대해 주목할 것은, 그것이 힌두교 주류 사회와는 달리 예부터 방가, 즉 아수라(악신)의 땅으로 알려진 벵골 지역의 토속신앙과 결합한 대표적인 힌두교 설화 작품이라는 점이다.[150] 따라서 〈마나사 망갈〉은 인도아대륙의 주류 힌두교 신앙과 설화가 지리적 조건에 따라 어떻게 변용되는가를 보여 주는 중요한 사례로서, 벵골 지역 민중의 어려운 생활과 그들의 염원을 충실히 반영하고 있다. 내용적으로도 파괴의 신 시바마저 두려워하는 뱀과 독의 여신 마나사가 자신을 숭배하지 않는 거만한 상인 깐도(찬드)를 무릎 꿇게 하기 위해 벌이는 온갖 노력들이 흥미진진하다. 특히 제3부에 들어가면 베훌라가 마나사에게 죽임을 당한 남편을 환생시키기 위해 온갖 역경을 헤쳐 나가는 플롯이 인상적이다. 이 장면은 마치 우리가 이미 살펴본 〈바리공주〉와 그 플롯이 꽤 유사하다. 어쨌거나 〈마나사 망갈〉을 통해 방글라데시 전통 사회에 나타난 주류-비주류, 다수자-소수자의 대립 관계를 파악할 수 있다는 점에서도 큰 의미를 부여할 수 있을 것이다.

94 시바는 신들 중에서도 절륜의 정력을 자랑했다. 그게 어느 정도냐 하면, 아내와 무려 천 년 동안이나 관계를 맺었기 때문에 그동안 볼일이 있었던 다른 신들은 그야말로 죽을 맛이었다. 오죽했으면 견디다 못한 아내 파르바티마저 한때는 사슴으로 변신해서 달아났겠는가. 그의 상징이 남근을 의미하는 링가인 것도 헛말은 아니었다.

어느 날 시바가 연꽃이 만발한 연못가에 앉아서 아내를 생각하며 자위를 했다. 정자는 연꽃잎에 떨어져 줄기를 타고 내려가 지옥에 사는 뱀 나가들의 왕 바수키의 머리에 떨어졌다. 바수키의 어머니는 그 씨앗을 가지고 마나사라는 아름다운 소녀를 빚었는데, 바수키가 그녀에게 뱀독을 주입했다. 뱀을 무서워한 시바는 괴조 가루다에게 뱀들을 잡아 달라고 요청했다. 그러자 마나사는 시바에게 가서 그를 유혹하고 뱀들을 구했다. 흑심이 생긴 시바는 마나사를 꽃바구니 속에 숨겼다. 하지만 시바의 아내 깐디가 마나사를 발견했다. 전후 사정을 파악한 깐디는 마나사가 근친상간을 범했다며 그녀를 몹시 나무랐다. 마나사도 물러서지 않았다. 말다툼이 점점 격화되자 분개한 깐디는 마나사의 왼쪽 눈을 바늘로 찔러 버렸다. 그러자 마나사는 남아 있는 한쪽 눈으로 깐디에게 죽음의 불꽃을 내뿜어 죽여 버렸다. 시바는 마나사에게 깐디를 살려 달라고 애원했고, 마나사는 그의 요청을 받아들였다.

마나사는 세상 모든 사내들로부터 숭배 받기를 원했다. 시바는 그렇게 해 주마 약속했다. 그것이 생각만큼 쉬운 일은 아니었다.

마나사는 브라만 여성으로 모습을 바꾸어 어느 강가에서 소떼를 치고 있던 목동 소년들에게 다가갔다. 소년들은 마나사가 고리버들 광주리에 우유를 짜서 마시자 마녀라며 놀려 대며 달려들어 때렸다. 그러자 그녀는 모든 소떼를 가지고 사라져 버렸다. 놀란 소년들이 잘못을 빌자 그녀는 다시 목동들 앞에 나타났다. 그때부터 소년들은 마나사를 경배하기 시작했다.

그 가까이에 무슬림 지주 하산의 영지가 있었다. 마나사는 뱀의 군대를 풀어 하산의 마을을 에워싼 다음 그곳에 사는 주민들을 모두 도살해 버렸다. 하산은 항복하고, 마나사를 위한 성스러운 항아리를 사원에 설치한 다음 경배를 시작했다.

마나사는 그런 방식으로 다시 두 명의 어부를 숭배자로 만들었다. 마나사는 그 어부들에게 감사의 표시로 황금을 무더기로 쏟아 주었다. 그 일은 부유한 상인 깐도(찬드)가 지배하는 마을에서 일어났다. 깐도는 마나사의 적대자로서 마나사가 자신에 대한 경배를 널리 퍼뜨리기 위해서는 반드시 넘어야 할 산 같은 존재였다. 어느 날, 깐도의 아내 사나카가 두 어부의 집을 지날 때 찬송가 소리가 들려 안으로 들어갔다. 거기서 그녀는 마나사가 준 황금항아리 이야기를 들었다. 그녀는 그 항아리를 빌려 가지고 돌아와서 여섯 명의 며느리와 함께 절을 하며 경배했다. 시바에 대한 신앙심이 깊은 깐도는 매우 화가 나서 그 항아리를 깨뜨려 버렸다. 그러자 마나사의 분노도 극에 달하였다.

어느 날 숲으로 들어간 깐도는 즐겁게 나무를 하러 가는 나무꾼들을 보고 자기도 나무를 베어 돈을 벌게 해 달라며 같이 갔다. 그는 큰 돈을 벌 욕심에 일고여덟 사람이 겨우 질 만한 나뭇짐을 했다. 그 광경을 본 마나사가 걱정하자 원숭이 하누만이 도와주러 나타났다.

"명령만 하세요, 당신을 위해서라면 해도 달도 따다 주겠습니다. 지옥에 가서 바수키인들 못 데려올까요? 아니면 쿠르마, 아님 아예 저 산을 가져올 갑쇼?"

"오, 위대한 영웅 하누만! 당신은 내 사촌이라오. 라마가 시타 때문에 당신을 시켜 락샤사하고 싸우게 했지. 하지만 이제 보시오. 저기, 깐도라는 작자가 짐을 잔뜩해서 나를 누르려고 해요. 가서 저 자를 혼내 주세요. 다만 아주 꽉 눌러 죽여 버리지는 않도록 조심하시구요. 만일 그 자가 죽으면 이 세상에서 내게 대한 경배는 이루어지지 못할 겁니다."[151]

하누만은 날아가서 시키는 대로 했다. 깐도는 엄청난 무게에 비틀거리며 고통에 겨워 신음했고, 끝내 울음을 터뜨렸다. 그렇지만 그것은 그의 분노만 키울 뿐이었다. 그는 결코 머리를 조아리지는 않았다. 이번에는 마나사가 깐도의 곡식들을 망가뜨렸다. 깐도는 깐도대로 위대한 마법사이자 예언자인 단반타리[152]를 불렀다. 단반타리는 마법을 사용하여 깐도의 밭을 원상회복시켰다. 그러자 마나사는 변장한 채 단반타리의 아내를 찾아갔다. 그녀를 통해 마나사는 단반타리를 죽일 수 있는 단 하나의 방도를 찾아냈다. 그것은 콧구멍 속으로 뱀을 집어넣는 것이었다.

마나사는 그렇게 해서 단반타리를 죽였다.

마나사의 다음 목표는 깐도의 여섯 아들이었다. 마나사는 도라라는 뱀과 깔리라는 사악한 뱀을 그들에게 보냈는데, 둘 다 실패했다. 마나사는 자기가 직접 부엌으로 가서 아들들이 아침으로 먹을 쌀에 독을 묻혔다. 아침에 일어난 아들들은 그 쌀을 먹고 땅바닥을 뒹굴며 비명을 질렀다. 그들의 여섯 아내들은 남편들이 즐겁게 웃고 떠든다고 생각했다. 그러나 그들의 어머니 사나카만은 자기 자식들이 독에 중독되었다는 걸 알아차렸다. 해독시키려고 애썼으나 이미 때는 늦었다.

깐도는 몹시 슬퍼하며 마나사를 한없이 저주했다. 깐도는 자기 여섯 아들의 시체를 뗏목에 실어 강물에 띄워 보냈다. 승려들이 화장하라고 강력히 촉구했지만 깐도는 짙은 장작 연기가 마나사에게 혹여 승리의 신호로 비쳐질 수 있다며 거부했다. 그는 추호도 마나사에게 굴복하고 싶지 않았던 것이다.

깐도는 여섯 아들을 잃은 만큼 마지막 아들 락신데르(락시민다르)만큼은 어떤 일이 있더라도 지키고자 했다. 그리하여 그는 운명적으로 과부가 되지 않는다는 처녀 베훌라를 찾아내어 막내아들과 결혼시키기로 했다. 아울러 깐도는 어떤 뱀도 기어들어 올 수 없게 튼튼하게 무쇠성을 만들었다. 비슈야카르마가 그것을 만들어 주었는데, 마나사의 간청에 못 이겨 몰래 구멍 하나를 남겨 두었다. 결혼식날 밤이 되자 마나사는 가장 강력한 독사 깔나기니를 그 철옹성 안으로 들여보냈다. 결국 깔나기니에 물린 락신데르는 죽고 말았다. 베훌라는 포기하지 않았다. 그녀는 남편의 시체를 뗏목에 싣고 항해를 시작했다. 여러 차례 죽을 고비를 넘기면서 마침내 그녀는 천국에 도착했다. 모든 신들이 그녀의 아름다움과 춤에 반해 남편 락신데르를 환생시켜 주겠다고 약속했다. 단 하나 조건은 깐도가 마나사에게 안잘리 (공물)를 바쳐야 한다는 것이었다. 아들이 살아나기를 간절히 바란 깐도는 마침내 자신의 고집을 꺾고 마나사에게 안잘리를 바쳤다. 단, 그는 그때 왼손을 사용했다. 어쨌든 마나사는 천국에서 신의 위치에 올랐고, 그제야 만족한 듯 자비를 베풀었다. 깐도의 여섯 아들을 모두 되살려내 준 것이다.[153]

온갖 난관을 극복하고 기어이 죽은 남편을 살려 낸 베훌라는 지극한 사랑의 전형이며 벵갈리(방글라데시와 인도의 서부 벵골 지역) 문화를 대표하는 여성이 되었다.

확실히 〈마나사 망갈〉은 여러 면에서 정통 힌두교의 이른바 '위대한 전통'에 반하는 모습을 보인다. 예컨대 여기에 등장하는 시바 신은 성산 카일라스에서 홀로 고독한 명상에 잠겨 있는 절대자가 아니라 농부로서 땀을 흘리며 밭에서 일을 하고 또 때로는 여자들 뒤꽁무니를 쫓아다니는 난봉꾼이다. 그는 자신의 정액으로 탄생한 마나사에게 혹독한 '시련'을 당하며 비굴하기 짝이 없는 모습을 보이기도 한다. 문학적인 측면에서도 산스크리트 전통이 흔히 사용하는 대상에 대한 관용적인 묘사(예: "달처럼 아름다운 얼굴") 대신 직설적인 묘사와 서술이 주를 이룬다. 나아가 〈마나사 망갈〉 속의 등장인물들은 지극히 '인간적'이다. 그들은 대개 나약하고 노동을 통해 생계를 유지하며 죽음에 대한 깊은 공포를 지니고 있다. 한마디로 〈마나사 망갈〉은 산스크리트의 주류 푸라나(경전) 전통과는 큰 관련성이 없는 것이다.

〈마나사 망갈〉은 주로 시골에서 전통극 형식을 통해 방글라데시 민중 속에 널리 퍼졌는데, 대개 문헌이 아니라 입에서 입으로 전승되었다. 현재 열두 가지의 전통극 형식이 확인되고 있다. 그 과정에서 당연히 내레이터들이 필요에 따라 내용을 첨가하거나 생략하는 등으로 개입하곤 했다. 공연 중간에 장이 바뀔 때마다 등장하는 신에 대해서 찬가를 부르기도 한다. 예컨대 파드마(마나사)에 대한 찬가는 다음과 같다.[154]

나는 파드마바티에게 인사를 올립니다
아스틱[155]의 성스러운 어머니이시며
천육백 가지 뱀들의 여신이시여
당신은 세상의 어머니이시며
눈이 셋 달린 시바의 따님이십니다
당신은 당신 머리에 있는 금관
뱀들이 보석으로 수놓아진 금관의 권위로
자유를 주재할 유일자이시니
당신은 온몸이 뱀으로 덮였어라
브라흐마, 비슈누, 마헤스바라(시바)—
모든 형태의 세상이 지나가고
이제 늘 당신만을 두려워하여 몸을 떨겠나이다

〈마나사 망갈〉은 또한 그림 이야기꾼(파투스 혹은 치타카스)이 족자 그림 파타스를 보여 주면서 이야기를 들려주는 방식으로 전승되기도 했다. 이때 토속적인 그림이 무척 아름답고 인상적이다. 그림 이야기꾼은 이 마을 저 마을 돌아다니면서 이야기를 들려주면서 먹을 것을 얻곤 했다.

방글라데시에서 여신 마나사는 오늘날 정통 힌두교 가정의 결혼의식과 깊은 관련을 맺고 있는데, 예를 들어 신부는 첫날밤 남편을 지키기 위해 뜬눈으로 밤을 새워야 한다고 교육을 받는 게 그것이다. 이는 당연히 〈마나사 망갈〉에서 베훌라와 락신데르 이야기로부터 영향을 받은 것이다.[156] 이렇듯 사랑과 용기의 화신으로 추앙받는 뱅갈의 여성 베훌라에 관한 이야기는 대중의 인기가 많아 종종 드라마나 영화로 만들어지기도 한다.

바다의 평온을 지켜 주는 여신
천후마조-아흔다섯 번째 이야기

베훌라가 남편을 살리기 위해 기울이는 공력은 우리나라의 바리공주와 거의 흡사하다. 죽은 남편을 살리기 위해 뗏목에 시신을 싣고 천국을 향해 홀로 저 막막한 항해를 시도하는 것이 애잔하면서도 비장하다. 아시아의 많은 설화에서 여성들은 흔히 자기희생과 동일한 차원에서 그 역할을 규정받곤 했다.

타이완과 중국 남방에서 널리 숭상되는 천후마조(天後媽祖)도 이런 규정과 관련이 깊다.

연암 박지원의 『연암집』에는 다음과 같은 기록이 남아 있다.

홍모(네덜란드인)가 대만을 점령했을 때 이 지역도 아울러 차지했으며, 정성공(鄭成功) 부자가 다시 대를 이어 웅거할 때 이 지역(팽호도)을 맡고 대만의 문호로 삼았습니다. 주위를 빙 둘러 서른여섯 개의 섬이 있는데, 그중 제일 큰 섬은 마조서(媽祖嶼) 등지로 오문구(澳門口)에 두 포대가 있고, 그 다음은 서서두(西嶼頭) 등지이며, 각 섬들 가운데 서서(西嶼)만이 조금 높을 뿐 나머지는 다 평탄합니다. 하문(廈門)으로부터 팽호에 이르기까지는 물빛이 검푸른 색이어서 그 깊이를 헤아릴 수가 없으며 뱃길의 중도가 되어 순풍이면 겨우 일곱 경반 만에 갈 수 있는 물길이지만 한번 태풍을 만나면 작게는 별항에 표류되어 한 달 남짓 지체하게 되고, 크게는 암초에 부딪쳐 배가 엎어지게 됩니다.[157]

위안커는 자신의 대작 『중국신화사』에서 일본의 진보적인 작가 홋타 요시에의 소설 『귀무귀도』를 빌어 다음과 같은 이야기를 소개하고 있다.

옛날 당나라 때 복건 남해에 보전이라는 포구가 있었다. 이 포구 마을에 사는 어부 임씨가 딸을 낳았는데 매우 신령스러웠다. 십여 세가 되자 자신이 해신의 화신이라고 하면서 바다로 들어가 왕래하는 선박들을 보호해야 한다며 갑자기 바다에 몸을 던져 죽었다. (중략) 바다로 들어간 그녀의 시신이 이 산(귀무귀도)의 해안가까지 떠내려오자 그것을 건져 내어 산 위에다 장사 지냈다. 그 후에 마침내 갖가지 신령스러운 일들이 생겼다.[158]

두 인용문과 관련된 것이 바로 천후마조 이야기인데, 좀 더 자세히 들여다보면 다음과 같다.

95 송나라 건륭 원년(960년), 푸젠 성의 순검 임원이 딸을 낳았다. 당시 예사롭지 않은 붉은 기운이 방 안에 가득했다. 부모의 기쁨도 잠시, 아이는 한 달이 지나도록 울지 않았다. 사람들은 그녀에게 '잠 잠할 묵(默)'자를 붙여 주었는데, 어느새 그녀의 이름은 임묵랑(林默娘)이 되었다. 임묵랑이 열여섯 살 때 꿈을 꾸었다. 바다에 나간 아버지와 오빠들이 그만 풍랑을 만나 물에 빠진 꿈이었다. 임묵랑은 자기도 모르게 힘을 발휘하기 시작했다. 집채만 한 파도를 헤치고 나아가 아버지와 오빠들을 모두 건져 냈다. 어떻게 된 일인지 육지도 빤히 보였다. 이제 곧 거기 닿을 것 같았다. 그런데 그때 갑자기 어디선가 커다랗게 통곡소리가 들려왔다. 알고 보니 그 소리는 바다에 나간 남 편과 자식들이 물에 빠져 죽었다고 생각한 어머니가 울부짖는 소리였다. 그 바람에 깜짝 놀란 임묵랑은 입으로 물었던 아버지를 놓치고 말았다. 하지만 나머지 오빠들은 무사히 구할 수 있었다. 실제로 살아 돌아온 오빠들에 의해서 소문은 널리 퍼져 나가기 시작했다. 물에 빠져 다 죽게 되었는데 무엇인가 알지 못하는 힘이 자신들을 위로 들어 올렸다는 것. 그때부터 사람들은 임묵랑이 꿈에서 기적을 발휘해 오빠들을 살렸다고 믿기 시작했다. 정작 임묵랑 자신은 명이 길지 못해 스물여덟 살이 되던 해 사망했다. 그녀의 죽음을 두고 아버지의 시신을 찾아 먼 바다를 헤엄치다가 지쳐서 마조(媽祖) 열도의 한 섬에서 죽었다는 소문까지 나돌았다. 그 후 사람들은 바다에 나가 위험이 닥칠 때면 누가 먼저라 할 것도 없이 '마조'를 찾기 시작했는데, 그러면 어김없이 그녀가 나타나서 도움의 손길을 뻗어주었다고 한다. 그녀에 대한 숭앙은 네 면이 바다로 둘러싸인 타이완 섬에 들어가 더

욱 단단한 신앙으로 자리 잡았으니, 그녀는 마치 불교의 관음보살처럼 자비로운 여신으로 거듭났던 것이다.

 이야기를 따라가다 보면, 임묵랑은 "십여 세가 되자 자신이 해신의 화신이라고 하면서 바다로 들어가 왕래하는 선박들을 보호해야 한다며 갑자기 바다에 몸을 던져 죽었다"는 훗타 요시에의 어부 임씨의 딸과는 '신격화' 되는 절차가 전혀 다름을 알 수 있다. 어느 게 정본이고 어느 게 더 타당성이 있는지 가리는 것은 설화를 읽는 자세와는 크게 상관이 없다.

 섬나라인 타이완에서는 예부터 해양 신앙이 발달하였는데, 그중에서도 마조를 신성시하여 천후마조로 모시는 도교 신앙이 광범하게 퍼졌다. 다만 바다를 건너오면서 마조의 형상이 바뀌어 중국 푸젠성에서는 날씬한 몸매로 양옆에 두 시종을 거느리던 모습이었는데, 타이완에서는 살이 붓고 얼굴에 귀티가 흐르는 후덕한 부인의 형상이 된다. 그런 모습은 우리나라 해안가 사찰에 서 있는 해수관음보살과 크게 달라 보이지 않는다. 천후마조 신앙은 특히 바다를 끼고 있는 중국 남부 해안가 지방들과 타이완 등지에서 일반 민중의 생활에 깊이 영향을 미쳤다. 중국 동남 연해 도시마다 거의 천후마조를 기리는 사당이나 절이 세워져 있고, 더군다나 타이완에는 무려 오백여 개의 천후마조 절이 있다. 현재 마조신앙을 믿는 인구는 전세계적으로 약 이억 명에 이른다고 한다.

아침이 오는 것마저 막아버린 수행의 힘

위대한 성자-아흔여섯 번째 이야기

  신앙의 힘은 어디까지일까.

  굳이 사자 우리에 들어가는 것을 두려워하지 않았다는 초기 기독교인들의 이야기가 아니더라도, 불퇴전의 신앙심이라든지 상상을 초월하는 고행을 거듭하던 수행자들의 이야기는 어느 종교를 막론하고 그 종교에 대한 신뢰와 관계되기 때문에 다양하고 광범위하게 전승되곤 했다. 자신의 몸뚱어리까지 잘라 보시하거나 깨달음을 얻기 위해 자기 몸을 기꺼이 불살랐다는 불교 수행자들, 빛 한 점 들어오지 않는 수도원 다락방 안에서 오직 묵상과 기도만으로 평생을 지낸 중세 유럽의 수도사들, 생과 사의 갈림길에서도 신앙이 조금도 흔들리지 않았다는 천주교 신부들과 신자들, 거꾸로 혹은 외다리로 선 채 수십 년 혹독한 고행을 마다하지 않는 힌두교 고행자들, 날숨에 행여 하루살이라도 죽을까 봐 숨마저 손수건으로 가려가며 하는 자이나교 성자들—이런 이들의 이야기는 설사 종교를 믿지 않는 이들마저도 감동시키는 무엇이 있게 마련이다. 이슬람교도 마찬가지여서 수행을 통해 어떤 경지에 오른 성자들의 이야기가 많이 전승된다.

  96 성자가 죽을 때가 다 되었다고 판단하여 마지막으로 제자 한 명을 데리고 성지순례에 나섰다.

  어느 도시 앞에서 천막을 친 성자는 제자에게 시장에 가서 물건을 사오라고 시켰다. 제자는 아주 아름다운 미소년이어서 한 데르비시

238

가 그를 보고 사랑에 빠졌다. 데르비시는 제자에게 다른 사람을 버리고 자기만 따라다니라고 요구했다. 그 제자가 싫다고 하자 그는 제자가 내일 죽을 거라는 저주를 내렸다. 놀란 제자가 돌아와서 스승에게 사정을 말하자, 스승은 탁발 그릇을 거꾸로 엎어 놓고 말했다.

"데르비시가 저주를 거둬들이지 않으면 이 밤이 영원히 지속되고 아침은 결코 오지 않을 것이다."

과연 밤이 계속되었다. 사람들은 놀라 허둥거렸다. 아이들은 배가 고프다고 울었지만 엄마들은 어찌 할 바를 몰랐다. 사람들이 데르비시를 찾아가 까닭을 묻자 그제야 데르비시는 자신의 잘못을 깨달았다. 그는 성자에게 가서 무릎을 꿇고 사죄했다. 성자는 아침이 오면 제자가 죽기 때문에 밤을 붙들어 놓았던 거라며 탁발그릇을 도로 반듯하게 세웠다. 그러자 새벽 동이 텄다. 사람들은 위대한 성자의 능력에 새삼 머리를 조아렸다.

데르비시는 신비주의 수피즘교도로서 극도의 금욕과 내핍 생활을 서약하고 실천하는 이슬람교 집단의 일원이다. 경건한 신앙생활을 목표로 삼는 수피는 예배 때 빠른 소용돌이 춤을 추는 것으로 유명하다. 수피는 "단식이나 속세를 떠나는 것, 친근 관계를 끊고 인간들이 좋다고 여기는 것을 포기하는 것에서 비롯"[159]했지 논쟁에서 나온 게 아니다. 그런 신앙, 즉 '사심 없는 헌신'을 추구하는 데르비시가 여전히 육체적 욕망을 버리지 못했다는 사실이 씁쓰름하지만, 이 일화에서는 그보다도 성자가 아침이 오는 것까지 막아 낸다는 설정 자체가 경이롭다.

그것도 밥그릇만으로!

길가메시

세상에서 가장 오래된 신화, 신화 중의 신화

길가메시 서사시-아흔일곱 번째 이야기

인간은 어째서 신화를 만들어 냈던 것일까.

세상에서 가장 오래된 신화로 알려진 수메르의 〈길가메시 서사시〉를 통해 가장 적절한 답을 얻을 수 있을지 모른다.

세계 최고(最古) 최초의 신화이자 서사시인 〈길가메시 서사시〉를 두고 독일 시인 릴케는 '죽음의 공포에 대한 위대한 서사시'라고 했다. 호메로스의 『오디세이』보다 천칠백 년이나 앞선 이야기로, 기원전 2812년부터 백이십육 년 동안 우루크를 통치했던 길가메시 왕의 이야기이다. 점토서판으로 기록되어 있었는데 19세기에 들어서야 마침내 해독되어 널리 알려지게 되었다. 이 이야기를 통해 인류 최초의 문명 지역이었던 수메르의 역사와 문화에 대해 훨씬 잘 이해할 수 있게 되었다. 당연히 히브리의 종교와 그리스신화에 많은 영향을 주었으니 어찌 보면 신화를 낳은 '신화 중의 신화'라고 할 수 있다.

엄격한 의미에서는 〈길가메시 신화〉와 〈길가메시 서사시〉를 구분해야 하지만, 여기서는 편의상 〈길가메시 서사시〉로 두 장르를 두루 아우른다.

97 수메르의 우르크 제1왕조 3대왕 루갈반다와 들소의 여신 닌순의 아들 길가메시는 삼 분의 이는 신이었고 삼 분의 일은 인간이었다. 신들은 길가메시에게 아름다운 몸과 용맹함을 주었다. 그는 키가 오 미터 가까이 되고, 성난 이마, 들소의 눈, 보리 같은 머리칼, 청금석 같은 수염을 갖고 있었다. 그는 우루크를 휘젓고 다니며 모든 젊은이들에게 거침없이 힘을 과시했다. 그리고 모든 젊은 여자들을 취했는데, 결혼식을 앞두고 있는 여인을 데려다 신랑에 앞서 첫날밤을 치렀다. 말하자면 아무도 원치 않는 초야권을 폭력적으로 행사한 것이었다. 우루크 사람들은 힘에 겨워 신들에게 한탄했다. 신들은 가장 위대한 신 아누에게 사람들의 말을 전하며 길가메시에게 맞는 강력한 상대자를 만들어 줘야 한다고 호소했다.

"우루크의 평화를 위해 길가메시와 똑같은 짝을 만들어 주소서."

모든 신과 인간의 어머니 신 아루루는 가장 위대한 신 아누가 생각하고 있는 형상을 마음에 품고 검붉은 흙 한 덩이를 떼어 초원에 떨어뜨렸다. 거기서 엔키두가 만들어졌다. 엔키두는 온몸이 털로 뒤덮여 있었고 길가메시만큼 강했다. 엔키두는 아직 인간의 문명이란 것을 몰라 야생동물들과 어울려 살았다. 길가메시는 자신처럼, 아니 자신보다 힘이 셀지도 모르는 사람이 있다는 소식을 듣자 이난나 신전의 여사제 샴하트를 그에게 보냈다. 샴하트는 아름다운 몸으로 엔키두를 유혹했다. 그녀에게 홀딱 빠진 엔키두는 여섯 날 낮 일곱 날 밤 동안 그녀와 동침했다.

> 엔키두는 그 여자 앞에 앉아 있었다
> 그는 그녀의 음부를 만졌다
> 그녀의 질을 열었다
> 엔키두는 자기가 태어난 장소를 잊었다
> 여섯 날 낮과 일곱 날 밤 동안
> 엔키두는 창녀와 동침했다[160]

그 과정에서 엔키두는 지혜로워졌다. 그것은 동시에 이제 그가 더이상 들판의 야수들과 어울려 지낼 수 없게 된 것을 의미했다.

엔키두는 진정한 사람이 된 김에 세상 최고의 남자 길가메시와 힘을 겨뤄 보고 싶었다. 길가메시도 마찬가지였다. 샴하트는 길가메시를 만나러 가자고 엔키두를 설득하여 그를 우루크 성으로 데리고 갔다. 드디어 마주친 길가메시와 엔키두는 서로 손을 맞잡고 황소처럼 힘을 겨루기 시작했다. 서로 거친 숨을 내뿜었지만 좀처럼 승부가 나지 않았다.

길가메시는 엔키두와 맞섰다

머리카락이 화려했다

그는 엔키두에게 다가갔다

둘은 광장 한복판에서 마주쳤다

엔키두가 발로 문을 가로막았다

길가메시가 들어가지 못하게 했다

허락하지 않았다

그들은 서로 황소처럼 싸웠다

그들은 싸웠다

문지방이 부서졌다

벽도 못 쓰게 되었다

(중략)

숨소리가 잠잠해졌을 때

엔키두가 말했다

길가메시에게 말했다

네 엄마는

너 같이 괴상한 놈을 낳았구나

외양간의 성난 황소 같은 놈…[161]

　둘은 싸우다 정이 들어 친구가 되었다. 어느 날 길가메시와 엔키두는 신들의 산 삼목산에 가서 훔바바를 죽일 계획을 세웠다. 목적은 단 하나, 길가메시라는 이름을 널리 알리기 위해서였다. 훔바바는 일곱 후광을 가지고 있어 삼목산에 인간이 발을 들이지 못하게 했지만 길가메시는 겁내지 않았다. 두 사람은 어머니 닌순의 기도를 받고 삼목산으로 향했다. 한 달 반 걸릴 거리를 사흘 만에 주파했다. 길가메시는 훔바바를 사로잡았다. 훔바바는 살려 달라 사정했지만 길가메시는 도끼로 훔바바의 목을 내려치고 삼나무 숲을 파헤쳤다. 그런 다음 그의 목을 들고 우루크로 돌아왔다.

길가메시의 명성이 퍼졌다.

아름답고 용감한 왕 길가메시에게 반한 이난나는 길가메시에게 청혼했다. 길가메시는 이난나에게, 남편이었던 두무지의 매년 반복되는 죽음과 소생, 그녀가 카나리아의 날개를 부러뜨린 일, 사자를 사랑하면서도 그를 빠뜨릴 구덩이를 일곱 번이나 판 일, 사랑하는 종마에게 채찍을 맞고 계속 달려야만 하는 운명을 지워 준 일, 그녀를 사랑한 목동을 늑대로 만들어 다른 목동들에게 쫓기게 만든 일 등을 말하며 거절했다. 이난나는 자존심이 상해 가장 위대한 신 아누를 찾아가 길가메시를 죽여야 하니 하늘의 황소를 달라고 반 협박하며 졸라댔다. 아누는 하늘의 황소를 내주었다. 이난나가 하늘의 황소를 우루크로 끌고 내려오자 나무가 시들고 강이 말라 바닥을 드러냈다. 위험을 감지한 엔키두가 서둘러 황소의 뿔을 잡았다. 그 사이 길가메시는 하늘 황소를 칼로 내려쳐 죽였다.

신들은 하늘의 황소를 죽이고 삼목산을 파헤치고 훔바바를 죽인 길가메시와 엔키두의 행패에 지쳐 머리를 맞대고 회의를 했다. 화가 난 신들이 많아 둘 중 한 사람은 벌을 받아야만 했다. 결국 엔키두가 죄를 뒤집어썼다. 그는 자기에게 문명을 알게 해 준 샴하트와 사랑하는 형제 길가메시를 축복하며 세상을 떴다. 길가메시는 슬픔을 못 이겨 머리카락을 자르고 옷을 찢어 버렸다. 그리고 정성을 다해 성대하게 엔키두의 장례를 치러 주었다. 이후 길가메시는 넝마를 걸치고 머리는 산발한 채 대초원을 방황했다. 그는 사랑하는 엔키두의 죽음을 목격하고 언젠가 자신에게도 닥쳐올 죽음을 두려워했다.

벗이여, 내게 말해다오, 벗이여
네가 따라야 했던 지상의 법칙을
내게 말해다오

나는 말해 줄 수 없다네, 친구여. 말해 줄 수 없다네.[162]

죽음의 공포에 사로잡힌 길가메시는 대홍수에서 살아남아, 인간이면서도 영생을 얻은 우트나피시팀에게 가려고 결심했다. 우트나피시팀은 신들의 정원 딜문에 살고 있었다. 딜문은 완전한 지상천국이었다. 까마귀가 울지 않고, 사자가 굶주리지 않으며, 늑대가 양을 덮치지 않았다. 병이 있는 사람이 없었고, 곡하는 사람이 없었다. 길가메시는 해가 떠오르는 산 마슈산에 도착했다. 마슈산은 전갈 부부가 지키고 있었는데, 그 모습이 곧 죽음을 떠오르게 할 정도로 무서웠다. 길가메시는 여느 날과 다름없이 태양이 뜨고 지는 것을 감시하고 있던 전갈 부부에게 조심스럽게 다가갔다. 전갈 부부는 그가 삼 분의 이는 신, 삼 분의 일은 인간임을 한눈에 알아보았다. 부부는 길가메시가 이곳까지 오게 된 연유를 물었다. 길가메시는 영생하는 인간 우트나피시팀을 만나려 한다고 대답했다. 부부는 험난한 길이라고 말해 주었지만 길가메시는 의지가 굳었다. 전갈 부부는 마슈산의 문을 열어 주었다. 산으로 들어간 길가메시를 보고 기분이 상한 태양의 신 샤마시가, 인간이면서 신들의 땅에 들어가려고 하느냐며 질책했다. 길가메시는 죽음과 어둠이 두렵기 때문이라고 대답했다. 이윽고 길가메시는 해변에 이르렀다.

거기에는 여인숙을 지키는 사람 시두리가 살고 있었다. 그녀는 한눈에 길가메시가 신의 육체를 가진 영웅임을 알아보았지만, 살인자일지도 모른다는 생각이 들어 얼른 집안으로 들어갔다. 길가메시가 문 앞에서 시두리를 불렀지만 그녀는 그가 진짜 영웅 길가메시라는 것을 믿지 않았다. 길가메시가 말했다.

"내 뺨이 수척해지지 말란 법이 있소? 내 표정이 쓸쓸해지지 말란 법이 있소? 내 마음이 비참하고 내 얼굴이 야위지 말란 법이 있소? 나는 너무나도 사랑하는 내 친구 엔키두와 함께 모든 역경을 이겨내고 살았소. 하지만 인간의 운명이 그를 덮쳤소. 나는 여섯 날 낮 일곱 날 밤을 그를 위해 애도했소. 그의 코에서 구더기가 떨어져 나올 때까지 땅에 묻지 못하도록 하였소. 나는 그 모습을 보고 무서웠소! 그때부터 죽음이 두려워지기 시작했고, 그래서 대초원을 방황하고 있는 것이라오. 오, 여인숙을 돌보는 여인이여, 내가 죽음을 보지 않게 해 주시오. 나는 그것이 정말로 무섭다오!"[163]

시두리는 길가메시에게 영생을 찾을 수는 없을 것이라고 말했다. 신이 사람을 만들 때 생명과 함께 필멸을 주었으니, 돌아가 배를 채우고 기쁘게 살고 춤추고 즐기며 아내와 아이들을 소중히 생각하라고 말했다. 그것이 바로 인간이 해야 할 일이라는 뜻이었다. 하지만 길가메시는 말을 듣지 않았다. 시두리는 신들의 정원에 이르려면 대양을 건너야 하는데 중간에 죽음의 바다가 있어 건널 수 없다고 말해 주면서도, 우트나피시팀의 뱃사공을 찾아가 보라 말해 주었다.

길가메시는 뱃사공 우르사나비와 치고받다가 그의 신비한 돌을 깨서 바다에 던져 버렸다. 길가메시는 뱃사공을 묶어 놓고 우트나피시팀에게 데려다 달라고 부탁했다. 뱃사공은 죽음의 바다를 건널 수 있게 해 주는 신비한 돌을 깨서 버린 길가메시를 힐책하면서도 노로 쓸 장대를 백이십 개 구해 오도록 했다. 둘은 사흘 만에 죽음의 바다에 다다랐다. 노를 한 번 저을 때마다 한 개의 장대가 필요했다. 장대가 바닥나자 길가메시는 옷을 벗고 스스로 돛대가 되었다. 그렇게 해서 드디어 우트나피시팀과 조우하게 되었다. 길가메시는 찾아온 이유를 얘기했다. 그리고 어떻게 영생을 얻게 됐는지 물어보았다.

우트나피시팀은 대홍수에 대한 이야기를 해 주었다.

원래 우트나피시팀이 살고 있던 슈류파크라는 도시는 유프라테스 강둑에 있었다. 그곳은 오래된 도시였고, 신들도 살고 있었다. 그런데 신들이 홍수를 일으켜 사람에게 벌을 주려는 결심을 했다. 가장 위대한 신 아누는 이 사실을 인간들에게 알리지 말라 명했지만, 인간을 창조한 신 엔키는 우트나피시팀의 집 갈대 울타리에 대고 그 사실을 반복해서 말해 주었다. 그리고 그에게 집을 부수고 배를 만들어 살아 있는 모든 생명을 태우라고 조언했다.

오, 갈대울타리여, 들으라. 오, 울타리여, 알아차리거라
오, 슈류파크의 사람이여, 우바르-투투의 아들이여

집을 버리고 배를 만들어라

재산을 버리고 생명을 찾아라

가진 것들을 증오하고 네 생명을 구하라

모든 생명의 씨앗을 배에 실어라

네가 손수 만든 배에

그래서 네가 그 크기를 아는 배에

너비와 길이가 같은 배라야 한다

그 배를 대양에 띄우거라[164]

   그는 시키는 대로 길이와 너비가 같고 지붕을 덮은 커다란 배를 만들어 모든 생명들과 일가친척들, 들판의 짐승들을 태웠다. 어느 날 태양의 신 샤마시가 아침에는 빵 덩어리가 하늘에서 내리고 밤에는 밀가루가 내리게 했다. 우트나피시팀은 때가 왔다는 것을 깨닫고 배의 입구를 봉했다. 지평선에서 검은 구름이 솟구쳤다. 우레의 신 아다드가 그 속에서 소리치고, 바람의 신 슐라트와 하니시가 몸을 일으켰다. 명부의 신 에라갈이 배를 매어 둔 장대를 뽑았고, 닌우르타 신이 둑을 무너뜨렸다. 아눈나키 신들이 불을 위로 높이 치켜들었다. 우레의 신 아다드가 절규하자 온 땅이 항아리처럼 깨졌다. 세상에는 난리가 났다. 인간들은 더 이상 서로를 알아볼 수 없게 되었다. 신들도 대홍수를 무서워해 가장 위대한 신 아누는 하늘로 올라 가버리고, 다른 신들은 잔뜩 몸을 웅크렸다. 이난나가 비명을 지르고 어머니 신 닌투가 울부짖었다.

   칠 일째 되는 날 홍수가 멈추었다. 우트나피시팀은 비둘기를 내보냈다. 땅을 찾지 못한 비둘기가 돌아오자 제비를 내보냈다. 역시 땅을 찾지 못한 제비가 돌아오자 까마귀를 내보냈다. 물이 빠진 땅에 안착한 까마귀는 돌아오지 않았다. 우트나피시팀은 배를 열어 모든 동물을 놓아주고 산꼭대기에 제물을 바쳤다. 엔릴 신은 우트나피시팀 부부에게 신과 같은 영생을 주고 멀리 있는 곳에 데리고 와 살게 했다.

우트나피시팀은 길가메시에게 영생을 줄 신들을 모으기 위해 여섯 날 낮과 일곱 날 밤을 잠들지 못하게 했다. 길가메시가 자리에 앉자마자 안개같이 잠이 엄습했다. 우트나피시팀의 아내가 길가메시의 머리맡에 빵을 놓아두었다. 그는 잠을 자느라 빵을 먹지 못했다. 빵은 말라비틀어지고 곰팡이가 슬었다. 결국 길가메시는 잠을 이기지 못하여 영생의 기회를 놓쳤다. 우트나피시팀은 그에게 돌아갈 배를 내주었다. 하지만 우트나피시팀의 아내가 그를 빈손으로 돌려보낼 수는 없다며 남편에게 언질을 주자, 우트나피시팀은 길가메시에게 젊음을 주는 풀의 존재를 넌지시 알려 주었다. 길가메시는 무거운 돌을 몸에 묶고 물속 깊숙이 들어가 그 풀을 뜯어 왔다. 길가메시는 영생은 얻지 못했지만 다시 젊은이로 돌아갈 수 있게 되어 설레었다.

길가메시와 뱃사공은 인간 세상으로 가는 여정에 올랐다. 밤이 되어 휴식을 취하다 길가메시는 샘가에서 옷을 벗고 목욕을 했다. 그때 뱀 하나가 다가와 신비로운 풀을 갖고 달아났다. 결국 길가메시는 빈손으로 우루크에 돌아가야 했다. 길가메시는 침상에 누워 결코 다시 일어나지 않았다. 그는 죽어 신들 앞에 서게 됐다. 신들은 길가메시에게 의기소침하지 말라 말하였다. 길가메시는 이제 하계 신들 사이

에서 죽은 자들을 통치하게 되었다.[165]

길가메시는 죽음에 도전했다. 태양신 샤마시는 그에게 "더 나아가지 말라! 네가 찾아 헤매는 영원한 생명은 결코 찾아내지 못할 것이다"라고 말했다. 그러나 길가메시는 경고를 무시하고 모험을 계속했다. 시두리는 신들이 인간을 창조했을 때 죽음을 인간의 몫으로 정하고 생명은 자기들 몫으로 넘겼다는 사실을 상기시켰다. 그래도 길가메시는 포기하지 않았다. 그렇지만 결국 그는 불멸의 생명을 얻는 데 실패했다.

그렇다면 굳이 그 길가메시의 이야기를 들려주려 했던 신화의 창조자들과 전승자들의 기획도 실패한 것일까.

그렇지 않다. 우리는 우선 길가메시가 자신의 죽음을 통해 적어도 죽음에 대해 권위를 부여했다는 사실을 높이 평가해야 한다. 인간으로서는 상상할 수 없을 정도로 힘과 욕망을 지녔던 그조차 죽음으로써 그는 새삼 죽음이 개개 인간의 삶에 있어서 마지막이자 가장 대표적인 공적 영역임을 확인시켜 주었다. 이때 그 '공적 영역'이라는 것은 바로 그가 다른 이들과 함께 어울려서 일구었던 시간의 기억 속에 존재한다.[166] 사람들이 죽은 사람을 보러 부지런히 장례식장을 찾는 것은 죽은 이와 시간을 함께 나누고 싶기 때문이며, 그 시간을 우리는 '이야기' 혹은 '서사'라고 말하는 것이다. 죽은 이는 임종의 권위에 기대어 이야기를 남기고 죽었다. 그리고 까마득히 뒤에 살게 되는 우리들은 그 이야기를 들음으로써 그와 동시대를 살 수 있게 된다.

얘기는 정보나 보고처럼 사물의 순수한 '실체'를 전달하려고 하지 않는다. 얘기는 보고하는 사람의 삶 속에 일단 사물을 침잠시키고 나서는, 나중에 가서 다시 그 사물을 그 사람으로부터 끌어낸다. 그래서 얘기에는 그 얘기를 하는 사람의 흔적이 남아 있기 마련이다. 그것은 마치 옹기그릇에 도공의 손 흔적이 남아 있는 것과도 같은 것이다.[167]

옛날이야기 속에서 우리가 익혔던 별들, 예를 들어 큰곰자리, 황소자리 따위의 별들과 1993년 디스커버리에 실려 하늘로 날아간 허블망원경이 새롭게 발견한 은하그룹 Arp 273은 어떻게 무엇이 다른가. 이는 아마 집에서 맞이하는 임종과 병원에서 맞이하는 임종의 차이와 같을 것이다. 집에는, 그가 혹은 그녀가 평생 간직해온 온갖 추억이 덕지덕지 묻어 있다. 그것은 그 혹은 그녀의 삶을 고스란히 이야기해 준다. 반면 병원은 객관적인 사실만을 설명한다. "당신은 이제 어떻게 하든 죽습니다"라고 하는 과학적 통보. 집에서라면 한 세계에서 다른 세계로 행복하게 넘어갈 수도 있는 사람이 병원에서는 결국 죽음이 모든 것의 종말임을 과학적으로 확인하는 절차를 밟을 따름이다.[168] 거기에 더 이상 진정한 '이야기'가 끼어들 자리는 없다.

'저 좋던 옛날'에는 한때 지구의 품 안에 있던 돌과 천공에 떠 있던 별들이 아직도 인간의 운명에 관여하던 시대가 있었다. 또 이 시대에는 오늘날처럼 하늘 위에서이건 땅 밑에서이건 간에 모든 것이 인간의 운명에 무관심하지 않았고 또 어느 곳으로부터도 운명의 목소리가 들리지 않았기 때문에 인간은 자신의 운명을 스스로 결정할 수 있었다. 그러나 오늘날 새로이 발견된 모든 별들은 점성술의 천궁도에서도 아무런 역할을 하고 있지 않다. 그리고 수많은 새로운 돌들도, 비록 모두가 자로 재어져서 무게가 달아지고 특수한 무게와 강도에 따라 자세히 검증되고 있기는 하지만, 우리들에게 더 이상 그 어떤 것도 알려 주지 않고 또 그 어떠한 도움도 가져다주지 못하고 있다. 그것들이 인간들과 얘기하던 시대는 이미 지나가버렸다.[169]

매일같이 수천 개의 인공위성이 우리 머리 위 우주를 지배하는 이 시대에 문득 의문이 인다. 예컨대 아침에 하늘을 향해 활을 쏘고 나서 저녁때 그것이 별과 함께 떨어지기를 기다리던 몽골의 저 수많은 '에르히 메르겐' '알하이 메르겐'들은 정녕 바보 같은 짓을 했던 것일까.

길가메시는 과연 불가능한 꿈을 꾸었던 것일까.

이야기의 끝

세상에서 가장 행복한 사내

메메 하일라이 하일라이-아흔여덟 번째 이야기

진정한 유목민은 이동하지 않는다.[170]

이제까지 우리는 아시아의 거의 모든 나라를 상대로 그들의 목소리를 들어 보고자 노력했다. 그럼에도 불구하고 우리의 능력은 몇몇 나라의 국경선을 끝내 넘는 데 실패했다. 나아가 현재의 획정된 국경선 안에서도 이른바 소수민족의 목소리는 거의 담아낼 엄두조차 내지 못했다. 사정이 이럴진대 돋보기를 더욱 가까이 들이대면 얼마나 많은 허술한 점이 드러날 것인가. 종교와 세대, 성별, 계급 따위가 다르다고 해서 배제되고 무시당하고 간과된 것들이 얼마나 많겠는가. 그럼에도 불구하고 우리는 가능하면 차별이 아니라 차이를 존중하는 태도를 견지하고자 했다. 나아가 우리는 이 책의 첫 부분에서 밝혔듯이 현실적으로 가난한 나라에서 하루하루 힘들게 살아가는 민족일지라도 오히려 인류 문명에 무엇인가 획기적인 혜안을 제공할 수 있음을 밝혀내고자 애썼다. 우리는 예를 들어 방글라데시의 경우 그들이 세계문명사에 어떤 위대한 기여를 하는지 몇 편의 이야기 유산을 통해 확인할 수 있었다.

히말라야 산맥에 깊숙이 자리 잡고 있어서 접근하는 것조차 쉽지 않은 작은 나라 부탄의 경우에도 이런 추측은 가능할 것인가. 그들은 과연 어떤 면모로 인류 문명에 보탬이 될 것인지. 물론 꼭 그래야만 하는 것도 아니고 그럴 필요도 없지만, 이미 분명한 업적주의에 길이 든 눈으로 은근히 그 결과를 지켜보고 기대한다.

그렇다, 부탄은 도대체 무엇으로 인류 문명의 대기획에 참여하는가!

98 메메 하일라이 하일라이라는 이름의 가난한 노인이 살았다. 어느 날 그가 밭에서 일을 하다가 억세고 질긴 칡뿌리를 보고 그걸 치우려고 잡아당겼다. 그러다가 뜻하지 않게 커다랗고 번쩍거리는 청록색 터키석을 발견했다. 너무 커서 쉽게 들기도 힘들었다. 재수가 좋다고 생각한 그는 일을 그만두고 집으로 향했다. 도중에서 말을 끌고 가는 상인을 만났다.

"메메, 뭐 하슈?"

"이제 난 가난뱅이가 아닐세. 행운이 걸려들었지 뭔가."

메메는 자기가 캐낸 터키석을 보여 주었다. 그러면서 자기 보석과 말을 바꾸지 않겠느냐고 물었다.

"농담마세요. 어르신 보석에 비기면 내 말은 하찮은 건데요."

"가치가 있든 없든, 자네가 바꿀 마음만 있으면 바꾸세."

메메의 말이 끝나기 무섭게, 상인은 말 고삐를 내던지고 보석을 안고 행복한 걸음으로 가 버렸다. 메메는 그 상인보다 더 행복한 마음으로 집을 향했다.

황소를 끌고 가는 사람을 만났다.

"메메, 뭐 하슈?"

"이제 난 가난뱅이가 아닐세. 밭에서 보석을 캤는데, 그걸 이 말하고 바꿨지 뭔가."

그러면서 메메는 그에게 말과 황소를 바꾸지 않겠느냐고 물었다. 그 사람은 얼른 바꾼 다음 행복한 표정으로 길을 갔다. 메메는 그 사람보다 더 행복하다는 심정으로 집으로 향했다. 그런 식으로 해서 도중에 메메는 황소를 양과, 양을 염소와, 염소를 수탉과 바꿨다. 어떤 것하고 바꿔도 메메는 자기가 더 행복하다고 생각했다. 마지막으로 메메는 아주 아름다운 노래를 부르는 사람을 만났다. 그러자 감격한 나머지 저도 모르게 눈물이 흘러내렸다.

"아, 너무나 행복해. 내가 만일 저 노래를 부를 수 있다면 훨씬 더 행복해 질 텐데……."

그래서 메메는 수탉을 주고 노래를 배웠다. 그런 다음 홀가분한 마음으로 즐겁게 노래를 부르면서 집으로 갔다. 그의 손에는 아무것도 없었지만 그는 자기가 세상에서 가장 행복한 부자이며, 가장 성공한 거래를 했다고 생각했다.

다른 판본에는 노인이 마지막에 노래를 부르며 가다가 소똥을 밟아 노래를 까먹고 만다는 것도 있다. 그러나 자기 논문에서 이 민담을 소개한 도르지 펜조르는 어떤 판본의 경우든 '부탄인의 행복에 관한 생각과 의식'을 해석하는 데 관련지어도 무리가 없다고 말한다.[171]

부탄은 아시아에서도 가장 작고 가난한 나라(국민 65만 명, 1인당 연간 소득 1,200달러) 중 하나이지만 국민들이 느끼는 행복지수[172]는 세계에서 가장 높은 편이다. 그 이유를 이런 식의 민담과 연결시켜 해석하는 것도 가능하다. 실제로 이 민담은 부탄 사람들이 대대로 자식이나 손자 손녀들에게 들려주어 아주 익숙한 민담으로, 부탄 사람들의 심성을 형성하는 데 적지 않은 작용을 했다고 볼 수 있다.

설마 그럴 리 있겠냐만 국가에서 의식적으로 '행복'을 조작하고 조장하는 게 아니라면, 부탄의 민담은 사람들을 행복하게 해 주는 데 분명히 기여하는 바가 크다. 그리고 이 점이 바로 어떤 나라나 민족이든 자신들의 고유한 이야기 전통과 유산을 통해 세계사에 확실하게 기여하고 있다는 증거가 될 수도 있으리라.

감옥에 있던 김지하 시인의 구명을 위해 일찍부터 애써 온 일본의 소설가 오에 겐자부로는 노벨문학상을 탄 이듬해인 1995년 한국을 방문해서 김지하 시인과 처음 대담을 나누었다. 그때 두 사람의 의견 차이가 흥미롭다. 김지하가 동북아시아가 세계사 속에서 매우 중요하다는 이야기를 화두처럼 먼저 던진다.

김지하: 내가 구태여 동북아에서 시작하는 이유는 여기에 내장돼 있는 영성적인 영육일체의 우주관이 서양에는 없기 때문입니다. 『화엄경』의 광대한 세계관을 서양에서는 발견할 수 없습니다. (중략) 문명의 대세가 아시아로 이동하는 것은 분명합니다. 그러나 이 문명이 내부의 보편성으로부터 발화하지 않고 순전히 경제적인 이유에 있다면 바람직하지 않을 것입니다.

오에 겐자부로: 당신은 하나의 우주를 완성시키고 있는 느낌입니다. 나와는 매우 다르군요. (중략) 세계의 중심이 아시아에 다가오고 있다고 생각하지 않습니다. 세계의 온 마을에 다 중심이 있을 뿐입니다.[173]

김지하 시인이 자신의 생명론에 입각하여 점차 새로운 세계사를 태동시킬 뿌리로서 동북아를 중요하게 생각한 반면, 오에 겐자부로는 철저히 중심의 해체를 견지한다. 이 자리에서 어느 것이 옳다고 판단을 내리려고 하지는 않겠다. 다만 동북아중심론이 만에 하나 또 다른 형태의 패권주의로 연결되는 것만은 원치 않는다. 문학의 역할이 중요해지는 것도 이 지점이다. "어떤 특정 지역이 세계의 중심인가, 마을마다가 각각 세계의 중심인가"를 판단하는 것은 어려운 문제이지만, 설령 쉽게 답을 내리지 못하더라도 문학이 이렇게 묻는다는 것은 소중한데, 왜냐하면 "적어도 이런 물음을 던지고 있는 동안만큼은 우리가 역사에 대해 또한 인간에 대해 겸허해"지기 때문이다.[174]

그 골짜기에 가서 대장장이가 보고 온 것은?

노래의 골짜기-아흔아홉 번째 이야기

누구든 그 앞에서 겸허해져야 하는 나라가 있다.

아프가니스탄!

주지하다시피, 그 나라는 여전히 전쟁의 참화를 벗어던지지 못하고 있다. 한때 동서양 문물이 교차하는 교통의 요지에 일구었던 풍성한 문명은 수십 년 이어진 전쟁으로 참혹하게 파괴되었다. 외부의 침략자들이든 내부의 극단주의자들이든, 그 땅을 지배하려는 권력은 거기 그 땅에 어떤 아름다운 문화가 숨 쉬고 있었는지 단 한 번만이라도 진지하게 생각한 적이 없었다.

고국을 멀리 떠나 살 수밖에 없게 된 한 아프가니스탄인 아버지가 어린 딸에게 말한다.

"나는 너에게 고국을 대신할 이야기를 해 주었다. 네가 들었던 이야기들이 바로 너의 고국이다."[175]

그 이야기 한 자락을 들어본다.

99 아프가니스탄 북동 지역 깊은 곳에 한 마을이 있었다. 거기에 노래 부르기를 좋아하는 대장장이가 살았다. 그는 먼 나라 왕국과 사라진 공주와 희귀한 보물들에 대해 노래를 불렀다. 그러나 그가 가장 즐겨 부르는 노래는 노래의 골짜기에 관한 것이었다. 사람들도 산을 몇 개나 타고 가면 노래의 골짜기가 나타난다는 그 노래를 좋아했다. 하도 많이 그 노래를 듣다 보니 그 노래의 골짜기가 마치 자기네 마

음처럼 가까운 느낌마저 들었다.

마을에는 포지아라는 아름다운 아가씨가 있었다. 구혼하려는 청년들이 줄을 이었다. 대장장이도 그중 하나였다. 아가씨는 대장장이에게 말했다.

"당신이 노래하는 그 골짜기에 다녀와서 그곳 이야기를 들려주면 당신과 결혼하겠어요."

대장장이는 곧바로 길을 떠났다. 몇 날 며칠 쉬지 않고 산을 넘고 · 험한 골짜기를 건넜다. 그렇게 한 달, 두 달이 훌쩍 지나갔다. 그리하여 마침내 그의 눈앞에 아주 친숙한 느낌을 주는 마을이 나타났다.

여러 달이 지난 후, 대장장이는 마을로 돌아왔다. 마을 사람들이 몰려나와 그를 맞이했다. 그러나 그는 끔찍하게 늙어 버린 모습이었다.

그가 더듬거리며 말을 꺼냈다.

"난 노래 속에 나오는 마을을 찾았어요. 그건 우리 마을과 비슷한 마을이 아니었어요. 그건 바로…… 우리 마을이었어요. 집들도 우물도 골목길도 똑같았어요. 심지어 우리 마을에 사는 사람들이 거기도 똑같이 살고 있었어요."

사람들은 깜짝 놀라 신음을 삼켰다.

"그런데 더 끔찍한 것은…… 그래요, 그들이 가짜가 아니라 우리가 그들의 그림자였어요."

〈노래의 골짜기〉설화는 이토록 놀라운 반전을 예비해 두고 있었다. 세상 어딘가에 우리와 똑같은 사람들이 살고 있다는 사실도 놀랍거니와, 알고 보니 우리가 그들의 그림자, 말하자면 껍데기에 불과하다는 사실!

이 설화를 마무리 짓는 것은 괴롭다.

대장장이는 얼마 지나지 않아서 지독한 상심으로 인해 숨을 거둔다. 그리고 그에게 직접 말을 들은 사람들도 하나둘 몸이 쇠약해지더니 다들 오래 버티지 못했다.

이 이야기를 우리에게 들려준 사람은 영국 국적을 지닌 아프가니스탄 출신 여성이다. 2001년 그녀는 온몸을 가리는 파란색 부르카를 뒤집어쓴 채 탈레반이 지배하던 당시의 아프가니스탄 땅으로 죽음을 건 모험을 감행한다. 그녀는 오직 어린 시절 아버지로부터 들었던 고향 마을을 눈앞에 그릴 뿐이었다. 온갖 빛깔의 새가 과일나무에 앉아 지저귀는 과수원과 다이아몬드 물방울이 분수로 솟구치는 정원이 펼쳐진 동화의 나라, 마법의 생수가 흐르는 땅…… 그러나 진실은 파라다이스하고는 전혀 상관이 없었다. 어느 구석도 닮지 않았다. 거기 고향에서 그녀를 기다린 것은 거대한 공포와 어둠, 그리고 완벽한 폐허와 절망이었다. 음악과 학교를 금지하고, 싸우는 것 밖에 모르는 사람들로 꽉 찬 나라, 많다면 오직 무기만 많은 나라. 그래서 동성애자를 처형하는 방법을 놓고 치열하게 논쟁하는 나라—한쪽은 담벼락을 무너뜨려 깔려 죽게 해야 한다고 주장하고, 다른 한쪽은 가장 높은 사원의 첨탑에서 떨어뜨려 죽여야 한다고 핏대를 올리는 나라.

그래서일까, 그녀는 〈노래의 골짜기〉 이야기를 들은 마을 사람들이 죽는 이유에 대해서도 "진실을 감당하지 못해"서라고 말한다.

이 고도에서 우리는 별과 가깝다. 나는 별들을 쳐다보기가 두려워 고개

를 숙였다.[176]

그렇다면 이게 끝인가. 진실은 우리가 감당하기엔 너무 무거운 것일까. 이야기에는 답이 없다. 오직 물음만 있을 뿐이다.

이야기가 어디서 생겨났나

마지막 이야기-백 번째 이야기

몽골 초원에서는 무서운 재앙을 일러 '조드'라 한다. 겨울이면 수시로 영하 4,50도까지 내려가는 빙원에서 수천 마리 가축이 떼로 죽는 일이 빈번하다. 그럴 때 그들은 하얀 눈벌판에 닥친 재앙이라는 뜻에서 차강조드라 말한다. 하얀 재앙. 예를 들어 2009년에는 몽골 전체 가축 수의 무려 오 분의 일에 해당하는 팔백이십만 두의 소와 양, 염소가 몰사하는 대재앙이 발생했다.

언젠가 그에 못지않은 조드가 사람들마저 덮쳤다.

100 아주 오래 전 무서운 돌림병 하르 체체그가 돌았다. 수천 명의 사람들이 손쓸 겨를도 없이 떼죽음을 당했다. 그 가운데 열다섯 살 난 소호르 타르와라는 사내아이가 혼자 버려져 정신을 잃고 저승에 갔다. 그 아이는 염라대왕 앞에 섰다. 염라대왕은 소년이 완전히 죽을 때를 기다리지 않고 저승으로 온 데 감동을 받아 다시 세상으로 돌아가게 했다. 그때 염라대왕은 소년에게 무엇이든 가지고 싶은 것

을 가지고 가라 말했다. 소년은 단 하나 '이야기'를 택했다.

세상에 돌아온 소년은 자기 몸을 찾았다. 그러나 이미 까마귀가 파먹어 두 눈이 없었다. 소호르는 할 수 없이 두 눈이 없는 제 몸뚱어리로 들어갔다.

그 후 몽골 초원에는 앞을 못 보는 한 사내가 돌아다니면서 이야기를 들려주기 시작했다. 그의 이야기에 사람들은 감동을 받았고 또 가르침도 받았다. 사람들은 그가 눈이 없어도 앞날을 본다고 생각했다.[177]

사람들이 참혹한 조드를 견디고도 살아남아 다시 희망을 갖는 이유를 어렴풋하게나마 짐작할 수 있다. 새삼 이야기꾼이 그리운 것도 이 때문이다.

저는 사람들이 말하는 '들판의 귀'를 가지고 있습니다. 새의 말을 알아듣고, 땅을 기어 다니는 조그만 동물들의 흔적과 나뭇잎 사이로 내리쬐는 태양의 조그만 빛점들을 읽어 내지요. 저는 사방에서 세차게 불어오는 바람과 실바람의 윙윙대는 소리, 하늘을 가로지르는 구름의 발자국 소리를 알아듣습니다. 제게는 이 모든 것이 말이고 징표니까요.[178]

이야기꾼이 지닌 지혜는 언제나 우리의 상상을 뛰어넘는다.

*

이제까지 우리는 아시아의 이야기들을 들려주면서 나름대로 간단히 그에 대한 설명을 덧붙여 왔다. 그러나 이런 방식에는 문제가 있음을 고백해야 한다. 그것은 우리의 능력이 부족해서이기도 하겠지만, 어쩌면 이야기의 본질적인 속성에서 더 크게 기인하는 것인지도 모른다. 사실 매일 아침, 아니 거의 매순간, 우리는 컴퓨터와 스마트폰을 통해서 무수한 정보를 주고받는다. 그렇지만 백 년 전에 이미 발터 벤야민이 말했듯이 우리가 정작 진귀한 이야기에는 빈곤을 겪는 까닭은 "우리들이 알게 되는 일들이란 모두 하나의 예외 없이 이미 설명이 붙여져서 전달되기 때문"[179]이 아닐까.

진정한 이야기는 정보를 제공하거나 구구절절 설명을 덧붙이지 않는다. 순간적으로 자신을 소진하는 데 초점을 두는 정보와 달리 이야기는 자신을 기나긴, 어쩌면 무한한 시간의 지평선 위에 배치함으로써 결코 자신을 완전히 소진하지 않는다는 말이겠다.

"옛날 옛날 한 옛날"로 시작되는 이야기는 한 순간이 아니라 모호해서 오히려 영원한 시간과 관련을 맺고 있는 것이다. "어느 깊은 산속에"로 시작되는 이야기의 공간 역시 아홉 시 뉴스의 특정 발화 지점하고는 상관이 없다. 그곳은 어디에도 없고 동시에 어디에나 있다.

그래서 우리는 아마 이렇게 말할 수도 있을 것이다.

"이야기는 모든 시간 모든 장소를 향해 열려 있다."

제2권 주석

1   루시앙 골드만, 송기형·정과리 옮김, 『숨은 신』, 인동, 1979, 49쪽.

2   제주도 서사무가 〈천지왕 본풀이〉.

3   질 들뢰즈·펠릭스 가타리, 김재인 옮김, 『천 개의 고원』, 새물결, 2001, 35쪽.

4   김소진, 「처용단장」, 『열린 사회와 그 적들』, 문학동네, 2002.

5   김춘수, 「처용단장 1의 2」, 『처용』, 민음사, 1995.

6   들뢰즈와 가타리의 용어. 수목형과 리좀형은 관계 맺기의 방식에 따라 구분
    된다. 리좀은 관계를 맺는 방식이 좀 더 자유로운 쪽으로 갈 때 성립하고, 수
    목형은 그와 반대로 이항대립적인 방식으로 나아갈 때 성립한다. 그러나 이
    둘은 따로 존재하는 게 아니라, 어디에 더 많은 규정성을 두는가에 따라 존
    재 양태가 정해진다. 리좀(Rhizome)은 원래 식물학 용어로 뿌리줄기와 같이
    줄기가 변해서 생긴 땅속줄기를 말한다. 여기서는 어디서나 접속이 자유롭
    게 이어지는 유연한 관계를 말한다.

7   장준희, 「아, 비비하눔이여!」, 『중앙아시아-대륙의 오아시스를 찾아서』, 청아
    출판사, 2004, 150~155쪽. 하눔은 고귀한 집의 처자, 즉 귀부인을 말한다.
    왕비, 공주, 귀족의 부인도 하눔이라 불렸다고 한다.

8   타임라이프북스, 고형지 옮김, 『타임라이프 세계사 11-이슬람 예언자의
    땅』, 가람기획, 2004, 170쪽.

9   김영하의 말. 안바르 알리, 「가을의 다른 얼굴」, 《온아시아》 웹진 창간호에
    수록. 현재 접근할 수 없다. 안바르 알리는 인도 케랄라 주 출신의 시인으로,
    한국문학번역원에서 실시하는 문화동반자사업 해외작가 레지던스 프로그
    램 참석차 한국에 와서 육 개월간 지냈다.

10　김영하 외, 『스테이』, 갤리온, 2010, 68쪽.

11　김남일, 단편소설 「조금은 특별한 풍경」에서 인용.

12　「금기 없는 '하룻밤의 꿈' … 베트남 오지의 '사랑시장'」, 《중앙일보》 2011.
　　10.11.

13　리처드 F. 버튼, 오정환 옮김, 『아라비안나이트』 제1권, 범우사, 1993,
　　231~233쪽.(제16일째 밤)

14　김하경 옮김, 『아라비안나이트』 제1권, 시대의 창, 2006, 164쪽

15　Folktales from Iraq, ed. by C. G. Campbell, Univ. of Pennsylvania
　　Press, USA, 2005.

16　타임라이프북스, 고형지 옮김, 앞의 책, 77쪽.

17　페르시아 문화권을 오늘날의 국경 개념으로 명확하게 가르기는 어렵다. 최
　　한우는 이란, 쿠르디스탄(이라크의 쿠르드족 지역 등), 아프가니스탄, 파키스탄,
　　타지키스탄을 페르시아 문화권으로, 터키, 아제르바이잔, 투르크메니스탄,
　　우즈베키스탄, 카자흐스탄, 키르기스스탄, 캅카스, 시베리아, 중국 신장성
　　지역의 무슬림 지역을 튀르크 문화권으로 분류한다. 조희선·최한우, 「이슬
　　람의 문화적 특색과 토속 관행」, 『중동연구』 제18권 1호, 한국외국어대 중동
　　연구소, 1999, 141쪽.

18　베스타 S. 커티스, 임웅 옮김, 『페르시아 신화』, 범우사, 2003, 73쪽.

19　Arthur George Warner and Edmond Warner, The Evil Customs of
　　Zahhak and the Device of Irmail and Karmail, The Shahnama of
　　Firdaus , K. Paul Trench, Trubner Company, 1905-1925.

20　랍산 라흐모노프, 「타지키스탄 민중 영웅서사시에 대하여」, 『한·중앙아시아
　　신화 설화 영웅서사시 작품해설집』, 문화체육관광부 아시아문화중심도시추
　　진단, (사)아시아문화네트워크, 2010, 21~22쪽.

21　Comprising The Shah Nameh, The Rubaiyat, The Divan, and The
　　Gulistan, Persian Literature Volume 1, 1909, 프로젝트 구텐베르크
　　(http://www.gutenberg.org)에서 참조.

22　알마게스트(http://etcweb.princeton.edu)에서 'The Princeton Shahnama
　　Project' 참조.

23 베스타 S. 커티스, 임웅 옮김, 앞의 책, 88~89쪽.

24 현재의 인도네시아 자바 섬 동부를 중심으로 번영했던 왕국(1293~1520경).
    이슬람 세력에 의해서 멸망했다.

25 고영훈·정영림, 『인도네시아 문학의 이해』, 한국외국어대 출판부, 2004,
    9~14쪽; 정영림, 「말레이시아 문학」, 『아시아 문학의 이해』, 전예원, 1993,
    13~18쪽 등 참고.

26 앞의 책.

27 구눙 레당은 사람 이름이 아니라 '레당 산'이라는 뜻이다. 말레이시아 조호르
    지방에 있는 산으로 오피르 산이라고도 한다. 높이는 1276미터. 14세기에
    근처를 지나던 뱃사람들은 그 산을 황금산으로 불렀는데, 마자파힛 시절에
    는 '멀리 떨어져 있는 산'이라는 뜻에서 그 이름으로 부르기 시작했다고 한
    다. '푸테리'는 공주라는 뜻. 그러므로 '푸테리 구눙 레당'은 '레당 산 공주'라는
    뜻. 그녀는 레당산 꼭대기에 살았다고 전해진다.

28 Peri, The Daughter of the King of the Ghost's Country, TAJIK
    FOLKTALES, BISHKEK, 2001(4개국어 판본: 키르기스어·타지크어·러시아어·영
    어) ISBN 9967-11-095-3

29 Kesar Lall, Legends of Kathmandu Valley, Nepal Bhasha Academy,
    2007, 75~76쪽.

30 Kavita Ram Shrestha,Sarah Lamstein, From the mango tree and other
    folktales from Nepal, Libraries Unlimited, 1997, 72~74쪽. 〈The Uttis
    Tree〉

31 Mimi Herbert, Voices of the Puppet Masters-The Wayang Golek
    Theatre of Indonesia, University of Hawaii Press, 235~236쪽.

32 오노 야스마로, 강용자 옮김, 『고사기』, 지만지 클래식, 2009; 전용신 옮김,
    『일본서기』, 일지사, 1989; 박정혜·심치열, 「황천국을 찾아간 이자나기」, 『신
    화의 세계』, 성신여대 출판부, 2005 등 참고.

33 김윤아, 『미야자키 하야오』, 살림, 2005.

34 전용신 옮김, 앞의 책, 4쪽.

35 이하 주로 조현설, 『동아시아 건국신화의 역사와 논리』, 문학과지성사,

2003, 20~21쪽(각주 14). 여기서는 중국이라는 다민족 국가의 성격상 소수 민족의 '건국'을 인정하거나 강조하지 않으려는 것을 중화중심주의라 비판 한다.

36 조동일, 『동아시아 구비서사시의 양상과 변천』, 문학과지성사, 1997, 262~268쪽.

37 박정혜·심치열, 「반고의 천지개벽」과 「여와의 인류창조」, 앞의 책.

38 루쉰, 유세종 옮김, 「하늘을 땜질한 이야기」, 『새로 쓴 옛날이야기』, 그린비, 2011, 17~18쪽.

39 위안커, 김선자 외 옮김, 『중국신화사』(상), 웅진지식하우스, 2007, 특히 45~46쪽 참조. 김선자의 비판은 27쪽.

40 조동일은 아예 한국에는 창세신화가 없고 창세 서사시만 있다고 말한다. 조 동일, 앞의 책, 123쪽.

41 조현설, 「한국 창세신화에 나타난 인간과 자연의 문제」, 『한국어문학연구』 제41집, 한국어문학연구학회, 2003; 조동일, 앞의 책; 심재관, 「석가 미륵투 쟁 신화와 힌두신화의 한 유형」, 『비교민속학』 제33집, 2007 등 참고. 이런 석가미륵 투쟁의 신화소를 포함하는 신화 유형은 한반도(제주도 포함)뿐만 아니라 시베리아 일대, 몽골, 일본, 오키나와 등에도 폭넓게 나타나는데, 각 지역 간 유사성에 대한 비교 연구도 진척된 바 있다. 구체적인 신화 자료는 서대석, 『한국의 신화』, 집문당, 2004.; 현용준, 『제주도 신화』, 서문당, 1976.; 진성기 엮음, 『신화와 전설-제주도 전설집』, 제주민속연구소, 2001. 등 참고.

42 조현설, 「민담적 복수와 신화적 화해-아시아 스토리 국제워크숍에 부쳐」, 계 간《아시아》 제23집, 2011, 17~18쪽.

43 다른 판본에 따르면, 한 하늘에 해가 둘 달이 둘 떠 있는 관계로 말미암아 "인 간 백성은 낮에는 햇빛에 시들어 죽어 가고, 밤에는 달빛에 시려 죽어 가곤 하였다"라고 한다. 진성기 엮음, 「하늘과 땅이 열린 이야기」, 앞의 책, 22쪽.

44 김헌선, 「〈베포도업침 천지왕본풀이〉에 나타난 신화의 논리」, 『비교민속학』 제28집, 비교민속학회, 2005, 241쪽.

45 응우옌 홍 비, 「〈영남척괴〉(嶺南摭怪)-문화적 접근」, 아시아스토리 국제워크 숍, 2011.11.10, 아시아문화중심도시추진단, (사)아시아문화네트워크 공동

주최, 서울.

46 최귀묵,『베트남문학의 이해』, 창비, 2010, 76~80쪽.

47 김헌선,「동아시아 신화 비교 연구」,『한국민속학』제29집, 한국민속학회, 1997, 313쪽.

48 무경, 박희병 옮김,『베트남의 신화와 전설』, 돌베개, 2000, 202쪽 해설.

49 Reading the Legend of Lac Long Quan and Au Co, 미국 휴스턴대학교 글로벌 베트남 디아스포라 블로그(http://blogs.bauer.uh.edu/vietDiaspora); 여기서 참고한 키스 테일러의 저서는 The Birth of Vietnam, Berkeley: University of California Press, 1983. Keith Taylor가 지적하듯이,『영남척괴열전』원문에는 '총애하는 여인(愛女)'으로 되어 있는데, 이후『대월사기전서』에는 데 라이의 딸(女)로 바뀐다. 이를 두고 학자들마다 해석이 조금 다르다. (1) 최귀묵은 이를 중세의 유교 윤리가 반영된 것이라 해석한다. 총애하는 여인이란 락 롱 꿘의 입장에서는 남의 아내를 가리키며, 결국 그가 남의 아내를 빼앗은 셈이라고 보는 것이다. 최귀묵은 이 신화의 줄거리를 요약해서 소개하면서 이 부분에서는 원문을 좇는다. (2) 반면, 이 신화가 들어 있는『영남척괴열전』을 우리말로 번역한 박희병은 '사랑하는 딸'로 번역하고 있다. 박희병은 자신의 번역이 대만 첸이(陳義)의 교점본을 저본으로 하여 이본들을 대조해 만든 교합본이라고 말한다. 그는 원문 '애녀'(愛女, 134쪽)를 '사랑하는 딸'로 번역한 이유에 대해서는 따로 설명하지 않는다. (3) 응우엔 홍 비는 "락 롱 꿘이 데 라이의 딸인 어우 꺼와 결혼한 것은 오촌 조카를 아내로 맞은 것이다. 베트남 중세의 역사서에서 근친혼은 끝없이 흠을 물어야 하는 대상이다. 그러나 락 롱 꿘과 어우 꺼의 경우는 신화적 상징으로 세계에서 보편성을 갖고 있고, 바익 비엣에서도 보편성을 갖고 있는 경우에 해당된다."고 말한다. 그는 "만약 자신의 정견과 다르다고 모두 없애 버렸다면 미래는 어디에 의거해서 나아갈 것인가?!"라고 말한다. 유교를 신봉하는『대월사기전서』의 저자와 같은 학자들이 자기들의 뜻과 다르다고 해서, 즉, "아직 예의 법속이 제대로 갖추어져 있지 않은 야생의 상태였기 때문에 그런 것"이니 그걸 유교적 윤리에 따라 바꾸었는데, 응우엔 홍 비는 이를 슬쩍 비판하는 것이다. 이는 그가『영남척괴열전』의 원본을 충실히 좇겠다는 뜻이

다. 그러나 그는 분명히 그 원문을 '데 라이의 딸인 어우 꺼'라고 해석하고 있
어 우리의 혼란을 가중시킨다. 응우옌 홍 비, 앞의 글. (4) 케이트 테일러의
입장은 분명히 최귀묵과 같다.

50 최귀묵, 「월남 므엉족의 창세서사시–〈땅과 물의 기원〉」, 『구비문학연구』 제
    11집, 한국구비문학회, 2000, 260~61쪽.

51 응우옌 홍 비, 앞의 글.

52 조동일, 앞의 글, 279쪽. 자남(쯔 놈)은 우리나라의 이두처럼 한문을 이용한
    중세 베트남어 표기법.

53 신윤환 외, 『동남아에서 국가 정체성의 구축과 성격: 국립박물관과 기념물
    을 중심으로』, 대외경제정책연구원, 2010, 46쪽.

54 이하 싱가포르 건국설화 설명은 로즈마리 소마이어, 「아시아의 신화와 민
    담–싱가포르 한 스토리텔러의 관점」, 아시아스토리 국제워크숍
    2011.11.10, 아시아문화중심도시추진단, (사)아시아문화네트워크 공동주
    최, 서울 참조.

55 머라이언(Merlion)은 인어(Mermaid)와 사자(Lion)의 합성어이다. 앞의 글 참
    고.

56 남자인 리오(Lyo)는 사자자리, 여자인 멀리(Merly)는 물병자리이며, 리오는
    치킨라이스를 좋아하고 멀리는 슬러시를 좋아한다는 식으로 인격화했다.
    앞의 글 참고.

57 Edwin Thumboo, Ulysses by Merlion, Reflecting On the Merlion: An
    Anthology of Poems, National Arts Council, 2009 일부.

58 신윤환 외, 앞의 책, 14쪽

59 바이다바·이븐 알 무카파, 이동은 옮김, 「개정판 옮긴이의 말」, 『칼릴라와 딤
    나』(개정판), 강, 2008, 390쪽.

60 오수연, 『황금지붕』, 실천문학사, 2007.

61 라퐁텐의 우화(http://en.wikipedia/wiki/La_Fontaine's_Fable) 참고. 『판차탄트
    라』는 유럽에는 대개 『비드파이 우화집(The Fables of Bidpai)』, 혹은 『필파이
    우화집(The Fables of Pilpay)』로 알려져 있는데, 이는 우화 속 낭송자의 산스
    크리트 이름을 그렇게 번역 표기한 데서 기인한다.

63 우리나라의 〈은진 서낭자〉를 비롯하여, 거의 동일한 이야기가 아시아 각국에 두루 전한다. 예컨대 버마의 경우, 김영애·최재현 엮음,「쥐처녀의 신랑」,『세계민담전집-태국 미얀마』, 황금가지, 2003.

63 Arthur W. Ryder(trans.), "The Weaver Who Loved a Princess", The Panchatantra, The University of Chicago Press, Chicago, 1925.

64 노영자,『인도 속의 보물, 민담』, 부산외국어대학교 출판부, 2008, 53쪽.

65 Richard Francis Burton, King Vikram and the Vampire, Park Street Press, 1870.

66 Nandkishore Tiwari, Arvind Macwan, and H. U. Khan, Bharthari: A Chhattisgarhi Oral Epic, Sahitya Akademi, 2002.

67 앞의 책, 33쪽.

68 Ann Grodzins Gold, Outspoken Women: Representations of Female Voices in a Rajasthani Folklore Community, Oral Tradition, 12/1, 1997, 121쪽~ (1997) 구전(http://journal.oraltradition.org)에서 참조.

69 남인도 케랄라주의 카타칼리(Kathakali), 오탄 툴랄(Ottan Thullal), 동인도의 차우(Chhau), 남인도 카르나타카주의 약샤가나(Yakshagana) 등을 비롯 많은 춤이 〈라마야나〉와 〈마하바라타〉를 주요 소재로 삼고 있다. 미야오 지료(宮尾慈良), 심우성 옮김,『아시아 무용의 인류학』, 동문선, 1991.

70 김주희·김우조·류경희,『인도 여성-신화와 현실』, 한국외국어대학교 출판부, 2005, 79쪽.

71 장춘석,「인도 유래 불교설화 연구의 동향과 문제점」,『중국인문과학』19집, 중국인문학회, 1999, 170쪽.

72 김주희·김우조·류경희, 앞의 책. 특히 제3부 3장 참고.

73 류경희,『인도신화의 계보』, 살림, 2003, 45~48쪽 참고

74 블루스를 부르는 시타(http://sitasingstheblues.com) 참고.

75 이안,「〈라마야나〉와 영화: 두 편의 영화 감상」, 아시아스토리 국제워크숍, 아시아문화중심도시추진단, (사)아시아문화네트워크, 서울, 2012.

76 이안, 앞의 글.

77 A. J. 토마스,「인도의 신화와 전설-특히 케랄라 주를 중심으로」, 아시아스토

리국제워크숍, 아시아문화중심도시추진단, (사)아시아문화네트워크, 서울, 2011.11.10

78 심재관, 앞의 글, 2007, 140쪽.

79 조동일, 앞의 책, 392쪽.

80 M. S. Purnalingam Pillai, Ravana The Great King of Lanka, Asian Educational Services, 2003.

81 450년 경 창작된 최초의 타밀 서사시로, 타밀의 제왕이 북쪽의 여러 아리안 족 왕국을 정벌한 것을 찬양하는 내용이다. 일명『발찌의 노래(The Lay of the Anklet)』라고도 한다. 3장 5,270행으로 이루어진 이 서사시는 타밀 문화의 다양한 면모를 훌륭하게 담아내고 있는 것으로 평가를 받고 있다.

82 조동일, 앞의 책, 359~360쪽.

83 R. K. 나라얀, 김석희 옮김,『라마야나』, 아시아, 2012.

84 촘 손낭,「캄보디아의『라마야나』: 〈레암케르〉-앙코르 천년의 영광」, 아시아 스토리국제워크숍, 아시아문화중심도시추진단, (사)아시아문화네트워크, 서울, 2012.

85 Sbaek Thom. 스벡은 가죽이라는 뜻. 톰은 크다는 뜻. 동남아시아 다른 나라의 그림자 인형극에 쓰이는 것과 같은 작은 인형은 스벡 토우크(Touch)라고 한다.

86 촘 손낭, 앞의 글.

87 925년경 무명 시인이 지었다는 설도 있다. 10세기에는 쁘람바난의 로로종 그랑 힌두교 사원에 〈라마야나〉 이야기가 양각으로 조각되기도 했다. 김장겸,「동남아 문학에 나타난 인도 서사시」,『동남아 인도문화와 인도인 사회』, 한국외국어대학 출판부, 2001, 105~106쪽.

88 이옥순,「타고르가 본 1927년의 동남아」,『동남아 여행 글쓰기와 포스트식민주의 비평』(김은영 편), 심산, 2011, 119~120쪽.

89 인도판 〈라마야나〉와 구별하기 위하여 등장인물 및 지명 등을 인도네시아어 원음을 충실하게 좇아 거센소리(격음) 대신 된소리(경음)를 사용한다. 예: 로카팔라→로까빨라.

90 인도네시아어 판본 중에는 이렇게 납치된 기간을 표시해 놓은 것도 있다. Ir.

Sri Mulyono, Human Character in the Wayang, Pustaka Wayang, 1977, 126쪽.

91 The Ramayana, published by the Department of Education & Culture, Indonesia. 씨사이트(http://www.seasite.niu.edu)에 주로 의존. 특히 〈라마야나〉가 반영된 와양을 설명하는 책(Sunardjo Haditjaroko, M. A., Ramayana: Indonesian Wayang, Penerbit Djambatan, 1962)도 거의 비슷한 내용으로 〈라마야나〉를 설명한다. 그렇지만 같은 와양에 관한 책이라도 인도네시아 판본들보다 오히려 말레이시아의 〈히카야트 스리 라마〉나 방글라데시의 〈찬드라바티 라마야나〉에서처럼 라바나의 출생 과정을 강화하고, 시타와 라마의 관계에서 시타 쪽에 상대적으로 힘을 실어 주는 판본도 많이 존재한다. Mimi Herbert, 앞의 책, 230-232쪽; Ir. Sri Mulyono, 앞의 책 등 참고.

92 Ir. Sri Mulyono, 앞의 책, 127~129쪽. 뒤에 서술하는 말레이시아 편에서는 대개 비슷하지만 이름과 지명 등에서 조금 차이가 나는 내용으로 설명된다.

93 앞의 책, 82쪽.

94 이하 앞의 책, 143~145쪽.

95 쁘람바난(Prambanan)은 10세기 무렵 자바 건축의 정수를 보여 주는 대규모 힌두 사원인데, 거기에는 당연히 〈라마야나〉의 장면들이 부조로 새겨져 있다. 1960년대부터 그곳에서 Sendratari Ramayana 공연이 펼쳐지고 있다.

96 이옥순, 앞의 글, 127~129쪽.

97 Syed Jamil Ahmed, Acinpakki Infinity-Indigenous Theatre of Bangladesh, The University Press, 2000. 제2장 참고.

98 Nabaneeta Dev Sen, Rewriting the Ramayana : Chandrabati and Molla, India International Centre Quarterly Vol. 24, No. 2/3, Crossing Boundaries (MONSOON 1997), 163~177쪽. 어쨌든 브라만 계급은 두 판본을 다 인정하지 않았다. 몰라의 판본은 궁정에서 전혀 읽혀지지 않았으며, 비평가들은 찬드라바티의 판본은 무엇인가 부족하고 완성도가 떨어진다고 비판하기 일쑤였다.

99 심지어 힌두교 여성들조차 구십 퍼센트가 드라우파디 대신 시타나 사비트

리를 이상적인 여인상으로 간주하고 있다는 조사 결과도 있다. 드라우파디
는〈마하바라타〉의 여주인공으로서 자신의 주장을 당당히 밝히는 여성의
대명사이며, 사비트리는 죽은 남편을 살리기 위해 죽음의 신 야마를 찾아가
결국 의지를 관철한 여성이다. Nabaneeta Dev Sen, When Women
Retell the Ramayana, Manushi No.108. September–October 1998, 19
쪽. 아울러 김주희·김우조·류경희, 앞의 책, 62쪽.

100 Nabaneeta Dev Sen, Rewriting the Ramayana : Chandrabati and
Molla, India International Centre Quarterly Vol. 24, No. 2/3, Crossing
Boundaries (MONSOON 1997).

101 방글라데시 다카대학교 교수 자밀 아흐메드(Jamil Ahmed)가 2011년 아시아
문화의 전당과 (사)아시아문화네트워크가 공동 주최한 아시아스토리 국제
워크숍에 제출한 시놉시스에 크게 의존함.

102 Dineschandra Sen·Rai Bahadur, Eastern Bengal Ballads My Mensing,
Vol I Part I, The University Of Calcutta, 1923, 97쪽.

103 Susie Tharu·K. Lalita, Women Writing in India: 600 B. C. to the
Present, V: 600 B. C. to the Early Twentieth Century, Feminist Press,
1993, 103쪽.

104 특히 상좌부 불교의〈라마야나〉전통에 대해서는 Paula Richman(ed),
Many Ramayanas: The Diversity of a Narrative tradition in South Asia,
University of California Press, 1991, 52~55쪽 참고.

105 No.461–Dasaratha Jataka, The Jataka, Vol. Ⅳ, tr. by W.H.D.Rouse,
1901.

106 스리랑카 정부 공식 뉴스 사이트(http://news.lk) 등 참고.

107 특히 로히니 파라나비타나,「스리랑카의〈라마야나〉에 대한 새로운 해석들」,
아시아스토리국제워크숍, 아시아문화중심도시추진단, (사)아시아문화네트
워크, 2012.

108 이옥순,「동남아의 시따, 인도의 시따: 여성주의 관점의 비교 연구」,『여성과
역사』제13집, 한국여성사학회, 2010, 7쪽.

109 《여성》제2권 1호(1937년 1월호), 조선일보사 출판부. 김영건에 대해서는 윤

대영,「김영건의 이력과 저술 활동」,『한국학연구』 제21집, 2009를 참고하라. 맞춤법과 띄어쓰기만 현대 우리말 표현에 맞게 바꾸었다. 참고로 '徵'은 원래 '징'(부를 징)이라 읽지만, 여기서는 김영건을 따라 '증'이라 읽는다. 베트남어로는 '쯩'이 된다.

110 당나라 전기가 쓴「귀안」(歸雁)이라는 시. 瀟湘何事等閑回(소상하사등한회) 水碧沙明兩岸苔(수벽사명양안태) 二十五絃彈夜月(이십오현탄야월) 不勝淸怨却飛來(불승청원각비래). 소상에서 어찌하여 생각 없이 돌아 왔는가?/물은 푸르고 모래는 밝아 강가에는 이끼가 가득한데/스물다섯 줄 거문고로 밤에 달빛 받으며 뜯나니/소리는 맑은 한을 이기지 못하고 날아오르는구나.

111 라니 마니카, 이정아 옮김,『쌀의 여신』 제2권, 올, 2002, 100쪽.

112 이은구,『인도의 신화』, 세창미디어, 2003, 272쪽.

113 류경희, 앞의 책, 22쪽.

114 이하 엘미라 쾨칩쿨로바(Elmira Köchü mkulova),「키르기스의 구전전통과 서사시〈마나스〉」, 계간《아시아》제23호, 2011년 겨울호. 해설(51~56쪽)에 크게 의존했다. 또한 엘미라 쾨칩쿨로바가 인터넷에 공개한 실크로드파운데이션 사이트(http://www.silk-road.com) 참고.

115 고선지 장군이 당나라 군대를 이끌고 아랍군과 싸운 탈라스 회전의 탈라스는 이곳이 아니라 서쪽으로 더 떨어진 카자흐스탄의 잠불이라는 설이 있다. 현재 이 탈라스에는 마나스 공원과 박물관 등이 있다.

116 조동일, 앞의 책, 313쪽.

117 R. Z. Kydyrbaeva, The First World People's Epics Festival International Symposium, Ministry of Culture and Information of Kyrgyz Republic, 5-9 September, 2006. 415~416쪽.

118 김남일 옮김,「마나스의 첫 번째 영웅적 업적」, 계간《아시아》제23호, 2011년 겨울호. 38~44쪽. 현재〈마나스〉의 영어 번역본은 키르기스인 엘미라 쾨칩쿨로바가 인터넷상에 공개한 부분 번역본과 월터 메이(Walter May)가 러시아어에서 옮긴 두 권짜리 판본이 있다. Sagymbai Orozbakov, Walter May(trans.), Manas(The Kyrgyz heroic epos in four parts) Vol.1, Vol.2, Rarity firm Ltd., Bishkek, 2004. 여기서 번역한 대목은 인터넷 판본을 저

본으로 사용했다.

119 키르기스스탄에서 40이라는 숫자는 매우 중요한 상징성을 지닌다. 그것은 키르기스의 마흔 개 부족을 상징한다. 현재 국가에도 마흔 개의 햇살로 이를 표현하고 있다.

120 친기즈 아이뜨마또프, 「천국과 말, 그 시끄러운 이중창」, 계간 《아시아》 제23호, 2011년 겨울호, 67쪽.

121 중국에서는 서사시를 사시(史詩)라고 한다. 이들이 말하는 중국의 삼대 사시는 〈마나스〉와 몽골 민족의 〈장가르〉, 티베트 민족의 〈게세르(게사르)〉이다. 특히 〈게사르〉를 중국의 서사시로 만들고자 한 노력에 대해서는, 전보옥, 「티베트 서사시 〈게사르〉에 대한 중국의 연구 동향」, 『중국어문학논총』, 제51호, 중국어문학연구회, 2008. 참조.

122 유네스코와 유산(http://www.unesco.or.kr/heritage) 중 무형문화유산 목록 참고.

123 딜쇼드 라히모프, 「타지크 민족 서사시 〈구르굴리〉」, 『아시아 스토리 국제워크숍 (2011.9.10) 자료집』, 문화체육관광부 아시아문화중심도시추진단, (사)아시아문화네트워크, 2011; 랍산, 41~47쪽; 「타지키스탄 서사시 구르굴리 번역에 대하여」, 앞의 책, 57~59쪽; 우영창, 「구르굴리의 특성과 작품 활용 방안」, 앞의 책, 63~66쪽; 「서사시 구르굴리의 구연자들(구르굴리혼)과 구연본에 대하여」, 『구르굴리』 부록, 박혜경·권경준·정하경 옮김, 우영창·안도현 공동 한국어 감수, 『구르굴리』, 문화체육관광부 아시아문화중심도시추진단, (사)아시아문화네트워크, 2010, 615~631쪽; 「연주예술과 타지크 민중서사시 구르굴리의 연주자들」, 앞의 책, 해설; 랍산 라흐모노프, 「타지키스탄 민중 영웅서사시에 대하여」, 『한-중앙아시아 신화 설화 영웅서사시 작품해설집』, 문화체육관광부 아시아문화중심도시추진단, (사)아시아문화네트워크, 2010 등 참고.

124 박혜경·권경준·정하경 옮김, 우영창·안도현 공동 한국어 감수, 앞의 책, 11~611쪽.

125 무덤에서 출생하는데, 실제 '구르굴리'라는 이름 자체가 '무덤의 악마'라는 뜻이다. '구르굴리'의 다른 이름인 '구르쟈드'는 '무덤의 아들'이라는 뜻이다. 랍

산 라흐모노프, 앞의 글, 23쪽.

126 질 들뢰즈·펠릭스 가타리, 김재인 옮김, 앞의 책, 53쪽.

127 이선아, 『단군신화와 몽골 게세르칸 서사시의 신화적 성격 비교』, 고려대대 학원 박사학위 논문, 2012. 9쪽.

128 조동일은 〈게사르〉를 티베트와 몽골이 공유하는 영웅 서사시로 간주하면서 도 정작 설명은 티베트 편에서 하고 있다. 조동일, 앞의 책, 302~313쪽. 이 선아는 티베트 본을 〈게사르〉, 몽골 본을 〈게세르〉라고 표기한다. 이선아, 앞 의 논문, 6쪽.

129 유원수, 『게세르 칸』(몽골 대서사시), 사계절, 2007. 이밖에 우리나라에는 일 리야 N. 마다손 , 양민종 옮김, 『바이칼의 게세르 신화』, 솔, 2008 번역되어 있다.

130 유원수, 앞의 책, 53~54쪽.

131 앞의 책, 105~106쪽.

132 카토, 「몽골 서사시 내용과 구조 및 예술적 특징」, 제1차 한-몽 문화자원 협 력회의 기념 세미나, 문화체육관광부 아시아문화중심도시추진단, 2010.9.30.

133 발터 하이시히, 이평래 옮김, 『몽골의 종교』, 소나무, 2003,182쪽.

134 앞의 책, 195쪽.

135 이선아, 앞의 논문. 65~66쪽.

136 앞의 논문, 62~63쪽.

137 일리야 N. 마다손 채록, 양민종 옮김, 앞의 책.

138 신화 전설 시대의 많은 이야기들이 일찍이 문헌화되면서 문학, 사학, 철학적 기술 속으로 들어가 버렸기 때문이라는 주장이 설득력을 얻고 있다. 예) 전 보옥, 앞의 글, 640쪽.

139 조동일, 『동아시아문학사비교론』, 서울대학교 출판부, 1998, 326쪽.

140 조동일, 『동아시아 구비서사시의 양상과 변천』, 문학과지성사, 1997, 357쪽.

141 Damiana Eugenio, Philippine folk literature(VIII)-The Epics, UP Press, 2001, 227~251쪽.

142 유네스코와 유산(http://www.unesco.or.kr/heritage)에서 인류무형유산대표

목록 참조.

143 샤먼이자 전통민요 가수인 멘둥 사발(Mendung Sabal)의 구술. Grace Nono, The Shared Voice; Chanted and Spoken Narratives from the Philippines, Anvil Publishing House, 2008, 43쪽.

144 E. Arsenio Manuel, recorded and translated with the assistance of Saddani Pagayaw, The Maiden of the Buhong sky; a complete song from the Bagobo folk epic, Tuwaang, University of the Philippines Press in Quezon City, 1958; Damiana Eugenio, 앞의 책, 171~192쪽, 171~192쪽, 193~226쪽.

145 Damiana Eugenio, 앞의 책, 185~186쪽.

146 앞의 책. 215쪽.

147 앞의 책. 223쪽.

148 조동일, 앞의 책, 45쪽.

149 질 들뢰즈·펠릭스 가타리, 앞의 책, 40쪽. 조금 변형하였다.

150 자밀 아흐메드, 앞의 글.

151 Edward C. Dimock, The Manasa-Mangal of Ketaka-Dasa; BEHULA AND LAKHINDAR, The thief of love; Bengali tales from court and village, University of Chicago Press, 1963, 220~222쪽. 바수키는 뱀신이다. 힌두교 창세신화인 〈우유의 바다 휘젓기〉 신화에서 선신과 악신이 밧줄 대신 그의 몸을 이용하여 우유 휘젓기를 하게 된다. 쿠르마는 비슈누의 두 번째 화신으로 거북이인데, 〈우유의 바다 휘젓기〉 신화에서 주춧돌로 놓은 산이 움직이자 비슈누가 바로 그 거북이로 변해 중심을 잡아준다. 비사하리는 마나사의 또 다른 이름이다. 다섯 번째 이야기 참고.

152 혹은 단완타리. 힌두교 신화에서 '신들의 의사'로 알려져 있다. 〈우유의 바다 휘젓기〉 신화에서는 창조의 결과 단반타리가 생명의 묘약 암리타를 들고 등장한다. 다섯 번째 이야기 참고.

153 Edward C. Dimock, The Manasa-Mangal of Ketaka-Dasa; BEHULA AND LAKHINDAR, The thief of love; Bengali tales from court and village, University of Chicago Press, 1963; Sen, Dinesh Chandra,

History of Bengali language and literature, University of Calcutta, 1911. 참고.

154 Syed Jamil Ahmed, Acinpakki Infinity-Indigenous Theatre of Bangladesh, The University Press, 2000, 118쪽.

155 Astik. 존재 혹은 실재.

156 Syed Jamil Ahmed, 앞의 책, 113쪽.

157 『연암집』 제6권 별집, 서사, 「이방익의 사건을 기록함」. (한국고전종합DB에서 인용함)

158 위안커, 김선자 외 옮김, 『중국신화사』(하), 웅진지식하우스, 2010, 229쪽에서 재인용.

159 R. A. 니콜슨, 사희만 옮김, 『아랍문화사』, 민음사, 1995, 323쪽.

160 Morris Jastrow & Albert T. Clay(eds.), An Old Babylonian Version of the Gilgamesh Epic, Yale University Press, 1920, 63쪽(인터넷 판).

161 앞의 책. (인터넷 판).

162 앞의 책, 51쪽(인터넷 판).

163 김산해, 『최초의 신화 길가메쉬 서사시』, 휴머니스트, 2005, 271쪽.

164 E. A. Wallis Budge, The Babylonian Story of the Deluge and the Epic of Gilgamish, Internet Sacred Text Arehive(http://www.sacred-texts.com), 33쪽(인터넷 판). 대영박물관 이집트 아시리아 고고학분과가 바빌론의 유적을 수년 간 발굴한 뒤 펴낸 자료를 1929년 정리해서 펴낸 소책자.

165 김산해, 앞의 책. 줄거리는 주로 이 책에 의존했다.

166 발터 벤야민, 반성완 옮김, 「얘기꾼과 소설가」, 『발터 벤야민의 문예이론』, 민음사, 1983, 177쪽.

167 앞의 책, 175쪽.

168 김남일, 「이야기를 통한 상상력의 연대」, 계간 《아시아》 제23호, 2011. 117쪽.

169 발터 벤야민, 반성완 옮김, 앞의 책, 180쪽.

170 질 들뢰즈·펠릭스 가타리, 김재인 옮김, 앞의 책, 920쪽.

171 Dorji Penjore: "Meme Haylay Haylay and His Turquoise," 48~49쪽, in "Folktales and Education: Role of Bhutanese Folktales in Value

Transmission", Journal of Bhutan Studies, Vol. 12, Summer, 2005.

172 국민행복지수(GNH; Gross National Happiness): 1972년에 부탄의 제4대 왕이 즉위하면서 무분별한 개발로 인한 물질문명이 국민들의 진정한 행복을 오히려 저해할 수 있다고 판단, 이 개념을 제안하고 스스로 이에 따라 통치를 해왔다. 2008년에 제5대 국왕이 주도한 부탄의 첫 번째 의회 투표 이후이 개념은 외부로 퍼져나가 많은 나라에서 도입했다. 부탄은 1위를 유지해세계에서 가장 행복한 나라로 꼽혔는데, 물론 최근 들어 부탄도 문호를 개방한 이후 개발로 인한 갈등을 조금씩 경험하고 있는 중이다. 영국 레스터대학교의 행복도 조사에서는 부탄이 세계 여덟 번째로 행복한 국민으로 조사됐다. 1, 2위는 덴마크와 스위스, 미국은 23위였고, 한국은 102위였다. 물론 행복의 기준을 어디에 놓느냐에 따라 결과는 크게 달라질 수도 있겠지만, 아직까지 부탄 국민들을 행복하지 않다고 보는 시각은 거의 없다고 해야 할 것이다.

173 《동아일보》, 1995년 2월 4일자 5면.

174 김윤식, 「동북아 문인들의 역사 감각」, 『바깥에서 본 한국문학의 현장』, 집문당, 1998, 261쪽.

175 사이라 샤, 유은영 옮김, 『파그만의 정원』, 한겨레신문사, 2004, 017쪽. 참고로, 이 책의 원제는 『이야기꾼의 딸(The Storyteller's Daughter)』이다.

176 앞의 책, 336쪽.

177 데 체레소드놈, 이안나 옮김, 「이야기가 어디서 생겨났나」, 『몽골 민족의 기원설화』, 울란바타르대학교 출판부, 2001; 이안나, 「몽골 오이라드 서사시 창작의 전통과 사회적 역할」, 『비교민속학』 제47집, 비교민속학회, 2011, 424쪽. 각주에서 조금 변형하여 재인용.

178 아마두 함파테바, 이희정 옮김, 『들판의 아이』, 북스코프, 2008, 28쪽.

179 발터 벤야민, 반성완 옮김, 앞의 책, 172쪽.

제2권 참고자료

　한국에서 구입 가능한 번역본과 주요 관련 문헌, 영문판을 중심으로 소개한다. 인터넷 참고자료와 사이트 소개는 최소화했다. 그밖의 참고자료는 〈각주〉를 참고하라. 이 자리를 빌려 특히 위키피디아, 구텐베르크 프로젝트, Ebook and Texts Archive, 한국구비문학대계, 한국역사정보통합시스템 등과 같은 지식공유 비영리사이트에 고마움을 표한다.

(56) 쉰여섯 번째 이야기_달관인가 체념인가: 한국인의 영원한 사랑, 영원한 상상력_처용설화
　　고운기,『삼국유사 길 위에서 만나다』, 현암사, 2011.
　　김대식,『처용이 있는 풍경 - 삼국유사 사진기행』, 대원사, 2002.
　　일연, 김원중 옮김,『삼국유사』, 민음사, 2008.
　　처용간행위원회,『처용연구전집』(전5권), 역락, 2005.

(57) 쉰일곱 번째 이야기_운명의 키스 자국_비비 하눔 모스크 전설
　　장준희,「아, 비비하눔이여!」,『중앙아시아-대륙의 오아시스를 찾아서』, 청아출판사, 2004.

(58) 쉰여덟 번째 이야기_사랑 때문에 화귀가 된 사내_지귀(志鬼)
　　권문해,『대동운부군옥』, 아세아문화사 영인본, 1992.
　　아침나무,『세계의 전설 - 동양편』, 삼양미디어, 2009.
　　일연, 김원중 옮김,『삼국유사』, 민음사, 2008.
　　윤영수,『선덕여왕과 지귀』, 한솔수북, 2007.

(59) 쉰아홉 번째 이야기_복수인가, 인연을 가볍게 여긴 데 대한 속죄인가_전등사 나부상

의 전설

신대현,『전등사』(한국의 명찰 시리즈1), 대한불교진흥원, 2009.

전등사 http://www.jeondeungsa.org/

(60) 예순 번째 이야기_일 년에 단 하루, 옛사랑을 다시 만나는 사랑시장의 상상력과 진실_사랑시장

베트남 신문 VN EXPRESS 기사 Chợ tình Khâu Vai, 2010년 5월 14일자(구수정 번역).

(61) 예순한 번째 이야기_미인에게 홀려 하마터면 알거지가 될 뻔한 청년_바그다드 젊은 자밀 이야기

C. G. Campbell, Folktales from Iraq, Univ. of Pennsylvania Press, USA, 2005.

(62) 예순두 번째 이야기_두 어깨에서 뱀이 솟는 사악한 왕 자하크_샤 나메(1)

Abolqasem Ferdowsi and Dick Davis(trans.), The Shahnameh: The Persian Book of Kings, Digireads.com, 2008.

Arthur George Warner and Edmond Warner (trans.), The Evil Customs of Zahhák and the Device of Irmá'íl and Karmá'íl, The Sháhnáma of Firdausí, K. Paul Trench, Trubner Company, 1905-1925.: http://www.archive.org/stream/shahnama01firduoft#page/n5/mode/2up

Hakim Abol-Qasem Ferdowsi Tusi and Helen Zimmern(trans.), The Shah Namah: The Epic of Kings, Forgotten Books, 2008.: http://www.iranchamber.com/literature/shahnameh/shahnameh.php/ http://classics. mit.edu/Ferdowsi/kings.1.shahsold.html/ http://www.enel.ucalgary. ca/ People/far/hobbies/iran/shahnameh.html

James Atkinson, Persian Literature, Comprising The Shah Nameh, The Rubaiyat, The Divan, and The Gulistan (1832). http://en.wikisource.org/wiki/Shah_Nameh

Kumiko Yamamoto, The Oral Background of Persian Epics: Storytelling and Poetry, BRILL, 2003.

Zoroastrian Heritage 홈페이지 중 Ferdowsi's Shahnameh : http://www.

heritageinstitute.com/zoroastrianism/shahnameh/index.htm

글사랑 편집부 엮음,『이야기 페르시아 신화』, 글사랑, 2008.

베스타 S. 커티스, 임웅 옮김,『페르시아 신화』, 범우사, 2003.

아침나무,『세계의 신화』, 삼양미디어, 2009, 433~439쪽.

(63) 예순세 번째 이야기_루스탐과 라크시의 일곱 가지 모험_샤 나메(2)

예순두 번째 이야기 참고.

Abolqasem Ferdowsi & Dick Davis, Rostam: Tales of Love and War from the Shahnameh, Penguin Classics, 2009.

Abolqasem Ferdowsi and Dick Davis, The Lion and the Throne: Stories from the Shahnameh of Ferdowsi, Vol.1, Mage Publishers, 1997.

Babak Ghraghouzlou, Seven Stages from Shahnameh, Khaneh Adabiyat, 1999.

(64) 예순네 번째 이야기_아버지와 아들의 잔인한 운명: 루스탐과 소흐랍_샤 나메(3)

예순두 번째 이야기, 예순세 번째 이야기 참고.

Abolqasem Ferdowsi and Dick Davis, Fathers and Sons: Stories from the Shahnameh of Ferdowsi (v. 2), Mage Publishers, 2000.

Abolqasem Ferdowsi and Dick Davis, Sunset of Empire: Stories from the Shahnameh of Ferdowsi, Vol. 3, Mage Publishers, 2003.

Abolqasem Ferdowsi and Jerome W. Clinton, The Tragedy of Sohrab and Rostam, Publications on the Near East, University of Washington, 2000.

(65) 예순다섯 번째 이야기_군주냐 친구냐, 용맹한 무사의 슬픈 선택_히카야트 항 투아 (히까얏 항 뚜아)

Kratz, E Ulrich, 'Hikayat Hang Tuah, The Epic: Fact and Fiction.' In: Yousof, G. S., (ed.), Reflections on Asian-European Epics. Asia-Europe Foundation, 2004, 122~148쪽.

유네스코 세계기록유산(ww.unesco.or.kr)에서 세계기록유산 안의 〈히까얏 항 뚜아〉 참조.

282

(66) 예순여섯 번째 이야기_남근 중심적 관습에 일침을 가한 유령나라의 공주_페리

Peri, The Daughter of the King of the Ghost's Country, TAJIK FOLKTALES, BISHKEK, 2001(4개국어 판본: 키르기스어/ 타지크어/ 러시아어/ 영어) ISBN 9967-11-095-3

(67) 예순일곱 번째 이야기_수모를 견디는 법_랄리구라스와 오리나무

Kavita Ram Shrestha·Sarah Lamstein, From the mango tree and other folktales from Nepal, Libraries Unlimited, 1997.

Kesar Lall, Gods and Mountains: The Folk Culture of a Himalayan Kingdom Nepal, Nirala Publications, 1991.

Kesar Lall, Legends of Kathmandu Valley, Mepal Bhasha Academy, 2007.

(68) 예순여덟 번째 이야기_결혼식 전날, 갑자기 사라진 공주를 찾아서_판지 세미랑

Joseline Suzette Adrienne Over de Linden, A Literary Analysis of the Hikayat Panji Semirang, University of Auckland, 1976.

Mimi Herbert, Voices of the Puppet Masters; The Wayang Golek Theatre of Indonesia, University of Hawaii Press, 2002.

(69) 예순아홉 번째 이야기_아내를 찾아서 황천까지 갔지만_이자나기

박정혜·심치열, 「황천국을 찾아간 이자나기」, 『신화의 세계』, 성신여대 출판부, 2005.

오노 야스마로, 강용자 옮김, 『고사기』, 지만지 클래식, 2009.

전용신 역, 『일본서기』, 일지사, 1989.

(70) 일흔 번째 이야기_혼돈의 바다 속에 창을 찔러 넣고 휘젓다_일본 창세신화

예순아홉 번째 이야기 참고.

J. F. 비얼레인, 현준만 옮김, 『세계의 유사신화』, 세종서적, 1996. 86~88쪽.

노성환, 『일본신화의 연구』, 보고사, 2002.

아침나무, 『상식으로 꼭 알아야 할 세계의 신화』, 삼양미디어, 2009.

(71) 일흔한 번째 이야기_세상을 만든 반고, 인간을 만든 여와_중국 창세신화

김선자,『김선자의 중국 신화, (상): 우주거인 반고에서 전쟁영웅 치우까지』, 웅진지식하우스, 2011.

루쉰, 유세종 옮김, 「하늘을 땜질한 이야기」,『새로 쓴 옛날이야기』, 그린비, 2011.

박정혜·심치열, 「반고의 천지개벽」, 「여와의 인류창조」,『신화의 세계』, 성신여대 출판부, 2005.

서유원,『중국민족의 창세신 이야기』, 아세아문화사, 2002.

신화아카데미 엮음,『세계의 창조신화』, 동방미디어, 2001.

위안커, 김선자 외 옮김,『중국신화사』(상), 웅진지식하우스, 2007.

참교육기획 엮음, 「온몸을 바쳐 천지를 만든 반고」,『마음이 풍요로워지는 아시아 민담』, 유원, 2001.

(72) 일흔두 번째 이야기_저울을 달아 백 근을 기준으로 귀신과 인간을 나누다_한국 창세신화

박종성,『한국 창세서사시 연구』, 태학사, 1999.

신동흔,『창조의 신 소별왕 대별왕』(한겨레 옛이야기 세트 제1권), 한겨레아이들, 2009.

조현설, 「민담적 복수와 신화적 화해 – 아시아 스토리 국제워크숍에 부쳐」, 계간《아시아》제23집, 2011.

진성기 엮음, 「하늘과 땅이 열린 이야기」,『신화와 전설-제주도 전설집』, 제주민속연구소, 2001.

현용준, 「천지왕 본풀이」,『제주도 신화』, 서문당, 1976.

(73) 일흔세 번째 이야기_백 개의 알에서 태어난 비엣족_베트남 건국신화

김영건, 「운남통신(雲南通信): 건국신화」(1)(2)(3)(4)(5), 조선일보 1937년 2월 14일-19일.(김남일 외,『스토리텔링 하노이』, 아시아, 2011에 재수록)

무경 지음, 박희병 옮김,『베트남의 신화와 전설 – 영남척괴열전』, 돌베개, 2000.

응우옌 빅 응옥 편, 서은경 그림,『락롱꾸언과 백 명의 아이들』(세계의 전래동화 17- 베트남 편), 상상박물관, 2012.

최귀묵,『베트남문학의 이해』, 창비, 2010. 76~80쪽.

(74) 일흔네 번째 이야기_사자의 도시 싱가포르의 건국설화_상 닐라 우타마

APCEIU, Singapura, the Lion City : http://www.unescoapceiu.org/bbs/files/pdf/2010/teachers_guide.pdf

Hearn Chek Chia, The Raja's Crown: a Singapore Folktale, Federal Publications., 1981.

Lambert M. Timpledon·Miriam T. Marseken·Susan F. Surhone, Sang Nila Utama, BETASCRIPT PUBLISHING, 2010.

Peng Yim Loh, Lion city, Educational Publications Bureau, 1978.

Pugalenthi, Myths and legends of Singapore, Singapore : VJ Times, 1996.

Singapore Ministry of Culture, Singapore facts and pictures, 1970.

(75) 일흔다섯 번째 이야기_동물우화의 절대 고전_칼릴라와 딤나

I. G. N. Keith-Falconer, Kalilah and Dimnah or The fables of Bidpai: being an account of their literary history, Cambridge, Univ. Press, 1885.

Ramsay Wood, KALILA AND DIMNA - Fables of Friendship and Betrayal (Vol 1 in the trilogy), Ramsay Wood, 1980 and 2008.

바이다바·이븐 알 무카파 , 이동은 옮김,『칼릴라와 딤나』(개정판), 강, 2008.

신규섭,「페르시아 문학속의 칼릴라와 딤나」,『중동문제연구』제 9권 1호, 명지대학교 중동문제연구소, 2010.

이동은,「칼릴라와 딤나에 등장하는 동물들의 역할과 상징의미 간의 관계 연구」,『세계문학비교연구』vol.23, 세계문학비교학회, 2008.

이븐 알 무카파, 조희선 옮김,『칼릴라와 딤나』, 지만지, 2009.

이종화,「칼릴라와 딤나의 서양으로의 전이과정 연구 : 각 언어권의 판본을 중심으로」,『지중해지역연구』제10권 제2호, 부산외국어대학교 지중해지역원, 2008.

임병필(외),『세계의 옛 이야기 신화와 민담』, 모아드림, 2007.

(76) 일흔여섯 번째 이야기_인도 우화집 중에서 가장 오래된 고전 중의 고전_판차탄트라

Arthur W. Ryder (trans.), The Panchatantra, The University of Chicago Press, Chicago, 1925.

Santhini Govindan, 71 Golden Tales of Panchatantra, Unicorn Books

Pvt Ltd, 2007.

『세계의 지혜 판차탄트라 세트』, 황소걸음, 2006.

노영자,『인도 속의 보물, 민담』, 부산외국어대학교 출판부, 2008.

(77) 일흔일곱 번째 이야기_진정한 삶의 의미를 찾아 왕위마저 내버린 인도 성자 이야기_
바르타리

Madhu Natisar Nath of Ghatiyali, A Carnival of Parting: The Tales of
King Bharthari and King Gopi Chand, Berkeley: University of California
Press, 1993,

Nandkishore Tiwari, Arvind Macwan, and H. U. Khan, Bharthari: A
Chhattisgarhi Oral Epic, Sahitya Akademi, 2002,

(78) 일흔여덟 번째 이야기_라마 왕자, 왕위를 빼앗기고 십사 년간 숲 속 망명의 길을 떠
나다_라마야나(1)

Rāmāyaṇa - Retold by Kṛṣṇa Dharma http://vedabase.com/en/rkd

Valmiki Ramayana http://www.valmikiramayan.net/

C. 라자고파라차리, 허정 옮김,『라마야나』, 한얼미디어, 2005.

R. K. 나라얀, 김석희 옮김,『라마야나』, 아시아, 2012.

김재민,『라마야나』, 비룡소, 2005.

발미키, 주해신 옮김,『라마야나』, 민족사, 1993.

서규석, 〈라마야나〉 초록;『신화가 만든 문명 앙코르와트』, 리북, 2006.
349~382쪽.

(79) 일흔아홉 번째 이야기_라마, 원숭이 부대를 이끌고 랑카 섬을 공격하다_라마야나(2)

일흔여덟 번째 이야기 참고.

(80) 여든 번째 이야기_라마, 아내 시타의 순결을 의심하다_라마야나(3)

일흔여덟 번째 이야기 참고.

김우조,「TV드라마 '라마야나'와 인도정치 그리고 여성 : 힌두근본주의의 부상
(浮上)을 중심으로」,『인도연구』제8권 1호, 한국인도학회, 2003.

김주희·김우조·류경희,『인도 여성 - 신화와 현실』, 한국외국어대 출판부,
2005.

김진영, 「인도신화에 나타난 여신으로서의 시따(Sita) 연구」, 『인도연구』 제11권 1호, 한국인도학회, 2006.

니나 페일리, 블루스를 부르는 시타(Sita Sings the Blues), 제13회 안시 국제애니메이션영화제 장편부문 대상 수상작 애니메이션 한글 자막판 (6부작) http://www.youtube.com/watch?v=muLrUfVU3ck

Sita Sings the Blues 홈페이지 http://sitasingstheblues.com

(81) 여든한 번째 이야기_레암케르 : 원숭이 장군과 인어 공주의 사랑이야기_캄보디아의 라마야나

Chan Chet, The Reamker, Reyum Publishing, Cambodia, 2002.

Judith M. Jacob, Kuoch Haksrea, Reamker (Rāmakerti): the Cambodian version of the Rāmāyaṇa, Routledge, 1986.

Van Sopheak (ed), Preah ream Preah Leak, Reading Book, Cambodia, 2012.

촘 손낭, 「캄보디아의 라마야나: 레암케르, 앙코르 천년의 영광」, 아시아스토리국제워크숍, 문화체육관광부 주최, (사)아시아문화네트워크 주관, 2011.

(82) 여든두 번째 이야기_와양으로 훨씬 풍요로워진 라마야나_인도네시아의 라마야나

Ir. Sri Mulyono, Human Character in the Wayang, Pustaka Wayang, 1977.

Mimi Herbert, Voices of the Puppet Masters; The Wayang Golek Theatre of Indonesia, University of Hawaii Press, 2002.

Sunardjo Haditjaroko, M.A., Ramayana: Indonesian Wayang, Penerbit Djambatan, 1962.

The Ramayana, published by the Department of Education & Culture, Indonesia. http://www.seasite.niu.edu/Indonesian/ramayana/ramafs.htm

양승윤 외, 『동남아 인도문화와 인도인사회』, 한국외국어대학 출판부, 2001. 중 김장겸, 제3장 「동남아 문화에 나타난 인도 서사시」와 서행정, 제4장 「인도의 라마야나와 동남아의 라마야나」.

(83) 여든세 번째 이야기_방글라데시의 찬드라바티 라마야나_여성의 목소리로 재구성한 라마야나

Dineschandra Sen·Rai Bahadur, Eastern Bengal Ballads My Mensing, Vol I Part I, The University Of Calcutta, 1923.

Nabaneeta Dev Sen, Rewriting the Ramayana : Chandrabati and Molla, India International Centre Quarterly Vol. 24, No. 2/3, Crossing Boundaries, MONSOON 1997.

Nabaneeta Dev Sen, When Women Retell the Ramayana, Manushi No.108. September-October 1998.

(84) 여든네 번째 이야기_다사라타 자타카 혹은 의도적 외면?_스리랑카의 라마야나

Richard Gombrich, The Vessantara Jātaka, the Rāmāyaṇa and the Dasaratha Jātaka, Journal of the American Oriental Society, Vol. 105, No. 3, Indological Studies, American Oriental Society, 2010.

V. Fausb ø l, The Dasaratha Jātaka, Being the Buddhist Story of King Rama, Copenhagen, 1871.

(85) 여든다섯 번째 이야기_코끼리를 타고 대중국 항쟁을 이끈 베트남의 두 여성 영웅_쯩 자매

Keith Weller Taylor, The Birth of Vietnam, University of California Press, 1976.

Nghia M. Vo, The Trung Sisters, Authorhouse; illustrated edition, 2000.

김남일, 「이천 년의 기억, 이천 년의 자존」, 『스토리텔링 하노이』, 아시아, 2011.

김영건, 『여성』 제2권 1호, 1937년 1월호, 조선일보사 출판부.

유인선, 『새로 쓴 베트남의 역사』, 이산, 2002.

(86) 여든여섯 번째 이야기_억울한 죽음을 오히려 풍요로 바꾼 쌀의 여신_데위 스리

APCEIU, http://www.unescoapceiu.org/bbs/files/pdf/2010/teachers_guide. pdf. 35~39쪽.

Articles on Sundanese Mythology, Hephaestus Books, 2011.

Murti Bunanta·Margaret Read MacDonald, Indonesian Folktales, Libraries Unlimited, U.S.A, 2003, 71~76쪽.

권오경, 「동아시아 곡신신화(穀神神話) 연구 : 한국의 관련 신화와의 비교를 겸하여」, 『어문학』 제102집, 한국어문학회, 2008.

(87) 여든일곱 번째 이야기_비슈누의 네 번째 아바타: 돌기둥에서 튀어나와 악귀를 처치하다_나라심하

김형준, 『인도 신화』, 청아출판사, 2012.

이은구, 『인도의 신화』, 세창미디어, 2003.

(88) 여든여덟 번째 이야기_운명의 날 어김없이 찾아온 독거미_부라나 탑의 전설

Kyrgyzstan; A Land of Treasure, Wonder and Mystic Awe, Rarity, Kyrgyzstan, 2001.

Oksana Vasilenko, Kyrgyz Legends, Kindle Edition, 2012-01-26.

(89) 여든아홉 번째 이야기_세상에서 가장 긴 영웅 서사시_마나스

Elmira Köçümkulkïzï, The Kyrgyz Epic Manas: Selections : http://www.silk-road.com/folklore/manas/manasintro.html

Sagymbai Orozbakov, Walter May (trans.), Manas: The Kyrgyz heroic epos in four parts Vol.1, Vol.2, Rarity firm Ltd., Bishkek, 2004.

The First World People's Epics festival : International Symposium, Bishkek, 2006. 자료집. (러시아어, 키르기스어, 영어 3개국어 판본)

강봉구, 「마나스의 후예?: 키르기스 민족정체성 형성의 특징」, 『러시아연구』 제19권 제1호, 서울대학교 러시아연구소, 2009.

김남일 옮김, 「마나스의 첫 번째 영웅적 업적」, 계간 《아시아》, 2011년 겨울호.

양민종, 「구 소련 중앙아시아 구비 영웅서사시 마나스 연구 서설」, 『슬라브연구』 제18권 1호, 한국외국어대학교러시아연구소, 2002.

엘미라 쾨춤쿨로바(Elmira Köchümkulova), 「키르기스의 구전전통과 서사시 마나스」, 계간 《아시아》, 2011년 겨울호.

오은경, 「중앙아시아문학」, 『중앙아시아학 입문』, 한국외국어대학교 출판부, 2009. 175~180쪽.

조동일, 『동아시아 구비서사시의 양상과 변천』, 문학과지성사, 1997. 313~327쪽.

조현설, 「마나스-키르기스 전쟁 영웅의 행로」, 『세계의 영웅신화』(신화아카데

미 편), 동방미디어, 2002.

친기즈 아이뜨마또프, 「천국과 말, 그 시끄러운 이중창」, 계간《아시아》제23호, 2011.

(90) 아흔 번째 이야기_타지키스탄의 대하 영웅 서사시_구르굴리

「서사시 구르굴리의 구연자들(구르굴리혼)과 구연본에 대하여」, 『구르굴리』 부록, 박혜경·권경준·정하경 공동 옮김, 우영창·안도현 공동 한국어 감수, 『구르굴리』, 문화체육관광부 아시아문화중심도시추진단, (사)아시아문화네트워크, 2010. 615~631쪽.

「연주예술과 타지크 민중서사시 구르굴리의 연주자들」, 앞의 책, 해설.

「타지키스탄 서사시 구르굴리 번역에 대하여」, 『한-중앙아시아 신화 설화 영웅서사시 번역표준화 작업을 위한 공동 워크숍(2010.11.29) 자료집』, 문화체육관광부 아시아문화중심도시추진단, (사)아시아문화네트워크, 2010. 57~59쪽.

딜쇼드 라히모프, 「타지크 민족서사시〈구르굴리〉」, 『아시아 스토리 국제워크숍(2011.9.10) 자료집』, 문화체육관광부 아시아문화중심도시추진단, (사)아시아문화네트워크, 2011.

랍산 라흐모노프, 「타지키스탄 민중 영웅서사시에 대하여」, 『한-중앙아시아 신화 설화 영웅서사시 작품해설집』, 문화체육관광부 아시아문화중심도시추진단, (사)아시아문화네트워크, 2010.

랍산 라흐모노프, 「타지키스탄 민족 구전예술에 대하여」, 『한-중앙아시아 신화 설화 영웅서사시 번역표준화 작업을 위한 공동 워크숍(2010.11.29) 자료집』. 41~47쪽.

박혜경·권경준·정하경 공동 옮김, 우영창·안도현 공동 한국어 감수, 『구르굴리』(앞의 책).

우영창, 「구르굴리의 특성과 작품 활용방안」, 『한-중앙아시아 신화 설화 영웅서사시 번역표준화 작업을 위한 공동 워크숍(2010.11.29) 자료집』, 63~66쪽.

(91) 아흔한 번째 이야기_북방 아시아 초원의 영웅 게세르 칸의 대서사시_게세르

Alexandra David-Neel, Superhuman Life of Gesar of Ling, Shambhala, 2001.

Douglas J Penick, The warrior song of King Gesar, Boston, Massachusetts: Wisdom Publications, 1996.

Douglas J. Penick, Crossings On A Bridge Of Light: The Songs and Deeds of Gesar, King of Ling as He Travels to Shambhala Through the Realms of Life and Death, Mill City Press, Inc., 2009.

Seibert Hummel, Eurasian Mythology in the Tibetan Epic of Ge-sar, Library of Tibetan Works & Archives, 1998.

김용범, 「영웅서사시 게세르 칸의 내러티브 연구 -글로벌 콘텐츠 창작소재로서의 활용성을 중심으로」, 『한국언어문화』 40집, 한국언어문화학회, 2009.

양민종·주은성, 「부리야트 게세르 서사시 판본 비교연구」, 『비교민속학』 제34집, 비교민속학회, 2007.

요시다 아츠히코(외), 하선미 옮김, 『세계의 신화 전설』, 혜원, 2010. 368~371쪽.

유원수, 『게세르 칸』(몽골 대서사시), 사계절, 2007.

이선아, 『단군신화와 몽골 게세르칸 서사시의 신화적 성격 비교』, 고려대대학원 박사학위 논문, 2012.

이선아, 『몽골의 영웅서사시의 전개와 변모: 신화에서 인터넷게임까지』, 고려대 석사논문, 2004.

일리야 N. 마다손, 양민종 옮김, 『바이칼의 게세르 신화』, 솔, 2008.

조동일, 『동아시아 구비서사시의 양상과 변천』, 문학과지성사, 1997. 302~313쪽.

조현설, 『동아시아 건국신화의 역사와 논리』, 문학과지성사, 2003. 중 제1장 「티벳 건국신화의 형성과 재편」.

(92) 아흔두 번째 이야기_대를 이어 민족을 지키는 필리핀의 민족영웅 이야기_아규

Damiana Eugenio, Philippine folk literature(VIII) - The Epics, UP Press, 2001.

Damiana L. Eugenio, Philippine folk literature: an anthology, UP Press, 2008.

E. Arsenio Manuel, Agyu: The Ilianon epic of Mindanao, Manila : University of Santo Tomas, 1969.

조동일, 『동아시아 구비서사시의 양상과 변천』, 문학과지성사, 1997. 370~376쪽.

(93) 아흔세 번째 이야기_번갯불을 타고 하늘을 나는 필리핀 마나부 민족의 영웅_투왕

Bienvenido Lumbera & Cynthia Nograles Lumbera (eds), Philippine Literature: A History and Anthology, National Book Store, 1982. 25~35쪽.

Damiana Eugenio, Philippine folk literature(Ⅷ) - The Epics, UP Press, 2001.

E. Arsenio Manuel, recorded and translated with the assistance of Saddani Pagayaw, The Maiden of the Buhong sky; a complete song from the Bagobo folk epic, Tuwaang, University of the Philippines Press in Quezon City, 1958.

E. Arsenio Manuel, Tuwaang Attends a Wedding; The Second Song of the Manuvu Ethnoepic Tuwaang, Ateneo de Manila University Press, Manila 1975.

조동일, 『동아시아 구비서사시의 양상과 변천』, 문학과지성사, 1997. 369~370쪽.

(94) 아흔네 번째 이야기_힌두교의 주류 신 시바조차 두려워 한 토착 신 이야기_마나사 망갈

Dinesh Chandra Sen, History of Bengali language and literature, University of Calcutta, 1911.

Edward C. Dimock, The Manasa-Mangal of Ketaka-Dasa; BEHULA AND LAKHINDAR, The thief of love; Bengali tales from court and village, University of Chicago Press, 1963.

Syed Jamil Ahmed, Acinpakki Infinity-Indigenous Theatre of Bangladesh, The University Press, 2000.

자밀 아흐메드, 「거울 (속)에서 장난하기, 하늘 (속)에서 날기- 방글라데시 서사 유산에 대한 '장난스런' 소개」, 아시아스토리 국제워크숍, 2011년 11월 10일, (사)아시아문화네트워크.

(95) 아흔다섯 번째 이야기_바다의 평온을 지켜 주는 여신_천후마조

경인교대 한국다문화교육연구원, 「마조 이야기」, 『다문화 이웃이 직접 들려주는 다문화 전래동화』, 예림당, 2012.

위안커, 김선자 외 옮김,『중국신화사』(하), 웅진지식하우스, 2010.

이경혜,『넘실넘실 바다 신 마조』, 교원, 2008.

(96) 아흔여섯 번째 이야기_아침이 오는 것마저 막아버린 수행의 힘_위대한 성자

Aisha Ahmed & Roger Boase, The Great Saint, Pashtun Tales from the Pakistan-Afghan frontier, SAQI, 2008.

(97) 아흔일곱 번째 이야기_세상에서 가장 오래된 신화, 신화 중의 신화_길가메시 서사시

E.A. Wallis Budge, The Babylonian Story of the Deluge and the Epic of Gilgamish, (인터넷 판); http://www.sacred-texts.com/ane/gilgdelu.htm

Morris Jastrow & Albert T. Clay (eds.), An Old Babylonian Version of the Gilgamesh Epic, Yale University Press, 1920.

N. K. 샌다스, 이현주 옮김 ,『길가메쉬 서사시』, 범우사, 1999.

R. CAMPBELL THOMPSON, THE EPIC OF GILGAMISH, LUZAC & CO., LONDON, 1928.

Stephanie Dalley, Myths from Mesopotamia: Creation, The Flood, Gilgamesh, and Others, Oxford World's Classics, Oxford University Press, 2008.

The Electronic Text Corpus of Sumerian Literature, Oxford 1998; Gilgameš and Ḫuwawa (Version A) http://etcsl.orinst.ox.ac.uk/cgi-bin/etcsl.cgi?text=t.1.8.1.5# 외 (옥스퍼드대학 점토 번역판)

김산해,『청소년을 위한 길가메쉬 서사시』, 휴머니스트, 2006.

김산해,『최초의 신화 길가메쉬 서사시』, 휴머니스트, 2005.

사무엘 헨리 후크, 박희중 옮김,『중동 신화』, 범우사, 2001.

요시다 아츠히코(외), 하선미 옮김,『세계의 신화 전설』, 혜원, 2010. 257~263쪽.

윤정모, (소설)『수메르 2 – 한민족 대서사시, 영웅 길가메시의 탄생』, 다산책방, 2010.

이경덕,『고대 문명이 숨쉬는 중동신화』, 현문미디어, 2006.

조셉 캠벨, 이윤기 옮김,『천의 얼굴을 지닌 영웅』, 민음사, 1999. 241~244쪽.

조철수,『수메르 신화』, 서해문집, 2003.

타임라이프 신화와 인류 시리즈, 김석희 옮김,『초창기 문명의 서사시 메소포타미아 신화』, 도서출판 이레, 2008.

(98) 아흔여덟 번째 이야기_세상에서 가장 행복한 사내_메메 하일라이 하일라이

Dorji Penjore: "Meme Haylay Haylay and His Turquoise," 48~49쪽, in "Folktales and Education: Role of Bhutanese Folktales in Value Transmission", Journal of Bhutan Studies, Vol. 12, Summer, 2005.

(99) 아흔아홉 번째 이야기_그 골짜기에 가서 대장장이가 보고 온 것은?_노래의 골짜기

Saira Shah, The Storyteller's Daughter, Knopf, 2003.

사이라 샤, 유은영 옮김, 『파그만의 정원』, 한겨레신문사, 2004.

(100) 백 번째 이야기_이야기가 어디서 생겨났나_마지막 이야기

Hilary Roe Metternich, How Story-telling Began Among Mongols, Mongolian Folktales, Avery Press, 1996.

데 체레소드놈, 이안나 옮김, 「이야기가 어디서 생겨났나」, 『몽골 민족의 기원 설화』, 울란바타르대학교 출판부, 2001.

이안나, 「몽골 오이라드 서사시 창작의 전통과 사회적 역할」, 『비교민속학』 제 47집, 비교민속학회, 2011.

이안나, 「설화가 생겨난 이야기」, 『국제이해교육-바이순 평원에서 평화를 노래하다』 2007년 봄·여름 통권 18호, 유네스코 아시아·태평양 국제이해교육원. 62~63쪽.

제2권 그림·사진 찾기와 출처

354쪽. 샤 나메
출처 http://en.wikipedia.org/wiki/File:Rustam_Kills_the_Turanian_Hero_Alkus_with_his_Lance.jpg

379쪽 이자나기 이자나미
출처 sv.wikipedia.org.

437쪽. 라마야나
출처 ⓒ최경자 사진.

482쪽. 데위 스리
출처 국립중앙박물관, 『아시아, 나무에 담긴 이야기』, 2012. 42쪽.

498쪽. 마나스
출처 ⓒ김남일 사진

찾아보기(괄호 안은 권수)

314

감사의 말씀

『백 개의 아시아』의 지은이들은 어려운 여건에서도 앞선 연구를 통해 길을 이끌어준 많은 학자들에게 이 자리를 빌려 새삼 감사의 말씀을 전합니다. 조현설(서울대), 한양명(안동대), 이선아(단국대) 교수님들은 우리 작업에 직접 참여하여 훌륭한 조언을 아끼지 않았습니다. 문단의 대선배 유안진 시인은 세계 동화를 교육 방법론의 차원에서 연구하던 교편생활의 경험을 기꺼이 전해 주셨습니다. 아시아 각국의 언어 전문가들이 참으로 드문 우리 현실에서 김영애(태국어), 정영림(말레이 인도네시아어), 고영훈(말레이 인도네시아어), 이안나(몽골어), 최재현(미얀마어), 김성원(미얀마어), 김능우(아랍어), 김정아(아랍어), 이동은(아랍어), 조희선(아랍어), 김영연(이란어), 신규섭(페르시아어), 임근동(인도어), 김우조(인도어) 교수님들의 존재는 거의 절대적이었습니다. 아울러 세간의 관심과 상관없이 묵묵히 아시아의 신화와 민담, 그리고 서사시를 연구해 온 많은 전문가들, 그중에서도 특히 양민종(알타이), 이평래(몽골), 최귀묵(베트남), 심재관(인도), 류경희(인도), 박성혜(티베트), 김기현(티베트), 김선자(중국) 선생님들에게도 감사의 말씀을 전합니다. 귀한 연구 성과의 요약과 인용을 허락해 준 유원수(게세르), 김헌선(바리데기), 김장겸(마하바라따) 선생님들에게 감사드립니다. 〈길가메시〉와 〈이난나〉는 김산해 선생님의 선구적인 업적에 크게 기대고 있습니다. 『백 개의 아시아』는 이밖에도 일일이 적을 수 없을 정도로 많은 이들의 선행 작업에 크게 힘을 입고 있습니다. 지은이들은 또한 온라인을 통해 지식을 공유하는 여러 운동의 수혜자들입니다. 예를 들어 위키피디아와 구텐베르그 프로젝트가 아니었다면 우리 작업은 상상도 할 수 없었을 것입니다. 오래된 고전들을 손가락을 까딱하는 것만으로도 컴퓨터 화면에 담아낼 수 있게 된 것은 기술혁명을 이끈 헌신과 협동의 정신 덕분이라 하겠습니다. 아시아 각국의 전문가들을 직접 만난 것도 크나큰 행운이었습니다. A. J. 토마스(인도), 툴라시 조시(네팔), 센텐자빈 돌람(몽골), 응우옌 홍 비(베트남), 자밀 아흐메드(방글라데시), 딜쇼드 라히모프(타지키스탄), 무르티 부난타(인도네시아), 카리나 블라스코(필리핀), 와유파 토싸(태국), 로즈마리 소마이어(싱가포르), 콩디안느 네타봉(라오스), 촘 손낭(캄보디아), 파라나비타나 부부(스리랑카)에게 감사드립니다. 평소 알고 지냈지만 이번 기회에 특히 아랍의 설화 전문가로서도 새 면모를 보여준 자카리아 모함메드(팔레스타인) 시인과 촌철살인의 통찰력으로 우리를 놀라게 만든 작가 바오 닌(베트남)의 이름도 여기에 적습니다. 책머리에서도 밝혔지만 이 작업은 국립아시아문화전당의 아시아 스토리 발굴사업과 한 중앙아시아 신화 설화 영웅서사시 조사, 번역사업을 통해 거둔 성과에 많은 것을 기대고 있습니다. 박혜경(한림대),

변현태(서울대), 최종술(상명대) 교수를 비롯하여 중앙아시아 서사시 번역 작업에 참여한 여러 선생님들에게도 감사드립니다. 이 분들이 아니었다면 〈구르굴리〉와 〈알파미시〉를 비롯하여 중앙아시아의 여러 신화와 서사시를 생생하게 접할 기회를 쉽게 얻지 못했을 것입니다.

아시아스토리텔링위원회의 공동위원장인 카스카바소브 세이트(카자흐스탄), 위원인 우라잘리(우즈베크), 파르호트(타지키스탄), 키르키스탄 문화부의 리나트 선생의 호의와 지원, 현지조사를 도와준 백태현 교수와 구수정 선생께도 이 자리를 빌려 새삼 고마움의 뜻을 전합니다. 아시아의 문화와 어떻게 만나야 하는가를 끊임없이 고민하면서 우리의 작업에 깊은 관심을 기울여준 아시아문화중심도시추진단의 신호석, 이진식, 김동안, 애정과 책임감을 가지고 온갖 궂은 일을 함께해준 김호균, 박미정, 이언용, 여섯 분의 이름을 적어 감사의 뜻을 전하고자 합니다. 이제 우리와 직접 일을 함께 한 벗들의 이름을 적어야 합니다. 김자영, 김선경, 최지애, 신의연, 정수인, 임홍렬, 이준희, 박신영 씨에게 지은이들은 제대로 대접 한 번 해준 적이 없습니다. 이 자리에서도 그저 고맙다는 말씀만 전합니다. 바쁜 시간을 쪼개 함께 작업을 한 하버드대의 전승희 연구원과 번역가 하재홍 선생, 서울대 박사과정의 이홍우 선생, 그리고 말도 안 될 만큼 많은 분량의 글을 읽고 요약해 달라는 부탁을 기꺼이 들어준 '아시아의 문' 여러분, 번역 작업에 동참하신 여러분, 최경자, 김정숙, 최수전 선생을 비롯한 (사)아시아문화네트워크의 여러 동료에게도 두루 감사드립니다. 몽골 초원의 바람처럼 늘 신선한 사유로써 지은이들의 게으름과 무지를 일깨워주는 도반 이영진, 김형수 시인에게는 앞으로도 많은 것을 기대할 뿐입니다. 끝으로 이 책이 나오기까지 지은이들에게 일어났던 여러 가지 어려움과 고통을 소리 없이 나누고 감내해준 가족에게도, 뻔뻔스럽지만, 사랑과 고마움을 전합니다.

2013년 12월

〈아시아 클래식〉을 펴내며

하루 종일 우리는 인터넷과 신문, 방송 등을 통해서 무수한 정보를 주고받는다. 그럼에도 우리는 늘 진정한 이야기에 목말라 한다. 그 까닭은, 백 년 전 발터 벤야민이 이미 말했듯이, 우리가 알게 되는 일들이 하나의 예외 없이 설명이 붙어서 전달되기 때문이 아닐까. 거기, 상상력이 설 자리는 없다.

"옛날 한 옛날에"로 시작되는 이야기는 한 순간이 아니라 모호해서 오히려 영원한 시간과 관련을 맺고 있다. "어느 마을에"로 시작되는 이야기의 공간 역시 아홉 시 뉴스의 특정 발화(發話) 지점하고는 상관이 없다. 그곳은 어디에도 없고 동시에 어디에나 있다.

그래서 우리는 이렇게 말할 수 있을 것이다.

"이야기는 미래의 모든 곳을 향해 열려 있다."

몽골의 한 소년이 초원을 초토화시킨 참혹한 조드(재앙)의 희생자가 된다. 아직 때가 아니라고 염라대왕이 돌려보내며 한 가지 선물을 준다. 소년은 뜻밖에도 '이야기'를 선택한다. 세상에 이야기가 생겨난 사연이다. 그리하여 바리공주부터 이난나까지, 손가락만한 일촌법사부터 산보다 큰 쿰바카르나까지, 엄마를 무시해서 돌이 된 말린 쿤당에서 두 어깨에서 매일 뱀이 자라는 폭군 자하크까지 크고 작은 이야기들이 나뉘고 또 섞이면서 아시아를 아시아답게 만들어왔다.

우리 현실은 충분히 추하지만, 그래도 아시아의 광대한 설화의 초원에서 새삼 희망을 읽는다. 오늘 밤 우리가 꾸는 꿈이 부디 그 증거이기를!

김남일

소설가. 한국외국어대학 네덜란드어과 졸업. 장편소설『천재토끼 차상문』『국경』소설집『산을 내려가는 법』『천하무적』소년소설『모래도시의 비밀』등이 있다. 아름다운작가상, 제비꽃문학상 등을 수상하고, 2012년 권정생 창작기금을 받았다. '베트남을 이해하려는 젊은 작가들의 모임'과 '한국-팔레스타인을 잇는 다리'에서 활동했으며 현재 '아시아문화네트워크' 책임연구원이다.

방현석

소설가. 중앙대학교 문예창작학과와 동대학원 졸업. 장편소설『그들이 내 이름을 부를 때』, 소설집『내일을 여는 집』『랍스터를 먹는 시간』, 서사창작방법 안내서『이야기를 완성하는 서사패턴 959』와『글쓰기 수업비법』(공저) 등을 냈다. 신동엽창작기금, 오영수문학상, 황순원문학상을 받았으며, 현재 중앙대학교 문예창작학과 교수이자 '아시아스토리텔링위원회' 위원장이다.

백 개의 아시아 2

2014년 1월 20일 초판 1쇄 펴냄 ㅣ 2018년 1월 31일 초판 4쇄 펴냄

지은이 김남일, 방현석 ㅣ 펴낸이 김재범 ㅣ 편집장 김형욱 ㅣ 편집 신아름 ㅣ 관리 강초민, 홍희표
인쇄제본 AP프린팅 ㅣ 종이 한솔 PNS ㅣ 디자인 나루기획
펴낸곳 (주)아시아 ㅣ 출판등록 2006년 1월 27일 ㅣ 등록번호 제406-2006-000004호
전화 02-821-5055 ㅣ 팩스 02-821-5057
주소 경기도 파주시 회동길 445(서울 사무소: 서울시 동작구 서달로 161-1 3층)
이메일 bookasia@hanmail.net ㅣ 홈페이지 www.bookasia.org

ISBN 978-89-94006-09-3 04800
       978-89-94006-53-6 (세트)

* 값은 뒤표지에 표시되어 있습니다.

이 도서의 국립중앙도서관 출판시도서목록(CIP)은 서지정보유통지원시스템 홈페이지
(http://seoji.nl.go.kr)와 국가자료공동목록시스템(http://www.nl.go.kr/kolisnet)에서
이용하실 수 있습니다. (CIP제어번호 : CIP2013029141)